Die schönsten Kurzgeschichten

Unglaubliche Geschichten

Die schönsten Kurzgeschichten

Unglaubliche Geschichten

Von
Pierre Bellemare

Lizenzausgabe für die
Naumann & Göbel Verlagsgesellschaft mbH
Emil-Hoffmann-Straße 1
D-50996 Köln

Genehmigte Zusammenstellung aus den Werken:
Der Mann, der nicht zu hängen war
Die blutende Statue
von Pierre Bellemare

Gesamtherstellung: Naumann & Göbel Verlagsgesellschaft mbH, Köln

ISBN 978-3-625-21081-8
www.naumann-goebel.de

Inhalt

35 874 Steine

18. Januar 1926. Ein Zwanzigtausend-Tonnen-Frachter läuft in den New Yorker Hafen ein. Der Zollbeamte fragt den Kapitän: »Was haben Sie zu verzollen?«

»Steine. Nur Steine.«

»Was soll das heißen: Steine?«

»Na, Steine halt! 12 000 Tonnen Steine.«

»Und was für Steine? Wer importiert schon Steine in die USA? Was soll das?«

Der Frachterkapitän zeigt gelangweilt auf einen hemdsärmeligen jungen Mann, der gerade an Deck kommt.

»Fragen Sie mich nicht. Die Steine gehören dem Herrn da. Ich habe zwar 12 000 Tonnen an Bord, aber als Fracht würde ich das nicht gerade bezeichnen. Eher als ... als ›Reisegepäck‹, als Reisegepäck dieses Mannes. Also, wenn Sie was wissen wollen, fragen Sie ihn doch selbst!«

Der Hafenbeamte geht zu dem Mann und wiederholt seine Frage: »Was haben Sie zu verzollen?«

»Zu verzollen? Nur Steine. 12 000 Tonnen Steine.«

»Aha. Nur 12 000 Tonnen Steine ... Und was für Steine, wenn ich fragen darf?«

»Quadersteine.«

Der Beamte rückt seine Mütze zurecht. »Moment mal. Also, wenn ich Sie richtig verstehe ..., Sie behaupten also, dass Sie 12 000 Tonnen Quadersteine in die USA importieren. Und wozu? Was wollen Sie damit? Und ... wo kommen die Steine überhaupt her?«

»Aus Spanien. Damit soll ein Kloster gebaut werden.«

»Ein was???«

»Ein Kloster. Sie wissen schon, so ein Gebäude, wo Mönche oder Nonnen drin leben.«

Der Beamte verliert allmählich die Geduld. »Und warum brauchen Sie ausgerechnet *spanische* Steine? Sind unsere amerikanischen Steine dafür etwa nicht gut genug?«

»Sicher. Aber darum geht es ja gar nicht. Wissen Sie, diese Steine hier, die sind eigentlich schon ein Kloster. Mein Chef hat das Kloster in Spanien gekauft, verstehen Sie? Und ich bekam von ihm den Auftrag, das Kloster abzubauen und einzuschiffen. So einfach ist das. Und jetzt muss ich die Steine also abladen und das Kloster wieder aufbauen. Wenn Sie so wollen, man könnte auch sagen ... na ja, dass ich eigentlich ein Kloster zu verzollen habe. Aber andererseits stimmt es auch wieder nicht, denn es liegt ja nur in Stücken herum. Also habe ich doch nur Steine zu verzollen. Oder wäre es Ihnen lieber, wenn ich auf dem Zollformular schreiben würde: ›Kloster zu verzollen‹?«

Der amerikanische Zollbeamte scheint leicht überfordert. Er legt seine Stirn in Falten, überlegt sehr lange ... und hat endlich die Lösung: »Also gut. Ich mache Ihnen einen Vorschlag: Sie kommen jetzt mit zum Chef und erzählen ihm die ganze Geschichte von vorn. O.K.?«

Der hemdsärmelige junge Mann seufzt verständnisvoll. »Wissen Sie, das war mir von Anfang an klar ...«

Kein Wunder. Es ist nicht das erste Mal, dass Larry Stevel Schwierigkeiten hat mit seinen Steinen, seitdem er sich auf das irrsinnige Abenteuer mit dem Sacramenia-Kloster eingelassen hatte. Und wenn er in diesem Augenblick auch nur die Spur einer Ahnung gehabt hätte, was noch alles auf ihn zukommen würde – wahrscheinlich hätte er auf der Stelle, hier im New Yorker Hafen, endgültig aufgegeben.

Larry Stevel ist Architekt, ein erstaunlicher junger Mann um die Dreißig. Von Geburt ist er Engländer: sympathisch steif, schlank und distinguiert, trockener Humor, brillanter Student, leidenschaftlicher Liebhaber des guten alten Europa, Doktorarbeit über die Architektur des europäischen Mittelalters. Dies verschafft ihm 1923 die fürchterliche Ehre, vom »Boss« angerufen zu werden. Der »Boss«, wie er von vielen genannt wird, ist William Randolph Hearst, schlicht W. R. für seine Freunde – ein Mann, der genau weiß, was er will, und der daran gewöhnt ist, es auch zu bekommen. Als Sohn eines Farmers rannte er schon mit vierzehn Jahren von einem Antiquitätenladen zum anderen und kaufte alles, was ihm in die Hände fiel. Bereits damals hatte er den sicheren Spürsinn eines alten Fuchses. William Randolph Hearst ist der Leidenschaft für europäische Kunst verfallen. Und er besitzt auch die nötigen Mittel, sich dieses kostspielige Hobby leisten zu können.

1923 ist er sechzig Jahre alt, Verleger von etwa 25 Zeitungen und einem Dutzend Zeitschriften, Leiter einer Presseagentur und einer Gesellschaft für Filmproduktionen. Seine Villa in Kalifornien ist eine unglaubliche Mischung aus spanischer Kathedrale, mittelalterlicher Burg und Medici-Villa – bizarr, aber wunderschön. Und im Innern schlummert Amerikas wohl prächtigste Sammlung antiker europäischer Kunstwerke – eine Sammlung, wie man sie sonst nur in berühmten Museen findet.

Nur nebenbei: Das Einkommen von W. R. Hearst wird 1923 auf an die 30 000 Dollar geschätzt – pro Tag natürlich!

Dieser bescheidene Milliardär also lässt Larry Stevel zu sich kommen. W. R. ist wirklich beeindruckend. Seine ganze Persönlichkeit konzentriert sich in seinem Blick, der alles verrät: Intelligenz, Schlauheit, Autorität, Berechnung und Genauigkeit. Daran gewöhnt, seine Geschäfte im Schnellverfahren zu erledigen, schätzt der Milliardär den jungen Architekten ab:

»Sie sind Architekt?«

»Ja, Mister Hearst.«

»Sie kennen sich mit alten Bauwerken gut aus?«

»Ja, Mister Hearst.«

»Auch mit Klöstern?«

»Na ja ..., das heißt ... ja. Natürlich habe ich mich auch mit Klöstern beschäftigt.«

»Also gut. Ich habe mir ein Kloster gekauft – in Spanien. Weiß zwar nicht genau, aus welchem Jahrhundert es stammt – ist auch egal, auf alle Fälle ist es sehr alt. Ein komplettes Kloster mit Kreuzgang und Kapelle, mit Statuen und allem, was halt so dazu gehört. Und jetzt will ich es hier haben, hier in Kalifornien. Klar? – Sie fahren also nach Spanien und bringen es mir hierher. O. K.?«

»Habe ich Sie richtig verstanden? Ich soll ein ganzes Kloster in seine Bestandteile zerlegen, es verladen und hier wieder aufbauen?«

»Richtig. Und wenn Sie damit fertig sind, müssen natürlich Strom, fließend Wasser, Kanalisation usw. installiert werden. Wissen Sie, ich will ein Gästehaus draus machen.«

Larry Stevel versucht, etwas zu sagen: »Aber ...«

»Kein Aber. Nennen Sie mir Ihren Preis. Ich zahle, was Sie verlangen. Also, was ist?«

Larry Stevel ist ein junger Architekt. Er braucht Aufträge. »Na ja ... also ... ich meine ... na gut! O. K., ich mach's. Wo steht dieses Kloster überhaupt?«

»Das weiß ich nicht so genau. Aber für alle Details ist mein Assistent zuständig.«

Als Larry Stevel in Spanien ankommt, in dieser wilden und öden Landschaft der Provinz von Segovia, packt ihn ein Gefühl der Bewunderung und des Mitleids zugleich. Das Kloster ist fantastisch – zwar eigentlich schon fast eine Ruine, aber trotzdem wunderschön in dieser kargen Landschaft. Es gehört einfach hierher. Niemand kann ernsthaft daran denken, es aus dieser Umgebung zu reißen, es abzubauen und irgendwo anders wieder aufzubauen. Es wäre ein Verbrechen. Jahrhunderte Geschichte leben in diesem Kloster.

König Alfonso VII. hat es anno 1141 für die Benediktiner errichten lassen, sozusagen als Ausdruck seines Dankes, hatte ihm der Gott der Christen doch geholfen, die »heidnischen« Mauren aus dem Land zu vertreiben. Und die maurischen Gefangenen durften die Steine für den Bau des christlichen Zufluchtsortes schleppen. Die Baupläne stammen übrigens von einem französischen Benediktiner, der extra nach Spanien berufen wurde. Eine einfache und strenge Architektur, romanisch mit gotischen Ansätzen – ohne Spur von andalusischen Einflüssen. Ein Juwel! Welcher hirnverbrannte spanische Banause kann damit einverstanden gewesen sein, einem hirnverbrannten amerikanischen Banausen dieses Juwel zu verkaufen?

Nun, der Hirnverbrannte aus Spanien ist ein Bauer der Gegend. Sein Urgroßvater hatte 1825, zu der Zeit, als die damalige Regierung die Mönche vertrieb, das Kloster für ein Butterbrot erstanden. Seitdem verfällt das Gebäude. Heute wandeln die Kühe im Kreuzgang und grasen im Innenhof. In den Mönchszellen stapelt sich das Heu, und in der Kapelle stehen landwirtschaftliche Geräte herum. Das Hauptgebäude hat der Bauer mit Brettern zugenagelt, besonders da, wo die Wände bereits auseinanderklaffen.

Der Mann ist untersetzt, die Hose viel zu groß, die Mütze viel zu klein. Seine Augen aber glänzen wie zwei runde Peseten.

Jetzt ist auch Larry Stevel langsam davon überzeugt, dass das Kloster in Kalifornien ein besseres Leben haben wird. Und bald beginnt er mit der Arbeit: Zuerst macht er Fotografien, zeichnet Pläne und teilt das Kloster in 120 »Abbau-Elemente« ein. Dann lässt er die abgebauten Steine einzeln nummerieren: 35 874 werden es am Schluss. Mithilfe der Fotos, der Skizzen, der Listen, der Nummern usw. müsste Larry später schon zurechtkommen – allerdings nur unter der Bedingung, dass die Steine auch in der richtigen Reihenfolge eingepackt werden, und zwar in Kisten, die ebenfalls kodifiziert und nummeriert werden müssen.

Nach einem Jahr schließlich steht Larry vor 10 751 Kisten. Mit Recht ist er der Meinung, dass er eine Arbeit geschafft hat, die eines echten Benediktiners würdig wäre.

Doch all das ist noch gar nichts. Die wirklichen Probleme fangen erst an. Zuerst einmal müssen die 10 751 Kisten zum Hafen von Santander gebracht werden, das immerhin zweihundert Kilometer entfernt liegt. Es fehlen jedoch sechzig Kilometer Straße. Also ruft Larry den »Boss« an. W. R. Hearst hat aber seit Langem schon Wichtigeres im Kopf als sein spanisches Kloster. Der Assistent meldet sich: »Sie sollen halt eine Straße bauen lassen, sagt der Boss. Und übrigens, Sie sollten ihn in Zukunft mit solchen Bagatellen nicht mehr belästigen!«

Der »Boss« zahlt, also lässt man die Straße bauen. Als die ersten Bäume gefällt werden, erscheint plötzlich der spanische Bauer auf seinem Esel. Er ist ganz aufgeregt: »Ich hab's mir anders überlegt. Das Kloster können Sie behalten, aber auf keinen Fall die Kapelle. Meine Frau will sie unbedingt zurückhaben!«

»Sie haben uns aber alles komplett verkauft und auch schon das Geld dafür bekommen!«

»Ich weiß, aber ich muss die Kapelle trotzdem wiederhaben. Es ist nicht nur wegen meiner Frau, wissen Sie, auch unser Pfarrer ist böse. Eine Kapelle darf man nicht verkaufen!«

Larry versteht ihn irgendwie, denkt kurz nach und meldet halt erneut ein Gespräch nach Amerika an. Eine Kapelle ist wirklich keine Bagatelle. William Randolph Hearst schreit durch die Leitung: »Von mir aus! Dann sollen sie eben ihre verdammte Kapelle behalten!«

Gut. Jetzt wäre also alles klar. Das Kloster ist abgebaut. Die 35 874 Steine sauber mit Stroh in 10 751 Kisten eingepackt, die sechzig Kilometer Straße sind fertig, die ganze Ladung kommt heil in Santander an und liegt nun auf einem halben Hektar des Hafengeländes. Man wartet nur noch auf den Frachter, der das versandfertige Kloster über den Atlantik bringen soll. Da kommt der spanische Bauer noch einmal. Diesmal ist er die zweihundert Kilometer bis Santander mit dem Postbus gefahren. Es muss also wichtig sein. Larry verspürt zum ersten Mal unverkennbare Anzeichen eines bevorstehenden Tobsuchtsanfalls:

»Nein, nein und nochmals nein! Jetzt reicht's! Jetzt wollen Sie auf einmal alles wieder zurück. Und nur weil ihre Felder zu nackt aussehen ohne das Kloster! Ich glaube, ich werd' verrückt! Lieber Mann, Sie sind doch nicht bei Trost ... Und außerdem, ich sag's Ihnen noch einmal klar und deutlich: Der Kaufvertrag ist gültig, und Sie haben das Geld schon lange kassiert. Basta.«

»Das Geld? Hier haben Sie es zurück! Ich will es nicht mehr!«

»Ich auch nicht! Schließlich bin ich ja nicht der Käufer. Sie hätten sich alles vorher überlegen müssen. Wofür halten Sie die Amerikaner überhaupt? Für totale Idioten? Was verkauft ist, ist verkauft, was abgebaut ist, bleibt abgebaut, und was eingeschifft werden soll, das wird auch eingeschifft ...«

»Wie Sie meinen.«

Der spanische Bauer gibt sich relativ gelassen, doch Larry traut dem Frieden nicht so ganz. Ihn stört das verborgene, bauernschlaue Grinsen in dem sonnenverbrannten Gesicht. Und es dauert nicht einmal eine Viertelstunde, bis sich sein ungutes Gefühl bestätigt. Zwei Beamte mit den platten Lederhelmen der Guardia Civil marschieren auf ihn zu: »Die Kisten dürfen nicht eingeschifft werden. Warten Sie bis der Chef kommt.«

Und die bürokratische Prozedur beginnt: vom Chef zur Gemeinde, zum Bürgermeister und vor den Gemeinderat, von der Gemeinde zur Provinzregierung, von der Provinzregierung zur Landesregierung, von der Landesregierung schließlich zum Gericht. Es dauert ein ganzes Jahr! Ein Jahr lang haust Larry in einem billigen Hotel vor dem Hafengelände und bewacht seine Kisten. Die Guardia Civil bewacht sie auch. Endlich entscheidet das Gericht: Der Verkauf des Klosters ist legal abgewickelt worden, die Kisten dürfen eingeschifft werden und Spanien verlassen.

Am 18. Januar 1926, zweieinhalb Jahre nach dem ersten Besuch beim »Boss«, kommt der Frachter endlich in New York an. Zwei Jahre und sechs Monate – ein zweifelhafter Spaß, der noch lange nicht zu Ende ist. Larry wird vom amerikanischen Zoll empfangen: »Ein Kloster! Mhm, mhm. Sie importieren also ein Kloster. O. K. Und das soll ich Ihnen glauben? Kommen Sie doch bitte mal mit zum Chef.«

Jeder normale Mensch hätte spätestens in diesem Augenblick durchgedreht. Nicht so Larry Stevel. Aus welchem Grund auch immer, er hat das verteufelte Kloster lieb gewonnen. Mehr noch, es ist *sein* Kind geworden. Und daher schafft er es auch, sein arg strapaziertes Nervensystem nochmals zur Ruhe zu zwingen. Mit versteinertem Gesichtsausdruck steht er dem Chef des amerikanischen Zolls Rede und Antwort: »Jawohl, ein Kloster.«

»Und William Randolph Hearst will daraus ein Gästehaus machen?«

»Ja.«

»Meinetwegen. Aber ein altes Kloster hat einen gewissen Wert und muss daher verzollt werden. Schließlich handelt es sich ja sogar um die Einfuhr eines Kunstwerkes. Was haben Sie dafür bezahlt?«

»10 000 Dollar.«

»10 000 Dollar!? Für ein Kloster? Und das soll ich Ihnen glauben? Der spanische Bauer hat sich ganz schön übers Ohr hauen lassen!«

»Möglich, aber hier haben Sie die Quittung und den Kaufvertrag.«

»Glauben Sie etwa, wir vom Zoll sind so beschränkt, dass wir nicht wissen, was solche Rechnungen wert sind? Meinen Sie, wir wissen nicht, was gespielt wird. Also, raus mit der Sprache: Was ist das Kloster wert? Wann wurde es überhaupt gebaut?«

»1141. Erste Hälfte des 12. Jahrhunderts.«

»Werden Sie nicht unverschämt!« Der Zollchef denkt nach: »Also gut. Was kann so ein Ding wert sein? Was hat es eigentlich für einen Stil?« »Zisterziensisch.«

Der Beamte schlägt im Fremdwörterbuch nach: »Aha, hier: Zisterziensisch ... siehe Benediktinisch. Gut. Also: Benediktinisch ... ›religiöser Orden ... vom heiligen Benedikt gegründet‹, und so weiter ... ›Nach der Reform im 10. Jahrhundert bildeten sich aus dem benediktinischen Stamm mehrere Zweige: Zisterzienser, Trappisten, Feuillantiner, Kamaldulenser, Zölestiner.‹ Blödsinn, damit kommen wir auch nicht weiter ... Ah, hier steht was: zisterziensische Architektur: einfacher und strenger Stil.«

Larry beißt sich auf die Zunge, um nicht zu lachen. »Sehen Sie, so ein Stil kann doch gar nicht teuer sein.«

Und endlich – allerdings erst nach zwei Monaten – beschließt das New Yorker Hafenzollamt folgendes:

1. Die Vereinigten Staaten von Amerika produzieren keine Klöster aus dem 12. Jahrhundert. Demzufolge fügt der Import dieses Klosters der nationalen Industrie keinen Schaden zu.

2. Der Importeur William Randolph Hearst hat nicht die Absicht, das Kloster weiter zu veräußern, sondern seiner Frau zu schenken. Demzufolge kann das Kloster als »persönliches Geschenk« deklariert werden.

3. Das amerikanische Zollgesetz weist keine Rubrik für Klöster auf. Demzufolge ist alles in Ordnung: Das Kloster darf den Zollbereich verlassen.

Der junge Architekt kann es noch gar nicht fassen: Endlich hat er es geschafft! Mit einem tiefen Seufzer der Erleichterung geht er zum Schiff.

»Was wollen Sie abladen?«

Larry dreht sich ganz langsam um. Sein Seufzer bleibt ihm im Hals stecken. Nach Luft ringend sieht er sich einem sterilen Herrn vom Gesundheitsamt gegenüber. Kaum zu glauben, aber er fasst sich erneut und antwortet zynisch:

»Abladen? Nichts Gefährliches. Nur den ›Bausatz‹ eines zisterziensischen Klosters. Wenn es ansteckend wäre, wüsste man es seit dem 12. Jahrhundert. Wenn überhaupt – dann hat es nur christliche Bakterien verbreitet!«

Larrys eisiger Humor beeindruckt den sterilen Herrn vom Gesundheitsamt in keiner Weise: »Und wie ist das Kloster verpackt?«

»In Kisten. In Holzkisten. Die 35 874 Steine sind mit Stroh in 10 751 Holzkisten eingepackt.«

»Aha, mit Stroh. Da haben wir's.«

»Ja, mit Stroh. Damit die Steine nicht hin und her rutschen oder zerbrechen.«

»Also mit spanischem Stroh?«

»Was soll das heißen: ›mit spanischem Stroh‹? Mit Stroh halt ..., natürlich mit spanischem Stroh. Haben Sie was gegen die Spanier?«

Das Gesicht des Sterilen wird immer verschlossener: »Und wie viele Kisten sind es, sagen Sie?«

»10 751. Warum?«

»Weil sie alle geöffnet werden müssen.«

»Was sagen Sie da?«

»Ich sagte, dass jede einzelne Kiste geöffnet werden muss. Wir müssen das Stroh entfernen, verbrennen, die Steine desinfizieren und sie mit neuem Stroh – mit amerikanischem Stroh – wieder in die Kisten packen. Wir lassen es einfach nicht zu, dass mit spanischem Stroh spanische Krankheitserreger ins Land kommen.«

Larry könnte heulen. Dieser Kerl muss ein fürchterlicher Rassist sein! Wo steht bloß geschrieben, dass ein spanischer Keim kein Immigrationsrecht hat? Wer sagt denn, dass es mehr Bakterien in spanischem Stroh gibt als in amerikanischem? Und wenn auch, warum soll ein spanisches Bakterium aggressiver als ein amerikanisches sein? Und überhaupt, wo hat dieser Gesundheitsfanatiker Keime gesehen und als spanische erkannt?

Der Beamte versteht keinen Spaß. In Amerika spaßt man nicht mit der Hygiene. Man ist gründlich ... Und es dauert drei Jahre. Schließlich können nur Beamte, in diesem Fall Gesundheitsbeamte, solch eine schwierige Arbeit gewissenhaft verrichten. William Randolph Hearst jedenfalls kostet diese Desinfizierungsaktion nicht nur drei Jahre, sondern auch 75 000 Dollar.

Während dieser drei Jahre arbeitet Larry Stevel zum ersten Mal in seinem eigentlichen Beruf als Architekt, aber nur mit halbem Herzen. In Wirklichkeit wartet er nur darauf, dass diese blöden drei Jahre vorübergehen. Seine Lebensaufgabe ist und bleibt das Kloster.

Endlich ist es soweit. Larry ruft den »Boss« an. Wie üblich meldet sich der Assistent: »Das Kloster? Sie haben Sorgen. Wissen Sie eigentlich, dass wir im Jahre 1930 leben?«

»Ja. Und?«

»Und haben Sie vielleicht schon davon gehört, dass halb Amerika total ruiniert ist? Haben Sie schon mal was von der Inflation gehört?«

»Ja. Und?«

»Ja, und! Ja, und der Boss ist auch ruiniert. Also bitte verschonen Sie uns jetzt mit dem Kloster!«

Funkstille. Larry Stevel bringt zunächst kein Wort heraus. Er verkümmert in einer letzten, läppischen Frage: »Ach so. Ja, natürlich. Ist ja klar. Nur, was soll ich jetzt damit machen?«

»Zum Teufel damit! Lassen Sie es meinetwegen dort liegen, wo es ist!«

Und das zisterziensische Kloster Santo Bernardo de Sacramenia, 1141 durch König Alfonso VII. für die Benediktiner errichtet, bleibt in einer Halle des New Yorker Hafens – in 35 874 Steine zerlegt, in 10 751 Kisten verteilt, in amerikanischem Stroh verpackt. Es bleibt dort bis 1939 und auch während des ganzen Krieges – von allen verlassen und vergessen. Nur Larry denkt noch daran. Ihm wäre es zwar lieber, wenn das Kloster endlich aufhören würde, in seinem Kopf herumzuspuken, aber er ist machtlos dagegen. Allein beim Gedanken daran könnte er die Zähne fletschen.

Nach dem Krieg meldet sich der »Boss« nicht mehr. Er lebt verarmt und verbittert, bis er 1954 stirbt. Bald darauf kommen zwei Geschäftsleute aus Miami zu Larry: »Mister Larry Stevel?«

»Ja. Worum geht es?«

»Um das spanische Kloster. Sie erinnern sich? Wir haben es den Erben abgekauft.«

»Freut mich für Sie. Ich gratuliere. Aber was habe ich damit zu tun?«

»Alles, Mister Stevel. Sie haben es doch abgebaut, und Sie haben die Pläne. Nur Sie können es wieder aufbauen. Wir hätten es gerne in der Nähe von Miami. Für Touristen, verstehen Sie? So eine Art exotische Attraktion für Kulturreisende.«

»Ich verstehe. Natürlich verstehe ich, aber nicht mit mir. O nein, nicht mit mir! Dieses Kloster hat mich fast zum Wahnsinn getrieben, aber so verrückt bin ich nicht, um noch mal damit anzufangen!«

Anscheinend doch. Denn schließlich ist Larry damit einverstanden, das Kloster wieder zu errichten, obwohl ihm seine Frau mit Scheidung droht, falls er es tut. Er tut es, und sie knallt ihm die Tür vor der Nase zu. Larry lässt die 10 751 Kisten von New York nach Miami transportieren. Die Werbekampagne der beiden Manager ist perfekt: Presse, Funk und Fernsehen sind versammelt, als die Sonderzüge mit den 35 874 Steinen ankommen. Der bedeutende Augenblick wird festgehalten. Larry öffnet die Kiste mit der Nummer 1, die Kiste mit dem Fundamentstein. Ein eigenartiger Fundamentstein – er sieht eher aus wie das Stück einer Säule. Larry stürzt sich auf die Kiste Nummer 2 – und findet einen Stein, der zwar ganz sicher zum Kloster, aber ganz sicher nicht in die Kiste 2 gehört. Und so ist es bei allen anderen Kisten: hier ein Stück Spitzbogen, da ein Teil des Kreuzganges, alles total durcheinander – welch ein Wahnsinn!

Drei Jahre haben die Beamten des Gesundheitsamts gebraucht, das spanische Stroh durch amerikanisches zu ersetzen – und das Chaos perfekt zu machen! Sie haben das Stroh gewechselt, steril – aber sie haben sich einen Dreck darum gekümmert, dass die richtigen Steine wieder in die richtig nummerierten Kisten kommen! Dreißig Jahre also nach dem Anfang des ganzen Abenteuers steht Lary Stevel – in der Zwischenzeit auch schon sechzig Jahre alt geworden – vor dem größten Puzzle der Welt.

Was hat Larry Stevel wohl gemacht? Richtig! Ihn hat auf einmal die Wut gepackt, eine göttliche Wut, eine grimmige Entschlossenheit: »Dieses Kloster schaffe ich! Entweder das Kloster oder ich!«

Und er hat es geschafft. Drei Jahre lang tat er nichts anderes. Er lebte wie ein Mönch bei seinem Kloster, von der Welt abgetrennt, bis der letzte Stein wieder an seinem Platz stand. In Miami kann man das Kloster besichtigen. Eine einfache und strenge Architektur von zisterziensischem Stil.

Am Tage der Einweihung sagte Larry Stevel nur einen Satz: »Ich wäre besser gleich Mönch geworden!«

Der Mann, der nicht zu hängen war

23. Februar 1885 – 6 Uhr 58. Der Pfarrer des Gefängnisses von Exeter, der Richter und der Oberaufseher betreten die Zelle des zum Tode verurteilten John Lee und wecken ihn. Erst vor Kurzem ist der Geistliche mit diesem Amt betraut worden. Und heute wird es seine erste Hinrichtung sein. Ihm graut – und das kann man ihm gut nachfühlen. Gestern war der Galgen im Gefängnishof errichtet worden, direkt gegenüber der Kapelle – und jeder Hammerschlag war ihm durch Mark und Bein gegangen.

Die vierzig Jahre Seelsorge in Sussex haben ihn doch sehr geprägt, und sein empfindsames Gemüt lehnt sich nun einmal auf bei dem Gedanken, bei solch einem – »Spektakel« mitwirken zu müssen. Aber das ist jetzt seine Aufgabe: da zu sein, wenn jemand stirbt – oder getötet wird. Dabei zu sein, wenn auch John Lee stirbt. Da zu sein und für seine Seele zu beten.

Zu seiner großen Überraschung empfängt der Verurteilte die drei Männer mit einem breiten Grinsen: »Na, ist es endlich soweit? Hat meine letzte Stunde geschlagen? Bitte sehr, meine Herren, nach Ihnen!«

Der Geistliche fragt ihn, ob er vorher noch beichten möchte.

»Wozu? Wir sehen uns bestimmt bald wieder!«

Die vier Männer marschieren also zum Galgen, wo Mister Berry, der Scharfrichter, dem Verurteilten die Hände auf dem Rücken fesselt. Der Pfarrer murmelt seine Gebete, steigt die Stufen hoch und stellt sich auf den Platz, der dort für ihn vorgesehen ist.

»Möchten Sie noch etwas sagen?«, fragt der Richter den Verurteilten.

Mit fester Stimme antwortet John Lee: »Nein. Nichts.«

Dann geht alles sehr schnell: Der Henker stülpt die weiße Kapuze über den Kopf des Delinquenten, legt ihm die Schlinge um den Hals, tritt einen Schritt zurück und gibt seinem Gehilfen das Zeichen. Der Geistliche schließt die Augen und betet nun etwas lauter. Der Gehilfe zieht die Schnur am Riegel – doch die Fallklappe geht nicht auf.

Ein paar Sekunden lang herrscht eisige Stille. Der Henker fasst sich als erster und gibt dem Gehilfen abermals ein Zeichen. John Lee wird von Strick und Kapuze befreit. Er ist blass, aber – ja, er wirkt fast amüsiert!

»Hallo, da bin ich wieder!« Und zum Pfarrer, der mit weichen Knien neben ihm steht, bemerkt er nur: »Ich hab's Ihnen ja gesagt, dass wir uns bald wiedersehen!«

Auf dem Galgengerüst ist es sehr eng. Der Geistliche und der Verurteilte werden aufgefordert, herabzusteigen. Die Mechanik muss überprüft werden. Der Henker und sein Gehilfe machen sich an die Arbeit. Doch alles funktioniert – bei Zug verschiebt sich der Riegel ganz normal, und die Falltür klappt mit einem dumpfen Schlag nach unten.

Mister Berry, der Henker, entschuldigt sich: »Es tut mir wirklich leid ... aber ... aber wir müssen es noch mal machen.«

»Machen Sie nur! Tun Sie Ihre Arbeit!« John Lee wirkt ganz lässig.

Die weiße Kapuze wird ihm erneut übergestülpt, die Schlinge um den Hals gelegt. Der Pfarrer schließt die Augen und murmelt wieder seine Gebete. Der Henker gibt das Zeichen. Der Gehilfe zieht an der Schnur. Der Riegel verschiebt sich und die Fallklappe – klemmt schon wieder!

Jetzt reicht es! Der Richter durchbohrt den Henker mit wütenden Blicken. Der Riegel wird wieder zurückgeschoben, Schlinge und Kapuze wieder abgenommen.

»Führen Sie den Verurteilten in seine Zelle!«

Während John Lee von den Wärtern abgeführt wird, begibt sich der Geistliche in seine Kapelle und bittet Gott, er möge die Herzen der Menschen doch bewegen, dass sie den armen Mann begnadigen, der zweimal Todesangst ausstehen musste.

Unterdessen arbeitet der Henker fieberhaft. Der Mechanismus wird erprobt und abermals erprobt. Alles funktioniert einwandfrei: Der Riegel verschiebt sich, und die Klappe fällt jedes Mal nach unten. Mr. Berry stellt sich sogar selbst auf die Fallklappe, packt den Strang fest mit beiden Händen und befiehlt: »Jetzt! Zieh an der Schnur!«

Sofort klappt die Falltür, und der Henker schaukelt einige Sekunden lang am Strang. Dann lässt er sich unter den Bretterboden fallen: »Es ist wirklich alles in Ordnung. Sie haben's doch gerade selbst gesehen.«

»Also gut«, sagt der Richter, »auf ein Neues!«

Und wieder verlässt John Lee seine Todeszelle. Doch erweckt er den Eindruck, als ginge ihn das Ganze gar nichts an. Der bedauernswerte Geistliche wird benachrichtigt, dass die Hinrichtung nunmehr stattfinden kann. Er versucht einzuwenden, dass unter diesen Umständen ... in Anbetracht des eindeutigen Zeichens ... der zweimaligen Offenbarung des göttlichen Willens ... Man könnte doch die Strafe aussetzen! Doch der Richter besteht unerschütterlich darauf, dass jeder Beteiligte seinen Platz wieder einnimmt. Die göttliche Gerechtigkeit in Ehren, aber die irdische Gerechtigkeit muss ihren Lauf nehmen. John Lee hat gemordet – er muss also sterben!

Die außergewöhnlichen Umstände dieser technisch so schwierigen Hinrichtung verbreiten sich im Gefängnis wie ein Lauffeuer. Jetzt drängen alle Häftlinge an die vergitterten Fenster und starren auf den Mann, der mit seinem Seelsorger und seinem Henker nun bereits zum dritten Mal unter den Galgen tritt. Jeder steht also wieder auf seinem vorgesehenen Platz.

Bevor Mr. Berry John Lee erneut die Kapuze überstülpt, meint er noch: »Tut mir leid, alter Junge, aber diesmal wird's ernst.«

»Meinst du?«, bemerkt der Verurteilte – wieder mit seinem herausfordernden breiten Grinsen.

Nun, der hat vielleicht die Ruhe weg, denkt der Henker für sich, und mit gemischten Gefühlen zieht er ihm abermals die Kapuze über den Kopf, legt ihm die Schlinge um den Hals, prüft den Knoten und tritt zwei Schritte zurück. Zum dritten Mal murmelt der Geistliche in seiner Ecke die obligatorischen Gebete und schließt die Augen.

Totenstille. Da erhebt sich auf einmal eine Stimme: Sie singt ein altes englisches Lied – eine gedämpfte Stimme, dennoch ruhig und kräftig: John Lee, jetzt singt er auch noch unter seiner Kapuze!

Überrascht und etwas hilflos schaut der Henker den Richter an. So etwas erlebt er wirklich zum ersten Mal. Könnte man nicht ...?

Aber der Richter wird schon ungeduldig. »Worauf warten Sie denn noch, Mr. Berry?«

Warum um Himmels willen gibt er das Zeichen nicht? Der Richter nickt energisch, und der Henker gibt schließlich den Befehl weiter. Der Gehilfe zieht an der Schnur, der Riegel gleitet hörbar zurück – nur die Fallklappe bewegt sich wieder nicht.

Ein Aufschrei der Freude schallt durch den Gefängnishof. Die Häftlinge johlen vor Begeisterung. Tobend vor Zorn wirft der Richter seine Perücke zu Boden und tritt sie mit den Füßen: »Man führe den Verurteilten in seine Zelle ... und schicke mir den Idioten von Tischler, der dieses Schafott gebaut hat!«

Unter dem Beifallsgejohle seiner Mitgefangenen verlässt John Lee den Hof wie ein Torero seine Arena, und nach allen Seiten grüßend, begibt er sich gemächlich in seine Zelle.

Der Geistliche wendet sich an den Richter, wird aber sofort unterbrochen: »Kümmern Sie sich gefälligst nicht um Dinge, die Sie nichts angehen!«

Der Tischler heißt Frank Ross. Ein Gefangener, der ursprünglich auch zum Tode verurteilt, dessen Strafe aber in lebenslängliche Haft umgewandelt worden war. Mit unschuldiger Miene steht er vor dem Richter: »Hast du etwa dieses Mistding gebaut?«

Das ist nicht zu leugnen. Vor vierzehn Tagen hat ihn die Verwaltung damit beauftragt, das Galgengerüst nach herkömmlichem Muster anzufertigen.

»Und warum funktioniert das Ding dann nicht, wenn ich fragen darf!?«

Frank Ross zuckt die Achseln. Er weiß es nicht ... keine Ahnung ... vielleicht hat durch den Regen, nachts, das Holz gearbeitet.

»Dann hoble die Falltür gefälligst ab!«

Zum Gaudium der Häftlinge, die an den Zellenfenstern kleben, überwacht der Richter jetzt selbst die Überarbeitung der Klappe. Dreimal nimmt er dann selbst den Platz des Verurteilten ein, so wie es vorher Mr. Berry getan hatte. Dreimal lässt er den Riegel öffnen, dreimal schaukelt er am Strang, den er mit beiden Händen hält. Es funktioniert jedes Mal!

»Na, wer sagt's denn! Es ist alles in Ordnung. Also los, wir müssen zu einem Ende kommen!«

Unter stürmischem Gejubel der Häftlinge tritt John Lee zum vierten Mal unter den Galgen. Zum vierten Mal – und diesmal mit zitternden Händen – zieht ihm Mister Berry Kapuze und Schlinge über den Kopf, zum vierten Mal schließt der Kaplan die Augen und betet zum Himmel, das Wunder möge vielleicht doch noch einmal geschehen. Wieder senkt sich Totenstille über den Hof.

Da dem armen Henker alle Glieder schlottern, gibt der Richter diesmal selbst dem Gehilfen das Zeichen. Der zieht nun zum vierten Mal an der Schnur und – zum vierten Mal rührt sich die Fallklappe nicht!

»Das darf doch nicht wahr sein!«

Ungeheurer Beifall braust los – die Häftlinge toben. Totenblass, mit gesenktem Haupt, verlässt der Richter den Hof. Der Geistliche kniet auf dem Gerüst und dankt Gott für das Leben von John Lee. Der kommt wieder in seine Zelle.

Ein paar Tage später wandelt das Unterhaus sein Todesurteil in eine lebenslängliche Haftstrafe um. 22 Jahre später wird John Lee begnadigt und entlassen. Er heiratet sogar noch – und stirbt schließlich 1943 eines natürlichen Todes.

Auf dem Sterbebett hat er das Geheimnis verraten. Denn es hatte natürlich kein Wunder sein Leben gerettet, sondern allein die Geschicklichkeit von Frank Ross, dem Tischler: Genau an der Stelle nämlich, wo der Geistliche bei der Hinrichtung zu stehen pflegte, hatte er ein Brett angebracht, das sich immer dann um einige Zentimeter verschob, wenn jemand darauf stand – einige Zentimeter nur, aber die reichten aus, die Fallklappe zu blockieren. Nun, bei den Proben hatte der Geistliche nicht auf seinem vorgesehenen Platz auf dem Bretterboden des Galgengerüsts gestanden. Da hatte die Fallklappe funktioniert. Aber bei jedem Hinrichtungsversuch tat das Brett seinen Dienst. Der Geistliche hatte dem Delinquenten sozusagen an der richtigen Stelle beigestanden.

Es war übrigens das letzte Mal, dass die Justizverwaltung in England einen Häftling mit der Errichtung eines Galgengerüsts beauftragte.

Ja Madame – das war sie

Aus der trostlosen Menge, die sich stumm durch das Dorf schleppt, hört man plötzlich einen Schrei. Die staubigen Wagen, die überladenen Fuhrwerke, die knarrenden Karren, die unter platzenden Koffern ächzenden Fahrräder – alles hält an. Nicht lange. Gerade lange genug, dass sich eine kleine Gruppe verstörter Menschen aus der Flüchtlingskolonne lösen kann. Sie tragen ein junges Mädchen.

War es eine Granate? War es eine Bombe? Woher kam das mörderische Geschoss? Man wird es niemals erfahren. Wozu auch. Was zählt, ist dieses Mädchen, das in seinem Blut am Straßenrand liegt. Über sie gebeugt – eine Familie, von allen verlassen. Denn die anderen ziehen weiter.

»Die Deutschen werden gleich da sein!«

»Bringen Sie sie doch in die Kirche!«, schlägt eine alte Frau vor, die gerade vorbeikommt.

Und schon taucht oben auf dem Hügel ein großes olivgrünes Ungeheuer auf. Geduckt, kriechend, furchterregend dreht der Panzer seinen Turm mit der drohenden Kanone nach rechts – nach links –, als betrachtete er zufrieden die Lage. Er hat gewonnen: Unten im Tal rennen die Menschen kopflos davon, rennen um ihr Leben. Überall entlang der französisch-belgischen Grenze ist es derselbe Sieg, derselbe Triumph, dieselbe Freude für die grünliche Monstren.

Blond, blaue Augen, im Nacken sauber rasiert, dünn und sehr blass unter dem Stahlhelm; das ist Soldat Hermann Ropp. Er ist glücklich, *dabei* sein zu dürfen. Gestern noch hat er seiner Mutter geschrieben: »Liebe Mutter. Du kannst stolz sein. Morgen geht es an die

Front mit der Panzerdivision. Endlich bekomme ich die Feuertaufe ...«

Mitten im wüsten Getöse geht Hermann Ropp – neunzehn Jahre alt und voller Enthusiasmus – hinunter zu dem kleinen Dorf, wo ihn in einer bescheidenen Kirche so etwas wie das Schicksal erwartet – nicht unbedingt der Ruhm. Es ist Juni 1940, Nordfrankreich, in der Nähe von Béthune.

Die deutschen Panzer haben vor dem Dorf gehalten. In einer Staubwolke tauchen die ersten Infanterie-Stoßtrupps auf dem Dorfplatz auf ... Mit ihnen Hermann Ropp, der jetzt für bewiesen hält, was die Lehrer seiner Jugend ihm eingeschärft haben: dass Tugend und Tapferkeit zum Sieg führen.

»Vorwärts für Führer und Reich!«, hat Hermann auf die erste Seite seines Feldtagebuchs geschrieben. Es soll ein Heldenepos werden. Vor drei Tagen hat er damit begonnen. Heute wird er die vierte Seite schreiben.

Weil er im Augenblick gerade keinen Befehl auszuführen hat, beschließt der junge Soldat, sich die Kirche anzuschauen. Den Karabiner im Anschlag, stößt er mit einem Fußtritt das jahrhundertealte Portal auf. Es dreht sich schwer in den Angeln. Hermann hilft mit der Schulter nach und schlüpft in die Kirche.

In ihrem Halbdunkel empfängt ihn jedoch nicht die erwartete Stille – er hört Gemurmel und schweres Atmen.

Sein Blick schweift über die aufgeworfenen Platten des Mittelgangs zum Altar. Dort sieht er in der Mitte des Chores – zusammengedrängt – eine seltsame Gruppe von Menschen: einen Mann mit blutbefleckten Hemdsärmeln, eine blasse Frau mit aufgelöstem Haar und zwei kniende Jungen, so um die zehn, zwölf Jahre alt. Sie wirken verstört.

Auf einer Trage zu ihren Füßen liegt ausgestreckt ein blutiger Körper. Sie drängen sich um ihn, als müssten sie ihn vor Hermann schützen. Das Bild versetzt ihm einen Schock. Ihm ist, als ob er es entweihe. Vielleicht hat er auch Angst, weil er nicht richtig weiß, was die Leute tun, was sie gleich tun werden und was er tun soll. Seine Lehrer haben ihm das nicht beigebracht. Er hat einfach Angst – vielleicht auch, weil sein Unterbewusstsein ihm sagt: Hermann, das hier ist die Wende deines Lebens.

Die Frau auf der Trage hat lange, dunkle Haare. Er kann nicht erkennen, ob sie tot oder nur verletzt ist, aber er sieht: Es ist ein junges Mädchen. Der Mann – sicher der Vater – beachtet ihn nicht. Er beugt sich wieder über seine Tochter und versucht, ihren rechten Arm zu schienen. Die Mutter reicht ihm Stoffstreifen, die sie von einem Hemd abreißt. Ein Junge tupft das Blut ab, das aus einer Wunde auf der Stirn quillt.

Der Soldat tritt mit fragendem Blick zu den Eltern. Sie merken, dass er nicht französisch spricht. Und da sie auch nicht Deutsch können, zucken sie nur mit den Schultern.

Vom Pfarrhaus her trippelt ein uralter kleiner Priester mit einem Verbandskasten heran. Er könnte hundert Jahre alt sein. Wenigstens kann *er* etwas Deutsch: »Sie stirbt, wenn man nichts unternimmt!«

»Aber ... wer hat das getan?«

Der alte Priester mustert Hermann Ropp eine, zwei oder drei Sekunden lang – es gibt Momente im Leben, die kann man nicht messen. Unter den weißen Brauen, aus dem Gewirr der Augenfältchen heraus, blicken seine Augen ihn erstaunt an: »Das fragen Sie noch, wer das getan hat? Ja Sie, die Deutschen! Wer sonst?«

Wie ein Schüler, der sich gegen die Ungerechtigkeit seines Lehrers auflehnt, richtet sich Hermann Ropp auf und will schreien. Aber er hat verstanden: Natürlich war *er* es. Gestern noch hat er seiner Mutter geschrieben: »Liebe Mutter, du kannst stolz auf mich sein, morgen bekomme ich meine Feuertaufe ..., es geht an die Front!«

Nur das hier hat er nicht erwartet. Seit zwei Tagen hat er nur Panzer auf den Straßen brummen hören, er hat seine Kameraden singen hören, sie mit aufgekrempelten Ärmeln marschieren sehen; Flüchtende, brennende Häuser, knatternde Maschinengewehre, heulende Flugzeuge, Kanonendonner, aber keinen einzigen Toten, keinen Verletzten. Das erste Blut, das er sieht, sieht er an diesem verwundeten jungen Mädchen, mitten in einer Kirche – ein Anblick, auf den er nicht vorbereitet war.

»Sie war auf der Straße, als es passierte«, erklärt der Priester leise. »Ihr Arm ist fast abgerissen, sie hat eine tiefe Wunde an der Stirn. Ich fürchte, sie wird blind. Und sie ist bereits seit zwei Stunden hier. Sie hat schon viel Blut verloren. Kein Arzt, kein Auto im Dorf. Man müsste einen Ihrer Militärärzte holen!«

Wie ein betroffener kleiner Junge, voller Respekt vor der Soutane, antwortet Hermann: »Jawohl, Herr Pfarrer.«

»Sie muss in ein Krankenhaus gebracht werden, sonst stirbt sie!«

»Jawohl, Herr Pfarrer.«

Drei Schritte weicht er zurück, dann macht Hermann Ropp kehrt, schlüpft durch die schwere Tür und steht draußen in der prallen Sonne. Er geht los und sucht den Stabsarzt. Der, ein gewissenhafter, menschlicher Offizier, weiß sehr wohl, was man Zivilisten schuldet – und erst recht einem jungen Mädchen. Und wie es sich nach der Genfer Konvention gehört, folgt er dem jungen Soldat sofort in die Kirche. »Schnell, sonst stirbt sie, schnell!«

Ein abgebundener Arm, eine Spritze, und die Blutung kommt zum Stillstand. Hermann Ropp läuft herum. Er ist an allen Ecken des Dorfes zugleich und bringt es mit seinem Drängen zuwege, dass die Trage des jungen Mädchens mit einem Sanitätsfahrzeug der Wehrmacht ins Hospital von Béthune gefahren wird. Aneinandergedrängt bleiben Vater, Mutter und die beiden Brüder bei ihr. Der Vater hält ihre gesunde Hand. Die Mutter schluchzt. Auch Hermann Ropp ist dabei, als zwei Krankenwärter die Trage herausheben und sie in den ersten Stock des Krankenhauses bringen.

»Du wartest auf mich, ja? Ich komme gleich«, sagt er zu dem Fahrer.

Eine Stunde lang bleibt Hermann Ropp am Kopfende des Bettes stehen. Lange genug, um zu sehen, dass sie sehr hübsch ist. Lange genug auch, um zu erfahren, dass der Sehnerv möglicherweise durchtrennt ist und dass der Arm wahrscheinlich amputiert werden muss. Lange genug schließlich, um zu hören, dass sie Rose heißt, dass sie in Courtrai in Belgien geboren ist und dass sie verletzt wurde, als die Familie mit den Flüchtlingen durch das Dorf kam.

Als Rose wieder zu Bewusstsein kommt, steht Hermann Ropp auf. Er muss gehen. In der Stadt setzt sich sein Bataillon wieder in Marsch. Unten hupt der Fahrer ungeduldig. Hermann Ropp hat nur eine Minute, um der jungen Blinden, die langsam wieder zu sich kommt, zu sagen ..., ja, was zu sagen? Als ob man mit wenigen Worten ausdrücken könnte, was er nun begriffen hat!

So nimmt er ihre Hand, drückt sie zart und stammelt lediglich: »Verzeihung, Verzeihung.«

Die Mutter sieht nicht, wie er geht, aber der Vater – den Tränen nahe – fasst seinen Arm und dankt ihm.

Einige Tage später, bei Dünkirchen, angewidert vom Krieg, gerät der Soldat Hermann Ropp in britische Gefangenschaft. Vom Kriegsgefangenenlager in England aus erlebt er, wie das Blatt sich wendet. Panzer, größer und noch furchterregender als zu Beginn des Krieges, rollen in die andere Richtung. Flugzeuge, viel mehr Flugzeuge, schneller und schwerer als zu Beginn des Krieges, spucken Tausende von Bomben aus und töten nun ihrerseits deutsche junge Mädchen. Die Kanonen donnern nun unter einem anderen Himmel. Mit hochgekrempelten Ärmeln und Siegerstolz in den Augen dringen alliierte Soldaten in Deutschland ein.

Für Hermann Ropp aber hat der Krieg nur ein Opfer gefordert: das junge Mädchen in der Kirche bei Béthune. Was wohl aus ihr geworden ist? Ob sie überhaupt noch lebt? Aus der Kriegsgefangenschaft entlassen, kehrt er 1945 nach Lutterbach in Westfalen zurück. Von seinem Elternhaus ist nicht viel geblieben – seine Familie in alle Winde zerstreut. Hermann Ropp beschließt, Deutschland zu verlassen und – wie er es sich im Gefangenenlager vorgenommen hatte – die junge Belgierin zu suchen. Er weiß nichts von ihr, außer dass sie Rose heißt und aus Courtrai stammt.

Mit falschen Papieren überschreitet er die belgische Grenze und kommt auch bis Courtrai, wo er sich drei Wochen lang kümmerlich durchschlägt. Eines Tages erfährt er endlich, dass Rose niemals nach Belgien zurückgekehrt ist, dass sie aber lebt und mit ihrer Familie irgendwo in Frankreich wohnt – irgendwo in Frankreich …

Noch am selben Abend passiert Hermann Ropp die französisch-belgische Grenze und fragt sich überall durch: »Kennen Sie hier in der Gegend ein braunhaariges junges Mädchen, blind und mit nur einem Arm?«

»Du lieber Gott, nein!«

Drei Monate lang sucht er Dorf um Dorf ab, bis er eines Tages in Neufchatel auf die Spur des jungen Mädchens stößt. Die Hoffnung treibt ihn zu einem kleinen Marktflecken im Calvados, wo er glaubt, Rose finden zu können. Aber er trifft nur Polizisten. Er wird festgenommen, wieder freigelassen und macht sich wieder auf die Suche.

Um diese Zeit liegt ein blindes Mädchen mit nur einem Arm im Liegestuhl eines Gartens in Beaulieu-sur-mer bei Nizza. Ihr Vater sitzt neben ihr und erzählt ihr zum x-ten Mal, wie sie fünf Jahre zuvor gerettet worden war: »Wir hatten dich in die Kirche gebracht. Du warst voller Blut, es gab keinen Arzt und kein Auto im Dorf. Ich sah, dass dein Arm fast abgerissen war, aber ich wusste nicht, dass du auch das Augenlicht verloren hattest. Während ich versuchte, dich zu versorgen, eroberten die Deutschen das Dorf. In der Kirche war außer uns nur noch der alte Pfarrer.

Da kam der junge Deutsche herein. Zuerst hatten wir Angst vor ihm. Er hielt ein Gewehr im Anschlag und sah wirklich zum Fürchten aus. Aber als er bemerkte, dass wir uns um eine Verletzte kümmerten, um ein Mädchen – da war es um ihn geschehen. Er hatte noch niemals Blut gesehen …«

Die junge Blinde fragt: »Und wie sah er aus, dieser junge Deutsche?«

»Blond, kurze Haare, blaue Augen und sehr schlank. Er war müde und kam mit schleppenden Schritten in die Kirche. Jedenfalls war er noch sehr jung. Ohne

Stahlhelm und Uniform hätte er wahrscheinlich sehr nett ausgesehen. Schade, als du im Krankenhaus wieder zu Bewusstsein kamst, musste er gehen. Weil er kein Wort französisch konnte, wusste er auch nicht, was er dir sagen sollte. Er hat dich auf deutsch um Verzeihung gebeten.«

»Es waren die ersten Worte, die ich hörte, als ich wieder aufwachte«, erinnert sich die junge Blinde. »Ich hätte ihn gern kennengelernt ...« »Ja, ja«, entgegnet der Vater. »Das ist schade. Wahrscheinlich hat er uns sogar seinen Namen gesagt, aber ich habe ihn nicht richtig verstanden. Ich würde ihn auch gern wiedersehen. Er war so betroffen, dass ich sicher war, er würde nach dem Krieg versuchen, dich wiederzufinden. Vielleicht ist er auch gefallen, der arme Junge!«

Die Zeit vergeht. Wir schreiben mittlerweile das Jahr 1978 und sind nicht mehr im Garten des kleinen Hauses in Beaulieu, sondern auf der Terrasse eines Wohnblocks am Cap Ferrat, am Fuß der Hügel von Villefranche. Auf der Terrasse sitzt ein alter Mann mit Brille und liest im »Nice-Matin«. Der Alte lässt die Zeitung auf den Schoß sinken und sagt zu seiner Frau:

»Yvonne, hörst du?«

»Ja.«

»Sieh mal, was hier steht: ›Wir trauern um Hermann Ropp, der am 18. Februar einem Herzanfall erlegen ist. Er stand im 52. Lebensjahr. In Villefranche, wo er seit zwanzig Jahren lebte, und am Flughafen Nizza, wo er das Lufthansabüro leitete, hatte Hermann Ropp nur Freunde. Seiner Familie drücken wir unser herzlichstes Beileid aus.‹«

Das Ehepaar sieht sich an. Der Name kommt ihnen bekannt vor. »Es ist vielleicht verrückt, aber ich glaube«, sagt der Mann, »das war der Name des deutschen Soldaten in der Kirche von Béthune, der Rose das Leben rettete.«

Der alte Mann steht auf und ruft die Redaktion des »Nice-Matin« an. Minuten später hat er die Nummer gewählt, die man ihm gegeben hat. Eine alte Frau mit deutschem Akzent meldet sich:

»Hallo!«

»Ist das die Nummer von Hermann Ropp?«

»Ja, ich bin seine Mutter, aber mein Sohn ist vorgestern gestorben.«

»Mein Beileid, Madame. Ich habe es in der Zeitung gelesen. Entschuldigen Sie, dass ich Sie in dieser Situation belästige. Aber ich möchte Sie etwas fragen: War Ihr Sohn im Krieg?«

»Ja.«

»Ist er bei der deutschen Offensive durch Béthune gekommen? Hat er von dieser Zeit erzählt?«

»Ja, warum fragen Sie?«

»Weil ich damals mit meiner Familie in Béthune war. Meine Tochter wurde verletzt und ...«

Die alte Frau unterbricht ihn: »Rose. Heißt Ihre Tochter Rose?«

»Sie hieß Rose, sie ist vor drei Monaten gestorben.«

Lange hört man nichts.

»Hallo?«, fragt der Vater endlich, »sind Sie noch da?«

»Ja, ich bin noch da«, sagt die alte Frau nun wieder, aber mit brüchiger Stimme. Sie weint. »Er hat Ihre Tochter so gesucht, Monsieur, viele Jahre lang. Von wo rufen Sie an?«

»Von Beaulieu.«

»Ich bin in Villefranche. Ich lebe seit zwanzig Jahren mit meinem Sohn in Villefranche.«

»Und wo sind Sie?«

»Oberhalb der Corne d'Or. Das große Hochhaus an der Straße. Und Sie?«

»Unten, am Cap Ferrat, in dem Haus, das am Ortseingang steht.«

»Aber dann kann ich Ihr Haus ja von hier aus sehen!«

Unten geht der alte Mann mit dem Telefon in der Hand auf seine Terrasse, blickt nach oben und sieht auf dem Hügel das Hochhaus. »Ich auch, Madame. Ich sehe Ihr Haus. Ich kenne es seit zwanzig Jahren. Die große Terrasse, Madame, wir haben die Wohnung im ersten Stock mit der großen Terrasse. Wo meine Tochter oft lag und Musik hörte.«

»Auf einem Korbstuhl?«

»Auf einem Korbstuhl, ja Madame, das war sie!«

Die Nacht der Spione

Auf dem Flughafen eines benachbarten Landes, zu einer Zeit, da die meisten Zöllner träumen, klingelt das Telefon. Eine Stimme verlangt dringend den Chef der Zollstation zu sprechen. Obwohl die Stimme gedämpft klingt, hört sie sich ganz offiziell an. Jedenfalls zieht sie alle Register: dies und jenes Ministerium, dort das Sekretariat, da die Anordnung von Oberst XY!

»Die Maschine aus Zürich, Flug 1027, soll um 1 Uhr 04 bei Ihnen landen. Richtig?«

»Richtig.«

»Haben Sie die Passagierliste?«

»Ja ..., sicher.«

»Darauf müsste eine Frau B. stehen – als Transitpassagier nach Schweden. Es handelt sich um die Frau des Militärattachés hier im Ministerium. Wir haben folgenden Befehl für Sie: Die Dame muss gründlichst durchsucht werden. Sie wird verdächtigt, äußerst wichtige Dokumente bei sich zu haben. Die Sache ist ernst. Es geht um die Staatssicherheit. Aber seien Sie sehr feinfühlig. Gründlich, aber mit Takt! Das Ministerium verlässt sich auf Sie. Ich erwarte Ihren persönlichen Bericht!«

»Jawohl. Ich habe verstanden.«

Der Chef des Flughafen-Zollbüros steht stramm wie bei einer Parade und legt mit ernster Miene den Hörer wieder auf. Und während die Maschine aus Zürich – Flug 1027 – mit aufheulenden Turbinen zur nächtlichen Landung ansetzt, bereitet sich die Elite der örtlichen Zollstation darauf vor, Frau B. ihre längste Nacht zu bescheren.

Frau B. ist in jeder Hinsicht eine Dame von beachtlicher Bedeutung, Würde und Gewicht. Und ausgerechnet *sie* hält man nun für eine Spionin? Gewiss, Spione sehen aus wie du und ich. Es gibt große und kleine, dicke wie dünne, und natürlich gibt es auch Wölfe im Schafspelz. Frau B. könnte also tatsächlich eine Spionin sein.

Der Zollstationsvorsteher beobachtet von seinem Büro aus mit einem Feldstecher, wie sie die Rolltreppe herunterkommt – und er ist wirklich beeindruckt vom mondänen Auftreten dieser mutmaßlichen »Mata Hari«. Die angehende Fünfzigerin im Pelzmantel wirkt sehr damenhaft. Auf einem Arm trägt sie ihr Hündchen, in der anderen Hand ihren Schminkkoffer. Und so betritt sie wie eine Diva die Transithalle.

Von diesem Augenblick an sitzt sie in der Falle, ohne auch nur die geringste Ahnung davon zu haben. Nach einigen Minuten kommt eine sehr liebenswürdige Stewardess auf sie zu und erklärt ihr mit jener dezenten, harmonischen Stimme, die auf allen Flughäfen der Welt die Gäste empfängt oder verabschiedet: »Entschuldigen Sie, gnädige Frau. Aber Ihre Maschine kann erst in ein paar Stunden wieder starten. Wir haben da ein kleines technisches Problem. Nichts Ernstes, aber die Überprüfung wird ein wenig Zeit in Anspruch nehmen. Würden Sie mir bitte Ihren Gepäckschein geben, damit wir Ihre Koffer ausladen. Unsere Gesellschaft wird alles tun, Sie so bald wie möglich – und selbstverständlich auch bevorzugt – auf eine andere Maschine umzubuchen. Aber es wird nicht leicht sein, alle Flüge sind ausgebucht!«

Frau B. ist einerseits verärgert über die Verspätung, andererseits fühlt sie sich aber geschmeichelt durch die freundliche Sonderbetreuung. Die anderen Passagiere müssen selber schauen, wie sie zurechtkommen. In Anbetracht ihrer Stellung verwundert diese Bevorzugung Frau B. nicht zu sehr, denn sie ist ein treuer, regelmäßiger Fluggast dieser Linie. Ihre Kinder wohnen in Schweden, und sie besucht sie sehr oft. Das Flughafenpersonal kennt sie. Also händigt sie ohne Weiteres ihren Gepäckschein aus und lässt sich in die VIP-Lounge führen. Ein Steward bringt ihr eine Tasse Tee.

Unterdessen stürzen sich die Zollbeamten auf ihr Gepäck wie ein Heuschreckenschwarm und durchsuchen es mit akribischer Genauigkeit. Nichts. Nirgends ein doppelter Boden, nicht der winzigste Mikrofilm in der Zahnpastatube. Die Koffer atmen die reinste Unschuld. Es müssen offensichtlich ernstere Seiten aufgezogen werden. Der Dienststellenleiter lässt zwei Durchsuchungsbeamtinnen zu sich kommen. Während er seinen Kolleginnen die Lage erklärt, wird Frau B. in der gemütlichen VIP-Lounge allmählich ungeduldig. Sie steht auf, geht zu dem Steward und flüstert – denn in solchen Fällen pflegen Damen immer zu flüstern: »Ich möchte mich etwas frisch machen. Würden Sie mir bitte sagen, wo die Toiletten sind?«

Verdammt! Damit hat der Steward – natürlich auch vom Geheimdienst – wirklich nicht gerechnet. Er wirkt ein wenig hilflos. Was nun? Er hat den Befehl, Frau B. keine Sekunde lang aus den Augen zu lassen. Und der Trick mit der Toilette ist ja geradezu klassisch. »Einen Augenblick, gnädige Frau, ich stehe Ihnen sofort zur Verfügung. Die Toiletten und Erfrischungsräume sind in der Ankunftshalle. Am besten begleite ich Sie.«

Er telefoniert nur mal eben schnell – unbemerkt – und fordert Verstärkung an. Er muss ganz sichergehen, dass niemand, aber auch wirklich niemand, während ihrer kurzen »Klausur« Kontakt mit ihr aufnehmen kann – vor allem aber auch, dass sie nichts merkt. Diskretion und Effektivität heißt die Devise. Der kleinste Fehler – und das Beweismaterial ist dahin! Oder aber, noch schlimmer, es existiert überhaupt kein »Beweismaterial« – irgendwelche Akten oder Mikrofilme. Dann gibt es einen interministeriellen und internationalen Skandal, der sich gewaschen hat.

Doch Frau B. wartet ganz geduldig, bis man sie endlich dorthin führt, wo sie nun gern einmal hin möchte. Vor der Damentoilette drückt sie ihren Schoßhund dem als Steward verkleideten Agenten in den Arm, bedankt sich freundlich und verschwindet. Sie achtet nicht auf die anderen Damen, die sich vor den Spiegeln schminken, stellt fest, dass alle Kabinen außer einer besetzt sind und geht hinein. Eine gewisse Zeit verstreicht. Der Steward sieht weder jemanden hineingehen noch herauskommen. Seine Mission ist erfolgreich beendet.

Frau B. nimmt ihr Hündchen wieder an sich, dankt und gibt ihrem aufmerksamen Begleiter höflich zu verstehen, dass die Örtlichkeiten sich nicht ganz in dem Zustand befinden, in dem sie eigentlich sein sollten – eine Bemerkung, wie sie solch noble Benutzer derartiger Einrichtungen immer gerne machen, wenn sich die Gelegenheit bietet.

Als Frau B. die VIP-Lounge erneut betritt, findet sie ihre Stewardess vor, in Begleitung eines sehr verlegen dreinschauenden Zollbeamten in Uniform: »Also, gnädige Frau … nun … wissen Sie … es ist so … Es tut uns außerordentlich leid, aber wir müssen Sie bitten, eine Durchsuchung ihres Gepäcks und auch eine Leibesvisitation zu gestatten.« – Welche Heuchelei!

Frau B. fährt auf. Eine Leibesvisitation? Und das bei ihr? Das ist doch grotesk!

Man erklärt ihr, Befehl sei leider Befehl. Die übrigen Passagiere müssten die gleiche Prozedur über sich ergehen lassen. Man könne es ihnen gegenüber nicht vertreten, nur bei Frau B. eine Ausnahme zu machen, und so weiter.

Ziemlich verärgert, aber immer noch sehr gefasst, ergibt sich Frau B. in ihr Schicksal. Und schon sieht sie sich im Zollbüro zwei athletischen Beamtinnen gegenüber, die sie auffordern, sich ganz auszuziehen und sich hüllenlos überprüfen zu lassen.

»Also, das ist doch wirklich lächerlich! Sie wissen doch, wer ich bin. Aber bitte, meinetwegen, walten Sie Ihres Amtes. Aber das ist wirklich eine Zumutung!«

Die Schilderung der nun folgenden Ereignisse dieser Nacht – ist eine sehr delikate Angelegenheit, die des Taktgefühls bedarf: Frau B. steht also im Zollbüro – im Evaskostüm. Ihre Kleider wurden peinlich genau durchsucht: ohne Erfolg. Ja, und nun müssen die Zollbeamtinnen sie – aus der Nähe – noch gründlicher begutachten: von vorn – nichts Ungewöhnliches. Von der Seite – alles normal. Aber von hinten!

»Da ... hier ... da schauen Sie! Schauen Sie bloß ...« stottert die Hilfsbeamtin völlig verdutzt und ruft ihre Chefin.

»Was ist denn los? Nun sagen Sie schon!«

Frau B. ist schamrot – einer Ohnmacht nahe.

Ja, was ist los? Los ist, dass auf dem ehrwürdigen Hinterteil von Frau B. merkwürdige Buchstaben zu erkennen sind, unlesbar auf den ersten Blick. Die Chefin richtet die Lampe darauf, nimmt sogar eine Lupe zur Hilfe, kann aber keinen Sinn in diesen bizarren Hieroglyphen erkennen. Auf alle Fälle ist für sie offenkundig, dass *da* mit Sicherheit ein Text, wahrscheinlich eine verschlüsselte Botschaft steht. Die

Buchstaben erscheinen sogar in Spiegelschrift! Wenn das kein Beweis ist!

»Würden Sie vielleicht endlich die Güte haben, mir zu sagen, was Sie so sehr an meinem Hinterteil interessiert? Das ist ja unerträglich! Sind Sie mit Ihrer Untersuchung jetzt fertig?«

»Wir bitten um Entschuldigung, gnädige Frau, aber das hier, das ist der Beweis: ein ... ein Dokument!«

»Ein was? Der Beweis! Ein Dokument! Sie sind wohl verrückt geworden!«

Der Chef der Zollstation, der augenblicklich gerufen wird, kratzt sich am Kopf. Er ist total verblüfft: »Das darf doch nicht wahr sein!« Unglaublich! Diese Frau ist also in der Tat eine Spionin. Und sie hat sich eine geniale Methode ausgedacht, einfach genial. In der Gewissheit, dass bei ihrer gesellschaftlichen Stellung niemand es wagen würde – schmuggelt sie also Botschaften auf dem intimsten Teil ihres Körpers.

Er stürzt zum Telefon, ruft seinen Vorgesetzten an, dieser wiederum seinen Vorgesetzten usw., bis endlich eine Stimme von höchster Stelle anordnet: »Fotografieren Sie das Corpus delicti! Ich will sofort Vergrößerungen haben! Und rufen sie den Chef der Dechiffrierabteilung an. Das Ganze soll sofort entschlüsselt werden, verstanden! Und noch etwas: Halten Sie mir die Dame warm! Nicht, dass sie etwa versucht, das Beweisstück zu verwischen. Stellen Sie es also geschickt an. Sie soll sich auf den Bauch legen und sich nicht bewegen. Auch die Tinte muss sofort analysiert werden, klar? Schauen Sie, wie Sie zurechtkommen. Im Augenblick tragen Sie die volle Verantwortung. Ich hoffe, Sie wissen, was das heißt!«

Und stundenlang muss nun die arme Frau B., der alles Protestieren und Schreien nichts hilft, die schlimmsten Erniedrigungen über sich ergehen lassen. Es wird fotografiert, mit dem Mikroskop untersucht, hier Großaufnahmen in Schwarz-Weiß und Farbe, da mit Infrarot. Alles, was auf ihrem Gesäß abgedruckt ist, wird vervielfältigt und per Fernschreiber zur Dechiffrierabteilung des Ministeriums geschickt.

Die beschwert sich. Es ist alles zu undeutlich. Also Vergrößerungen bitte, von jeder Einzelpartie, und vor allem: schärfere Bilder!

Was zum Teufel haben diese verwischten Hieroglyphen zu bedeuten? Industriespionage? Vielleicht Konstruktionsdaten von neuen Triebwerken? Oder geheime militärische Berichte der NATO? Vielleicht handelt es sich sogar um eine Liste von Spionen und deren Decknamen! Mit Fotos sogar!

Für den Geheimdienst wird Großeinsatz angeordnet. Der Ehemann von Frau B. wird aus dem Schlaf gerissen und zum Minister zitiert, den man ebenfalls mitten in der Nacht aus dem Bett geholt hat. Die Nacht vergeht für alle Beteiligten in höchster Aufregung: geheime Nachrichten, Telefonanrufe quer durch Europa, Anordnungen und Gegenanordnungen.

Und währenddessen erzählt die arme Frau B., gedemütigt und in ohnmächtigem Zorn, zum x-ten Mal ihre Version des Falles: »So glauben Sie mir doch endlich! Die Toiletten hier waren nicht sauber. Ich habe mich auch gleich beim Steward beschwert. Ich ekle mich vor solchen Toiletten, also habe ich eine Zeitung über die Brille gelegt, bevor ich mich draufsetzte. Wahrscheinlich war der Druck noch frisch und hat sich auf meine Haut abgedrückt. Prüfen Sie es doch nach. Es war die ›Tribune de Genève‹. Ich habe sie natürlich dort gelassen!«

Nur, leider waren die Putzfrauen der Frühschicht bereits am Werk, und sie haben gründliche Arbeit geleistet. Niemand glaubt Frau B. Und sie bleibt weiterhin auf dem Bauch liegen, während die Vervielfältigungen ihres suspekten Hinterteils in allen möglichen Ministerien die Runde machen. Ein wahrlich übler Spaß!

Es dauert Stunden, bis ein Angestellter der Dechiffrierabteilung seinen Bericht ganz diskret an die höchste Stelle schickt. Im Morgengrauen kann der Minister endlich die skurrilste Spionageaffäre unserer Zeit ad acta legen: Vor ihm liegt der Bericht über den Inhalt jenes denkwürdigen Informationsträgers, und er liest: Ein Artikel über die Kantonalwahlen in der Schweiz, der Wetterbericht mit Vorhersage, die Aufstellung einer Fußballmannschaft mit Foto sowie die Ergebnisse eines Anglerwettbewerbs des Vereins »Die fröhlichen Genfer«. Die erste Seite der »Tribune de Genève«, verwischt, gedruckt in Spiegelschrift und Regenbogenform – auf dem Po einer sehr ehrbaren Dame. Ein unglaubliches Dokument – mit Verlaub.

Die Bärenfellmütze

Am 23. April 1938, frühmorgens, hallt ein Schrei durch alle Gänge des Landsitzes der Mac Redfords in Schottland. Der Schrei ist so laut und so schrill, dass der Kristalllüster im Haupttreppenhaus zu klirren beginnt. Sogar die Vögel verstummen. Der Unruhestifter heißt Sir Yonnel Mac Redford. Sein Kopf ist vor Zorn scharlachrot angelaufen, und schwankend hält er sich am Treppengeländer fest. Ein gequälter, heiserer Ton entringt sich seiner Kehle: »Wer hat es gewagt!« Von allen Seiten öffnen sich die Türen.

»Wer hat das getan?! Wer hat es gewagt!«, wiederholt Sir Yonnel immer wieder und ringt nach Luft.

Erschrocken fragt sich die ganze Familie, was für ein abscheuliches Verbrechen den Patriarchen denn wohl in einen derartigen Zustand versetzt haben könnte. Da vernimmt man aus seinem Stöhnen: »Die Bärenfellmütze von Großvater Reginald ist verschwunden!«

Diese Bärenfellmütze von Großvater Reginald gehört zum ruhmreichen Erbe der Mac Redfords. Großvater hat schließlich einst an der Schlacht von Waterloo teilgenommen, und die Mütze hat er getragen, als ihm der rechte Arm von einer französischen Kanonenkugel abgerissen wurde! Augenzeugen wollen sogar gesehen haben, dass Sir Reginald sich darauf erhob und mit der linken Hand den Säbel wieder aufnahm, den seine einige Meter entfernt liegende Rechte noch hielt!

So eine Mütze, die solch ein Held getragen hat bei einer derart berühmten und weltbewegenden Schlacht, ist kostbare Trophäe! Und heute morgen, als Sir Yonnel durch den Gang kam, um sich nach unten zum

Frühstück zu begeben, stellte er fest, dass die Vitrine geöffnet und die Pelzmütze entwendet worden war.

Familie und Personal sind sprachlos. Niemand will die kostbare Reliquie angerührt haben. Was sollte man auch damit anfangen? Eine alte Pelzmütze, selbst, wenn sie die Ehre Englands bei Waterloo verteidigte, hat keinen besonderen Wert – und tragen könnte man sie auch nicht mehr, heute, 1938!

Daraus schließt Mac Redford, mit dem Diebstahl sei die Absicht verbunden, seine Familie zu beleidigen, ja zu demütigen. Und erneut brüllt er los: »Der Dieb hat uns herausgefordert! Die Mac Redfords müssen die Herausforderung annehmen oder in Schande zugrunde gehen. Ich appelliere an alle Angehörigen unseres Blutes – an alle, die sich mit uns solidarisch fühlen!«

Am nächsten Morgen ist die um den Frühstückstisch versammelte Familie leider keinen Schritt weitergekommen. Die Pelzmütze bleibt verschwunden. Nach dem Frühstück verlassen alle das Speisezimmer. Elisabeth – Sir Yonnels Gattin – nimmt das Dienstmädchen Mary beiseite: »Mary, ich vermisse unsere Tischbürste. Wissen Sie vielleicht, wo sie sein könnte?«

Marys verdutzte Miene ist an sich schon Antwort genug: »Die Tischbürste? Ich habe sie nicht ... Die muss wie immer im Mahagoni-Silberschrank sein.«

Mary schaut selbst nach, um ihr Gewissen zu beruhigen, muss aber gleich feststellen, dass Mrs. Redford recht hat: Die große, sichelförmige Tischbürste aus elisabethanischer Zeit ist verschwunden. Das ist ein weiterer, schwerer Schlag für die Mac Redfords. Die schöne Tischbürste mit ihrer massiven Silberfassung war den Großeltern Charles und Catherine von Königin Victoria persönlich zur Hochzeit geschenkt worden!

Wieder versammelt der Patriarch die Familie im Salon. Und mit demselben kämpferischen Elan, der ihn einst schon im Burenkrieg ausgezeichnet hatte, wendet er sich an seine Truppen: »Ich schwöre, dass ich den Schuldigen bis Sonntag ausfindig gemacht habe, oder ich will hinfort nicht mehr Redford heißen!«

Damit stürzt sich Sir Yonnel in seine Ermittlungen. Und sehr bald erweist sich, dass der Dieb sich nicht nur auf solche Erbstücke beschränkt hat: Ein jeder stellt fest, dass irgendwelche, meist harmlose Kleinigkeiten verschwunden sind: die Kleiderbürste zum Beispiel, die an der Garderobe aufgehängt war, der Besen der großen Diele im zweiten Stock, die Kaminbürste – usw.

Als Sir Yonnel auch noch eine Haarbürste auf die Liste der vermissten Gegenstände setzt, kommt ihm plötzlich die Erkenntnis: »Unglaublich, aber ich denke, ja, ich bin ganz sicher, wir haben es mit einem Haarfetischisten zu tun!« Dieser Sachverhalt, der von vornherein nicht unbedingt ersichtlich war, wird offenkundig, als man die verschwundenen Gegenstände miteinander vergleicht: Alle haben Haare. – Der Dieb stiehlt nur Gegenstände mit Haaren oder Borsten!

Doch was zum Teufel kann er bloß damit anfangen? Hinter diesem Fragezeichen verbirgt sich sicher die Lösung des ganzen Rätsels. Eines ist schon klar: Der Schuldige hat nicht aus purem Zufall diese Dinge an sich genommen. Doch der Fall wird damit auch schwieriger. Denn sofern es sich um eine Manie handelt, wird der Kleptomane ganz sicher seine Trophäen so versteckt haben, dass sie nie wieder auftauchen. Außerdem muss er geistesgestört sein – oder besessen! Bestimmt wird er sich nicht verraten. –

Sir Yonnel aber gibt sich nicht so schnell geschlagen. Er ermittelt weiter, erkundigt sich hier und da, forscht immer und überall nach. Und so erfährt er, dass seit Wochen schon auch andere Dinge auf ebenso mysteriöse Weise verschwunden sind; die Kette des alten Brunnens, eine Bank im Waschkeller, die Kurbel des Sonnendachs auf der Terrasse, zwei alte Fahrradräder, zwei kleinere Räder des Puppenwagens von Großmutter Mary – kurzum eine ganze Reihe bunt zusammengewürfelter Dinge, die alle nichts mit Haaren zu tun haben.

Jetzt verwandelt sich Sir Yonnel in Sherlock Holmes. Er inspiziert selbst seinen gesamten Besitz, einen Raum nach dem anderen, einen Schrank nach dem anderen. Vom Keller bis zum Dachboden wird das Herrenhaus durchkämmt, ohne dass sich auch nur eines der fehlenden Stücke wiederfände.

George, der älteste Sohn, macht sich zum Sprecher aller Betroffenen und fragt: »Was nun?«

Sir Yonnel hebt seine stahlblauen Augen von der Teetasse aus chinesischem Porzellan: »Was nun? Wenn ich es wüsste!«

Das Familienoberhaupt muss gestehen, im Haupthaus nichts, aber auch gar nichts gefunden zu haben. Jetzt wird er eben die Nebengebäude durchsuchen. Als der alte Mann das Speisezimmer verlässt, merkt er, wie sich eine kleine Hand in die seine stiehlt, und eine zarte Stimme – ein wenig ängstlich und schüchtern – bittet ihn: »Großvater, darf ich dir dabei helfen?«

Es ist Thomas, sieben Jahre alt, der jüngste Spross des Hauses. Nun, auch als Detektiv in voller Aktion ist man primär – ein Großvater. Natürlich darf ihm sein Enkel »helfen«. Und während der Großvater die Remise mit den landwirtschaftlichen Geräten durchsucht, hält sich der kleine Thomas im Pferdestall auf.

Gegen Mittag tauschen die beiden Mac Redfords ihre »Erfolge« aus:

»Also?«

»Nichts! Und du?«

»Auch nichts!«

Ein Reinfall auf der ganzen Linie. Dementsprechend verläuft auch das Lunch in katastrophaler Stimmung. Sir Yonnel – innerhalb der beiden letzten Tage sichtlich gealtert – rührt kaum etwas an. Nachmittags liegt er erschöpft in seinem Lehnstuhl, und Mary macht sich Sorgen, denn Yonnel bekommt sogar Fieber.

Zum Fünf-Uhr-Tee im Salon ist die ganze Familie versammelt und zutiefst beunruhigt über den Gesundheitszustand des alten Mannes, der sich die Geschichte so sehr zu Herzen genommen hat. Als er versprach, den Dieb bis zum Sonntag zu schnappen, hat er seine *Ehre* ins Spiel gebracht. Und die Ehre der Mac Redfords ist nun mal von höchster Bedeutung für ihn. Von viel zu hoher Bedeutung. In seinem Alter kann so etwas gefährlich werden. Sein altes Herz könnte die vermeintliche Schmach womöglich nicht mehr ertragen.

Auch wenn jeder am Tisch schweigt, so denken sie alle dasselbe ... Da erklärt seine Tochter – die Mutter des kleinen Thomas – auf einmal laut und deutlich: »Die Bärenfellmütze von Waterloo ist ein Symbol für ihn! Die Lage ist ernst. Wenn er sie bis Sonntag nicht wiedergefunden hat, traue ich ihm zu – dass er daran stirbt!«

Da steht auf einmal der kleine Thomas auf und verlässt den Tisch, ohne um Erlaubnis zu bitten. Aber heute hat niemand etwas dagegen. Er geht zum Kamin und scheint zu überlegen. Nach einer Weile murmelt er: »Ich will nicht, dass Großvater stirbt! Nein, er soll nicht sterben!«

Dann rennt er hinaus, wahrscheinlich, damit die Großen nicht sehen, wie er weint. Ein Junge weint nicht! Aber er denkt nicht daran, lange zu weinen, sondern läuft schnurstracks in das Arbeitszimmer, wo der Ahnherr über sein Schicksal brütet: »Komm, Großvater, komm! Ich weiß, wo die Bürsten sind! Komm doch endlich!«

Der Alte sieht erstaunt auf die kleine Hand, die ihn auffordert, sich zu erheben: »Komm doch, komm mit mir, ich will nicht, dass du stirbst!«

Sir Yonnel Mac Redford versucht nicht einmal zu begreifen, was mit seinem Enkel los ist. Er steht auf und folgt dem Kind. Hand in Hand gehen sie aus dem Haus – zum Pferdestall.

»*Du* hast gewusst, wo die Bürsten sind und hast mir nichts davon erzählt? Du selber hast den Pferdestall durchsucht. Warum hast du nichts gesagt? Warum denn?!«

»Weil ... weil die Katzen sie brauchen.«

»Die Katzen? Was haben die Katzen damit zu tun? Was erzählst du da für Geschichten?«

»Du wirst es gleich sehen.«

Und in der Tat, Sir Yonnel sieht, und was er sieht, liegt jenseits jeglicher Vorstellungskraft. Er muss sich anlehnen, einem Schwächeanfall nahe. Er steht vor einer unglaublichen Maschine: zentral ein circa zwei Meter langer Zylinder aus Maschendraht von vielleicht einem Meter Durchmesser. Außen eine kompliziert konstruierte Mechanik mit zwei Fahrradrädern an einem Ende, verbunden mit zwei kleineren Rädern, die an den Deckenbalken befestigt sind. Innen ist dieser Drahtzylinder mit diversen Bürsten, Besen, Tischbürsten und haarigen Mützen ausgestattet – und in der Längsachse befindet sich eine Bank. Wenn man die zum Antrieb des Gerätes angebrachte Sonnendachkurbel dreht, dann rotiert der Zylinder langsam um diese

Bank. Die Maschine ist so außergewöhnlich, so genial ausgedacht und gebaut, dass der alte Redford die eigentliche Ursache seiner Nachforschungen vergisst.

»Ja … aber … was ist denn das?«

Thomas' Augen glänzen vor Stolz. »Eine Katzenstreichelmaschine!«

»Eine was?«

»Das siehst du doch, eine Katzenstreichelmaschine!«

»Ach so, klar! Eine Katzenstreichel … Maschine … ja?«

»Genau. Weißt du, vor ein paar Wochen war ich mit Großmutter bei Mrs. Beckett. Die nimmt doch alle entlaufenen Katzen der Gegend bei sich auf. Und Mrs. Beckett hat gesagt: ›Was den armen Katzen am meisten fehlt, ist nicht das Futter. Sie müssen viel gestreichelt werden!‹ Naja, und da habe ich gedacht, wenn man sie hier vorne auf die Bank hinstellt und hineinschickt … dann würden sie genug gestreichelt, wenn sie da durchgehen und am anderen Ende herauskommen. Es ist doch eine gute Idee, oder?«

Das alte Herz von Sir Yonnel läuft über vor Zärtlichkeit. Sein Zorn und seine Erschöpfung sind augenblicklich verschwunden. Während sein Enkel die Kurbel dreht und die diversen Bürsten und Haare über die Bank streichen, erfüllt ihn ein unbändiger Stolz: Welch ein Trost in seinem Alter, einen solchen Erfinder unter seinen Nachkommen zu haben!

Bevor Großvater und Enkel ins Herrenhaus zurückkehren, bittet er lediglich darum, die Bärenfellmütze von Reginald Mac Redford und die silberne elisabethanische Tischbürste mitnehmen zu dürfen: »Das verstehst du doch, mein Junge, oder? Weißt du, ich habe doch geschworen, dass sie Sonntag wieder an ihrem Platz sind! Aber du kannst beruhigt sein, ich besorge dir andere Bürsten dafür. Ein dickes Ehrenwort unter Männern!«

Am folgenden Tag, als Sir Yonnel das Speisezimmer betritt, wechselt er verständnisvolle Blicke mit Thomas. Sie sind Komplizen geworden. Er hat sogar versprochen, ihm jeden Tag dabei zu helfen, die Katzenstreichelmaschine zu drehen – falls es den Katzen gefällt. Und noch etwas hat er ihm versprochen: dass er es einrichten wird, nicht so bald zu sterben.

Ein Schnippchen schlagen

An jedem ersten Sonntag im Monat – und dies seit vielen Jahren – kommt die alte Mrs. Ollie Cartwright angetrippelt zu ihrem Bruder – dem alten Somerset Cartwright. Er ist nur zwei Jahre jünger als seine Schwester, dürfte also um die 75 sein.

»Somerset, du wirst doch bald siebzig, wenn ich mich nicht irre?«

»Ollie, bitte! Wir sind doch unter uns. Also warum musst du dich unbedingt fünf Jahre jünger machen! Ich bin 75, und du bist 77. Das wissen wir nun schon recht lange. Oder? Also, was verschafft mir die Ehre deines Besuches?«

»Was soll das nun schon wieder! Ich besuche dich alle vier Wochen – seit einer Ewigkeit schon. Ist es da nicht normal, dass ich mir über deinen Gesundheitszustand Gedanken mache?«

»Du meinst wohl eher über meine Erbschaft?«

»Somerset, du bist ein Ungeheuer ohne jegliches Gefühl. Manchmal frage ich mich wirklich, warum ich mir mit dir so viel Mühe gebe!«

Die »Mühe«, wie sich Ollie auszudrücken beliebt, ist eine kleine Tüte Kirschen und ein halber Kuchen im Sommer. Im Winter ist es eine Tüte Lindenblütentee und ebenfalls ein halber Kuchen. Bruder und Schwester hassen sich von Herzen. Somerset ist der Meinung, dass seine Schwester eine ausgedorrte alte Jungfer ist – geizig und noch dazu so unrettbar hässlich, dass jeder eventuelle Heiratskandidat schon vor fünfzig Jahren gleich das Weite suchte. Was Ollie von ihrem Bruder hält? Nun, zuerst einmal ist sie schrecklich neidisch auf ihn, weil er in der Familie immer schon der Liebling von allen gewesen war. Er hatte das reinste Abenteurerleben geführt – und zu alledem wurde er vom altehrwürdigen Familienoberhaupt auch noch als Universalerbe eingesetzt. *Sie* musste sich mit einer kleinen Wohnung in London zufriedengeben, während er in dem alten Herrenhaus ganz alleine lebte wie ein einsamer Wolf.

»Somerset, warum muss ich es mir eigentlich gefallen lassen, in einer winzigen Wohnung zu leben, während du hier siebzehn Zimmer hast, dazu noch zwei Salons und eine Unmenge von Badezimmern? Vater und Mutter dachten, dass du heiraten würdest. Deshalb hast du das Schlösschen bekommen, aber du hast nicht geheiratet. Das ist einfach ungerecht!«

»Du hast auch nicht geheiratet, und ungerecht ist es auf keinen Fall. Es ist ganz einfach logisch ... Übrigens, fährst du wieder mit dem Fünf-Uhr-Zug?«

Diese Manie seiner Schwester, alle Rezepte seiner Ärzte ausfindig machen zu wollen, als warte sie nur auf seinen Tod wie ein Geier im Unterrock. Was erwartet sie denn eigentlich noch in ihrem Alter? Will sie vielleicht sein großes Vermögen, die Zinsen genießen, die sich allmählich angehäuft haben in einem langen Leben, das nur aus Arbeit bestand? Vielleicht möchte sie auf ihre alten Tage vor den Damen ihres Kaffeekränzchens die Schlossherrin spielen.

Dabei weiß Somerset Cartwright, dass er nicht mehr lange zu leben hat. Eine dumme Herzgeschichte. Sein Herz ist eben schneller müde geworden als er selbst. Und dieses Herz hat auch schon eine Menge erleben müssen. Dennoch – am 21. Juli 1960 ist *er* es, der seine Schwester zu Grabe trägt. Eine böse Virusgrippe hat sie besiegt.

Einige Tage später fährt er in Ollies Wohnung nach London. Er will sich um ihre Papiere und um ihre Sachen kümmern.

Jetzt hat die Familie Cartwright nur noch *einen* lebenden Erben: *ihn*. Eine vertrocknete Familie ..., fast schon tot – wie ein absterbender Weinstock.

Hätte er nur gekonnt, wie er wollte! Wäre er nur mutig gewesen! Damals hätte er die Tür hinter sich zuknallen, gehen und seine strengen Eltern zum Teufel schicken müssen – die Konventionen, Traditionen und das ganze Gerede. Aber damals – 1903 – war Somerset erst 18 Jahre alt. Er hört heute noch, wie sein Vater mit der flachen Hand auf den Tisch schlug und zornig verkündete: »Ein Cartwright heiratet keine Magd!«

Ja, und daraufhin verschwand die besagte Magd, und Somerset hörte nie wieder etwas von ihr. Doch in seinem Herzen lebte sie weiter mit ihren langen schwarzen Haaren, mit ihrem betörenden sechzehnjährigen Körper.

Ein zugeschnürtes Päckchen mit Briefen kommt ihm seltsam vor. Briefe, die der Notar der Familie damals geschrieben hatte. Dieses Scheusal von Ollie hat ihm nie davon erzählt. Er überfliegt alle Briefe und wird blass. Nach einer Weile packt ihn ein wahnsinniger Zorn. Das also war es! Um ihn vor einer Dummheit zu bewahren, wie man so schön sagt – wie Eltern oft so schön sagen. Ungeheuerlich!

Und dennoch, wenn er sich beeilt – wer weiß? Mit ein wenig Glück? Somerset Cartwright will sich jetzt nicht mehr geschlagen geben in diesem Spiel, das vor fünfzig Jahren begann. Im Namen der Liebe will er jetzt um sein Glück kämpfen.

Der Familiennotar lebt nicht mehr, und sein Nachfolger blickt mit unendlicher Ratlosigkeit auf die vergilbten Papiere und Urkunden, die Somerset vor ihm ausbreitet. »Sehr geehrter Mister Cartwright, ich glaube nicht, dass ...«

»Unmöglich. Ich kannte den Notar meines Vaters sehr gut. Er hat bestimmt Kopien von allen Briefen und Urkunden gemacht. Außerdem hat er ja das Geld überwiesen. Es muss also irgendwo eine Adresse zu finden sein. Ich will – ich muss sie haben.«

»Aber ... sollte diese Adresse wirklich noch zu finden sein, dann ist sie etwa fünfzig Jahre alt. Im Übrigen wurde auch nur eine einmalige Abfindung gezahlt. Ihre Chance, diese Frau zu finden, ist gleich null. Wahrscheinlich heißt sie jetzt auch anders, sie hat doch sicher geheiratet. Und außerdem gab es zwei Kriege in der Zwischenzeit.«

»Sie werden sie finden! Auch wenn sie tot ist, ich will wissen, wo sie starb und wie. Und noch etwas: Beeilen Sie sich. Ich habe nicht mehr viel Zeit!«

Das ist wie ein Roman. Die Art von Geschichten, bei denen »Intellektuelle« nachsichtig zu lächeln pflegen, weil sie es nicht wahr haben wollen, dass es im Leben eben zugehen kann wie in einem Kolportageroman.

Aber was hat Somerset Cartwright nun eigentlich *endlich* entdeckt, nach über fünfzig Jahren? Es war, wie gesagt, im Jahre 1903 – in einem besonders schönen Sommer. Er war gerade achtzehn Jahre alt geworden, Oxford-Student im ersten Jahr mit noch recht spärlichem Bartwuchs. Die Ferien im Herrenhaus waren immer fröhlich. Im Dorf gab es viele Feste, und die jungen Schlossherren der Umgebung machten sich einen Spaß daraus, die Dorfmädchen erröten zu lassen. Nur eine einzige errötete nicht, als Somerset ihr irgendeine Dummheit an den Kopf warf. Ihre Augen funkelten pechschwarz, sie richtete sich voller Stolz auf und entgegnete ihm, ohne mit der Wimper zu zucken, er sei ein verdammter Idiot! Danach hatten sie zusammen darüber gelacht, später auch miteinander getanzt. Eine ganz alltägliche Romanze. Romeo und Julia, Hand in Hand, glücklich und beschwingt, spazierten sie durch die saftgrünen Sommerwiesen.

»Somerset, du bringst uns – und auch das Mädel – ins Gerede. Ich verbiete dir, sie weiterhin zu treffen.«

»Aber ich will sie ja heiraten!«

Wie ein Donnerschlag hatten diese Worte das Schloss erschüttert. Es war die klassische Geschichte eines jungen Mannes aus nobler Familie, dem es nicht vergönnt ist, sich in irgendjemanden zu verlieben. Schon gar nicht in ein sechzehnjähriges Bauernmädchen. Und außerdem: Mit achtzehn kann man noch gar nicht lieben. Dazu ist man viel zu jung, viel zu unreif! Es tut eine Weile ein wenig weh, aber man stirbt nicht daran.

Das stimmt. Daran stirbt man nicht. Aber manchmal kommt es vor, dass man niemals vergisst – und dass man, allein schon aus Prinzip, dieser verhinderten ersten großen Liebe treu bleibt. Man bleibt Junggeselle und gewöhnt sich daran. Man wird älter, und mit der Zeit ist es dann auch zu spät für einen neuen Anfang.

So erfährt Somerset Cartwright erst in seinem 75. Lebensjahr, wie seine Liebesgeschichte einst weitergegangen war. Bisher hatte er nur die offizielle Version gekannt: Seine Julia verschwand plötzlich, ohne eine neue Adresse anzugeben, sogar ohne ein Abschiedswort. Sie wäre es in der Tat nicht wert gewesen …

Nun heute die zweite Version, die richtige: Die Eltern Cartwright besuchten den Bauern, bei dem Julia als Magd arbeitete, und bezichtigten sie der Prostitution. Ein verheerendes Wort. Julia verlor ihre Stelle und musste sofort ihren Koffer packen. Und um ihr Gewissen von jedem Schuldgefühl reinzuwaschen, schickten die noblen Eltern eine angemessene Geldsumme an das Waisenhaus, wohin Julia zurückkehren musste.

Dieses Geld allerdings sollte ihr erst an ihrem 21. Geburtstag ausgehändigt werden und dies nur dann, wenn sie sich bis dahin anständig benommen haben würde. Außer den Eltern, dem Bauern und Ollie, der Schwester, wusste niemand von der Geschichte.

1960 also, über fünfzig Jahre später, steht der neue Notar vor einem schwierigen Problem. Aber einem englischen Notar ist nichts unmöglich. Es erweist sich sogar als recht einfach, die Spur einer Frau namens Julia Martens zu finden, die 1887 in Halifax geboren ist.

Bei seinem nächsten Besuch beim Notar wirkt Somerset müde und abgespannt. Aber er sammelt seine Kräfte. Er muss durchhalten! Er will das Spiel gegen seine verstorbene Familie gewinnen – posthum sozusagen.

»Wie weit sind Sie mit den Recherchen?«

»Nun, zuerst einmal habe ich eine traurige Nachricht für Sie. Die Person, die wir suchten, ist bereits während des Ersten Weltkrieges gestorben. Nach meinen Informationen starb sie bei einem Bombenangriff und wurde auf einem Londoner Friedhof beerdigt. Hier haben Sie die Sterbeurkunde mit dem Namen des Friedhofs und sogar der Grabnummer. Julia Martens war ledig.«

Somerset Cartwright liest die Dokumente – er zittert etwas dabei. Julia ist also nur noch eine Nummer in einem Friedhofsregister.

»Natürlich habe ich diese Recherchen gemacht mit der Erklärung, es handele sich um eine Erbschaft – und so fand ich leicht heraus, dass Frau Martens eine Tochter hatte. Ich habe sie ausfindig gemacht.«

»Eine Tochter! Julia hatte eine Tochter?«

»Ja. Am 3. April 1904 von der ledigen Mutter selbst beim Standesamt angemeldet. Vater unbekannt.«

»Was sagen Sie da?«

»Sehen Sie selbst. Hier ist die Kopie der Geburtsurkunde.«

Somerset Cartwright stockt der Atem. Ganz langsam liest er, dass am 3. April 1904 in London eine kleine Cecilia geboren wurde. Heute, im Jahre 1960, ist sie also auch schon 56 Jahre alt. *Seine* Tochter ist 56 Jahre alt! Er hat eine Tochter! Er, Somerset Cartwright, der seit seiner Jugend niemanden mehr hatte, den er lieb haben konnte, ist Vater einer 56-jährigen, unbekannten Frau. Denn darüber gibt es für ihn gar keinen Zweifel: Er ist der Vater. »Sie« haben es ihm nur verheimlicht. Ollie hatte es gewusst, ganz bestimmt. Deswegen war sie auch so scharf auf seine Erbschaft gewesen.

»Herr Notar, ich will diese Angelegenheit so schnell wie nur möglich regeln. Wo lebt diese Cecilia Martens überhaupt?«

»In Belgien. Sie ist ledig und arbeitet als Krankenschwester.«

»Lassen Sie sie hierher kommen. Ich werde eine Vaterschaftserklärung abgeben. Ich will, dass sie alles von mir erbt!«

»Herr Cartwright, das dürfte nach so langer Zeit recht problematisch werden: Vater unbekannt, Mutter tot. Es könnte sehr lange dauern ...«

»Warum denn? Ich kann sie auch adoptieren zum Beispiel.«

»Tja, wissen Sie – die Verwaltung! Bevor eine solche Sache rechtskräftig ist, wird es – wenn sie überhaupt durchzusetzen ist – bestimmt ein Jahr dauern, vielleicht sogar länger.«

»Das ist lächerlich! Dann setze ich eben sofort ein Testament auf zu ihren Gunsten!«

»Auch das möchte ich Ihnen nicht unbedingt raten. Sie müssen wissen: Vor dem Gesetz ist diese Frau eine Fremde für Sie. Die Erbschaftssteuer wird so hoch sein, dass sie wahrscheinlich alles verkaufen müsste, um sie überhaupt zahlen zu können. Und ihr bliebe kaum etwas übrig.«

Somerset denkt scharf nach. Dann plötzlich erklärt er mit fester Stimme: »Ich habe keine Zeit mehr. Ein Jahr, auch nur ein halbes Jahr halte ich wahrscheinlich nicht mehr durch. Mein Arzt hat es mir vor Kurzem ganz offen und unmissverständlich eröffnet. Aber ich habe eine Idee! Nehmen Sie sofort Kontakt auf mit ihr. Ich will sie in dieser Woche noch hier sehen, noch in dieser Woche!«

»Wenn Sie glauben, Sie könnten vielleicht eine Schenkung zu ihren Gunsten machen, da muss ich Sie leider auch enttäuschen. Das Gesetz ...«

»Ich pfeife auf das Gesetz! Das heißt, ich pfeife nicht nur darauf, ich werde es sogar nützen. Ausnützen. Verstehen Sie? Sie sagen, dass diese Frau für mich vor dem Gesetz eine Fremde ist, ja?«

»Im Augenblick schon.«

»Ausgezeichnet. Dann gibt es überhaupt kein Problem: *Ich werde sie heiraten*!«

»Wie bitte? Habe ich Sie richtig verstanden? Sie wollen Ihre Tochter heiraten? Aber ... aber das ist, das ist doch ...«

»Das ist – was? Unmoralisch vielleicht? Dass ich nicht lache! Es ist ein Mittel, lediglich ein Weg. Der einzige legale Weg! Meine Familie hat verhindert, dass ich ihre Mutter heirate, nun werden *sie alle* im Jenseits oben ihren Spaß dran haben, wenn ich die Tochter zum

Altar führe! Ich will, dass sie alles bekommt. Hören Sie: alles! Bis zu der letzten Perle meiner ehrwürdigen Mutter, bis zu der letzten versteckten Rose im Park des Schlosses. Herr Notar, Sie haben mich verstanden? Ich spaße nicht. Machen Sie schnell. Mir bleibt zwar nicht mehr viel Zeit, aber Zeit genug für das Aufgebot!«

»Und wenn sie sich weigert? Immerhin sind Sie ihr Vater.«

»Wenn ich ihr die ganze Wahrheit erzähle, dann wird sie bestimmt verstehen, ich hoffe es wenigstens.«

Und so heiratete Somerset Cartwright 1961 seine uneheliche Tochter Cecilia Martens. Das Gesetz hatte nichts dagegen einzuwenden. Somerset hatte es gerade noch rechtzeitig geschafft, der Vergangenheit ein Schnippchen zu schlagen. Er starb zwei Monate später. Cecilia Cartwright, eine kleine, mollige, schwarzhaarige Frau Mitte fünfzig, hatte bis 1961 ein paar Pfund im Monat verdient – als Krankenschwester. Dann wurde sie Schlossherrin – reich und von allen geachtet. Wir freuen uns mit ihr.

Kommst du, Papa?

15. Juni 1972. Bangkok – Flughafen. Inmitten der vielen Flugzeuge eine weiß-blaue Convair 880 – eine Düsenmaschine der Cathay Pacific Airways mit Sitz in Hongkong. Sie wird gerade aufgetankt. Die Überprüfung durch die Techniker ist beendet. Die Putzkolonne kommt die Rolltreppe herunter. Ein Angestellter der Fluglinie füllt die Getränkevorräte auf. Alles ist in Ordnung. Hübsche Stewardessen steigen die glutheiße Treppe hinauf. Der Kapitän geht mit dem Copiloten die Checkliste durch. Der Steward steckt die Menükarten in die Taschen hinter den Lehnen.

Die Passagiere des Fluges nach Hongkong werden aufgerufen und drängen sich nun am Schalter der Cathay Pacific Airways. Ein nicht besonders lukrativer Flug für die Gesellschaft – es sind nur 71 Passagiere. Eine junge Frau Anfang zwanzig gehört dazu und ein etwa siebenjähriges Mädchen, das sie an der Hand führt – beide Thailänderinnen.

Die junge Frau heißt Somwang und ist sehr hübsch: pechschwarzes Haar, große, leuchtende Mandelaugen, dunkler Teint, ein wenig pausbackig. Sicher ein »Mädchen vom Lande« – wie es so schön heißt –, obwohl starke Brillengläser ihr ein gewisses intellektuelles Flair verleihen. Die Kleine, eine riesige Puppe im Arm, trägt den obligatorischen dunkelblauen Faltenrock mit gekreuzten Trägern über der weißen Schulmädchenbluse. Zwei dünne, schwarze Zöpfe baumeln ihr über die Schultern. Sie schaut ganz ernst in die Runde. Vor allem aber blickt sie stolz zu ihrem Vater auf, dem jungen Polizeioffizier in Uniform, der die beiden begleitet.

Leutnant Somchai, dreißig Jahre alt, ein unterkühlter, distanzierter Typ von nicht gerade positiver Ausstrahlung, stellt zwei schwere Koffer auf die Waage am Flugschalter und gibt die beiden Tickets ab. Die Stewardess überprüft sie kurz und wendet sich an Somchai: »Sie fliegen nicht mit?«

»Nein.«

»Das Kind ist Ihre Tochter?«

»Ja.«

Die Stewardess lächelt: »Entschuldigen Sie ... eine dumme Frage! Das Kind sieht Ihnen ja unheimlich ähnlich. Und die Dame?« Sie blickt auf die hübsche Somwang.

»Sie bringt meine Tochter zu ihrer Mutter nach Hongkong. Übrigens, können Sie die Kleine an ein Fenster setzen?«

»Hm ja, das geht.«

»Ungefähr in die zehnte Reihe?«

»Ja, auch das geht. Aber da sitzt sie fast über der Tragfläche und sieht so gut wie nichts!«

»Ich weiß, aber den Platz hat sie nun mal am liebsten.«

»Na gut, wie Sie wollen.«

Die Stewardess befestigt die Anhänger an den Koffern, die sogleich über das Rollband weiter zum Gepäckwagen und zur Maschine befördert werden. Leutnant Somchai wirkt ein wenig abgespannt. Aber er lächelt und reicht der jungen Frau, die seine Tochter begleitet, ein ledernes Schminkköfferchen:

»Vergessen Sie bitte nicht, das ihrer Mutter zu geben.«

Unwillkürlich kann die schöne Somwang ein verlegenes Lächeln nicht unterdrücken. Seit einem Monat ist sie die Geliebte von Leutnant Somchai. Mehr noch, er hat versprochen, sie zu heiraten. Aber vorläufig will er noch nicht, dass sie sich vor seiner Tochter duzen.

»Nein, nein, ich werde es nicht vergessen! Aber es ist verschlossen! Haben Sie den Schlüssel?«

»Nein, ihre Mutter hat den Koffer vergessen, als sie letztes Mal in Bangkok war. Sie hat den Schlüssel.«

Dann gehen die drei in den Wartesaal, vorbei an den gleichgültigen Zollbeamten, die der Leutnant leicht herablassend grüßt. Man muss dazu sagen, dass Leutnant Somchai seit sechs Monaten zur Flughafenpolizei abkommandiert ist. Die junge Frau zeigt ihren Pass dem Grenzpolizisten. Der aber wundert sich lediglich über einen merkwürdigen, gekräuselten Haarschopf, der vor seinem Schalter vorbeizieht. Dann sieht er erst das kleine Mädchen, das seine Puppe fest an sich presst.

»Das ist Ihre Tochter, Leutnant?«

»Ja, sie fliegt zu ihrer Mutter nach Hongkong.«

Als sie die Wartehalle betreten, deutet das Kind auf die vielen bereitstehenden Maschinen hinter den Fensterscheiben: »Wo ist denn unser Flugzeug, Papa?«

»Das da, das blau-weiße, siehst du ...?«

»O ja! Und ich darf am Fenster sitzen?«

»Klar! Direkt am Fenster.«

»Schade, dass du nicht mitfliegst, Papa!«

»Ja sicher, es ist schade.«

Und vielsagend schaut er die junge Frau an. Verstohlen drücken sie sich die Hand hinter dem Rücken des kleinen Mädchens. Was die junge Frau nicht weiß, ist, dass Somchai vor ein paar Wochen in einer Bar in Bangkok noch ein anderes sehr hübsches Mädchen kennengelernt hatte, eine dieser Bardamen, die müßigen Männern zu einem festgesetzten Preis für eine Stunde Gesellschaft leisten. Und dieser Frau hatte er ebenfalls vorgeschlagen, sie solle sein Töchterchen im Flugzeug nach Hongkong begleiten. Für eine gute Stange Geld natürlich. Nur, das Geschäft kam nicht zustande, weil der total abgebrannte Leutnant ihr nicht einmal eine kleine Anzahlung geben konnte. Außerdem war diese hinreißende Dame durchaus nicht auf den Kopf gefallen. Sie befürchtete, dass hinter dem Vorschlag des Leutnants etwas anderes steckte. Womöglich wollte er sie an ein Freudenhaus nach Hongkong verkaufen – oder vielleicht sie zum Drogenschmuggel missbrauchen, irgendetwas in dieser Richtung auf alle Fälle –, nichts Ungewöhnliches in Thailand, besonders vor fünfzehn Jahren.

»Schau Papa, da sind unsere Koffer!«

Das Mädchen ist zur Glastür gelaufen und sieht den Gepäckwagen, der jetzt unter der Convair steht. Die Klappen der Laderäume sind geöffnet. Der Abflug rückt immer näher. Das Kind ist schon ganz aufgeregt und rennt hin und her. Somchai schaut auf die Uhr: noch fünf Minuten.

Leutnant Somchai ist vor zwei Jahren in die Polizei eingetreten. Seine Kameraden halten ihn für launisch, wenig umgänglich und wichtigtuerisch. Er soll auch schon Prostituierte nachts ins Quartier mitgebracht haben. Vor sechs Monaten hatte er sich um einen Posten bei der Flughafenpolizei beworben und ihn auch bekommen.

Das Kind neben ihm plappert: »Die Dame hat gesagt, dass wir uns ähnlich sehen. Stimmt das, Papa?«

Somchai nickt mit dem Kopf und betrachtet seine Tochter. Sieht sie ihm wirklich ähnlich? Er weiß es nicht. Das Kind zählt nicht in seinem Leben. Als Sohn eines Rechtsanwalts hat er auf den Philippinen studiert. Er hat Alice, die Mutter der Kleinen, geheiratet und sich bald darauf scheiden lassen. Die Mutter ging mit dem Kind nach Hongkong zurück, wo ihre Familie lebt. Von da an sahen sich Vater und Tochter nur noch selten. Aber für das Kind waren die Tage in Bangkok immer eine große Freude gewesen.

»Wann darf ich wieder zu dir kommen, Papa?«

»Bald, sehr bald, ich verspreche es dir.«

Somchai weiß, dass er lügt. Das Kind wird nie wieder nach Bangkok kommen – wenn alles wie vorgesehen läuft ...

Das Gepäck ist nun verstaut, die Klappen der Laderäume sind geschlossen. »Die Passagiere des Fluges CP 29 nach Hongkong werden gebeten, mit ihrer Bordkarte zum Ausgang zu gehen. Kinder mit ihren Begleitpersonen haben Vortritt«, schallt eine stereotype Frauenstimme aus dem Lautsprecher. Geschäftsleute aus Hongkong, reiche Südvietnamesen, die dem Krieg entfliehen wollen, Technokraten aus New York, Touristen in Jeans und deutsche Ingenieure in bunten Hemden erheben sich augenblicklich und streben dem Ausgang zu. Etwas verängstigt in dieser Herde greift die Kleine nach der Hand ihres Vaters:

»Kommst du, Papa?«

»Nein. Das geht nicht. Wir müssen uns jetzt trennen.«

»Noch nicht, bitte! Komm doch mit!«

»Na gut. Als Polizist darf ich dich bis zur Treppe begleiten. Aber ins Flugzeug kann ich nicht mit einsteigen.«

Der Asphalt des Flugplatzes brennt unter der glühenden Sonne. Die Passagiere des Fluges CP 29 begeben sich zur Maschine. Voran eine dicke Chinesin mit ihrer Kinderschar. Dahinter der Leutnant, Somwang und seine Tochter. Der marineblaue Faltenrock flattert um ihre kleinen Beine. Mit einer Hand klammert sie sich an ihren Vater, mit der anderen drückt sie die Puppe an sich.

»Warum kommst du nicht mit uns, Papa?«

»Das weißt du doch! Ich kann nicht. Ich arbeite hier!«

»Du könntest doch morgen schon wieder zurückfliegen?«

»Das ist zu anstrengend.«

»Du ruhst dich bei Mama aus!«

»Ich habe keine Flugkarte.«

»Du musst bloß schnell eine kaufen!«

Die Kleine steht an der Gangway. Ihr Vater beruhigt sie: »Jetzt sei schon vernünftig. Du weißt doch, dass es nicht geht. Und du bist ja auch nicht allein. Somwang ist bei dir.« Aber das Kind weint und will nicht einsteigen.

»Bitte machen Sie den Weg frei!«, verlangt von oben die Stewardess.

»Nun sei schön lieb«, sagt die junge Somwang und streichelt den Kopf des traurigen Mädchens. »Dein Papa kommt sicher bald nach Hongkong. Nicht wahr, Sie kommen bald?«

»Ja, ja, natürlich!«

Der Vater tritt ein paar Schritte zurück. Somwang greift nun energisch die Hand der Kleinen und zieht sie die Treppe hinauf. Die Tochter hat nur Augen für den Vater und sucht seinen Blick. Er aber – sieht sie gar nicht. Er sieht nur den Schminkkoffer aus schwarzem Leder, den Somwang in der Hand hält. Er sieht nicht oder will nicht sehen, wie das Kind weint und die Hand ausstreckt. Er sieht nur den Koffer.

Als der Lederkoffer, Somwang und das Mädchen endlich in der Maschine sind, macht der Leutnant kehrt. Er schaut auf seine Uhr und stellt sich vor, wie seine junge Geliebte, die hübsche Somwang, gerade über sich auf der Gepäckablage ein abgeschlossenes Lederköfferchen deponiert, das sie in Hongkong seiner

Ex-Frau übergeben soll. Somwang würde jetzt dem Mädchen den Sitzgurt anlegen, und das Kind würde seine Nase gegen die Scheibe drücken, um vielleicht doch noch etwas von seinem Vater zu erspähen. Aber der Vater denkt nicht mehr an sie. Die Maschine müsste jetzt auf die Piste rollen, abheben und aufsteigen. Und wenn der Leutnant nun zu seinem Auto auf dem Parkplatz kommt, wird das Flugzeug nur noch ein kleiner Punkt am Himmel sein. Die Passagiere werden ihre Sitzgurte lösen und sich eine Zigarette anzünden. Die Stewardessen werden kalte Getränke anbieten, und wenn das kleine Mädchen den Flugplatz nicht mehr sieht, wird es auch nicht mehr aus dem Fenster schauen und bestimmt mit seiner Puppe spielen. Somchai stößt einen Seufzer der Erleichterung aus.

Am Parkplatz angekommen, sieht er noch einmal teilnahmslos zum Flugplatz zurück – und erstarrt. Verdammt noch mal! Die Convair 880 der Cathay Pacific Airways steht immer noch auf ihrem Platz! Was mag da bloß los sein? Die Türen sind geschlossen, die Triebwerke laufen – aber die Gangway ist noch da. Ob man etwas entdeckt hat? Aber das ist unmöglich, völlig unmöglich!

Vom Parkplatz aus kann er nicht sehen, was am Fuße der Maschine vor sich geht. Doch dann, endlich: Die Gangway wird weggezogen, die Convair rollt langsam zur Startbahn, erbebt im Getöse der Triebwerke und hebt ab.

Somchai lehnt an seinem Wagen. Nicht lange, dann schlägt sein Puls wieder ganz normal. Er öffnet die Tür, schaltet das Radio an und fährt langsam los.

Auf der Hochebene von Vietnam, fünfzehn Flugminuten entfernt vom Chinesischen Meer, findet man am selben Abend die Trümmer einer Convair und die

Leichen der Passagiere. Kilometerweit verstreut. Vietnamesische Soldaten schließen einen Sicherheitsgürtel um das Absturzgebiet. Die ersten Gutachter treffen mit Hubschraubern ein.

Leutnant Somchai hat den Abend in der Stadt verbracht. Erst jetzt, da er nach Hause fährt, hört er die schreckliche Nachricht im Radio. Wirklich eine schreckliche Nachricht – auch für Somchai! Die Maschine hätte nämlich eine Viertelstunde später explodieren sollen, über dem Chinesischen Meer. Dann hätte man nichts, absolut *nichts* gefunden. Verdammt! Und das alles wegen der Verspätung beim Start. Was ist da bloß schiefgelaufen?

Gegen 10 Uhr abends zieht der Leutnant vor seiner Wohnung den Schlüssel aus der Tasche – will gerade aufsperren. Doch irgendetwas kommt ihm merkwürdig vor. Er hört Geräusche. Da drinnen ist jemand: kurze, schnelle Schritte – die Tür geht auf und seine Tochter stürzt ihm entgegen, umarmt ihn freudestrahlend. Die schöne Somwang steht immer noch unter einem leichten Schock. Sie kann es einfach nicht fassen:

»Was für ein Glück! Was für ein unglaubliches Glück! Es ist ein Wunder! Ein wahres Wunder! Als wir im Flugzeug waren, hat sich die Kleine überhaupt nicht beruhigen können. Im Gegenteil, sie fing crst recht an zu weinen und zu schreien. Sie brüllte wie am Spieß. Und auf einmal fing sie an zu zittern, bekam fürchterliche Krämpfe, verdrehte die Augen und fiel zu Boden. Ganz steif. Sie hatte Schaum vor dem Mund. Es war furchtbar. Wir wussten überhaupt nicht mehr, was wir tun sollten.«

Leutnant Somchai sieht seine Tochter an – voller Hass, die Zähne zusammengebissen. Er hat verstanden. Natürlich hat er verstanden: »Epilepsie! Sie hatte einen epileptischen Anfall. Wieder einmal. Es ist nicht das erste Mal!«

»Ja, das hat der Flughafenarzt auch gesagt, als wir ausgestiegen waren. Denn, nicht wahr, so konnten wir doch nicht mitfliegen, oder? Also sind wir ausgestiegen. Und das hat uns das Leben gerettet. Ich habe sie dann allmählich beruhigen können. Jetzt geht es ihr wieder ganz gut. Nur eines tut mir leid, aber ich denke, das ist wohl nicht so schlimm. Ich habe in der ganzen Aufregung ihre Puppe und den Schminkkoffer im Flugzeug vergessen.«

Am nächsten Tag kommen die Spezialisten aus Hongkong und die amerikanischen Sachverständigen zur Absturzstelle. Drei Hypothesen werden aufgestellt: Entweder kam es durch einen Zusammenstoß mit einem Militärflugzeug zu der Katastrophe. Oder die Maschine wurde durch eine nordvietnamesische Rakete zerstört – in der Annahme, es handle sich um einen amerikanischen Bomber. Oder aber sie wurde durch eine Explosion an Bord der Convair zum Absturz gebracht. Die thailändischen Behörden halten diese letzte Hypothese für die wahrscheinlichste.

Leutnant Somchai, der eine äußerst unruhige Nacht verbracht hat – und einen ebensolchen Morgen –, hat jedoch noch eine Hoffnung. Er hat eine Chance, unentdeckt zu bleiben, wenn niemand herausfindet, dass er eine Lebensversicherung auf seine Tochter und eine auf Somwang abgeschlossen hat.

Doch die Mediziner finden Splitter eines Sprengkörpers in einigen Leichen. Und danach können die Sachverständigen ziemlich genau bestimmen, *wo* die Explosion stattgefunden haben muss: im Innern der Maschine links über der Tragfläche – etwa oberhalb der Plätze A 10 und B 10. Und anhand der Passagierliste stellt man fest, dass diese Plätze von einer Frau namens Somwang und einem Kind, der Tochter des Polizisten Somchai aus Bangkok, belegt worden waren. Es war reiner Zufall oder auch Schicksal, dass das kleine Mädchen in der Maschine einen epileptischen Anfall erlitt und mit ihrer Begleiterin unmittelbar vor dem Start aussteigen musste.

Als diese Nachrichten in den Medien verbreitet werden, trägt Leutnant Somchai bereits Handschellen. »Das ist absurd!«, schreit er. »Welcher Mann würde seine *eigene* Tochter umbringen?«

Doch in der Beweisaufnahme kommt alles an den Tag: Die junge Bardame, der er vorgeschlagen hatte, seine Tochter nach Hongkong zu bringen, erkennt ihn. Der Mechaniker, der ihm den Plan der Convair ausgehändigt hat, erkennt ihn. Der Fischer, von dem er den Sprengstoff hat, erkennt ihn. Und der Händler, der ihm den Schminkkoffer verkauft hat, erkennt ihn ebenfalls. Ja, und dann – gibt es da noch die Policen der Lebensversicherungen, die er auf seine Tochter und Somwang abgeschlossen hat und die aus ihm einen reichen Mann gemacht hätten.

In Thailand wird die Todesstrafe durch Erschießen verhängt. Doch die buddhistische Religion verbietet es, auf einen Menschen zu zielen. Leutnant Somchai wurde also in ein kleines Leinenzelt geführt. Auf die Leinwand malte man in Höhe des Herzens ein Kreuz. Die fünf Kugeln trafen.

Rundfunk im Kopf

28. Februar 1937 – 20 Uhr: Léon Bouvreuil fragt sich zum ersten Mal, ob er nicht drauf und dran ist, völlig verrückt zu werden. Noch sitzt er ganz friedlich mit seiner Frau beim Abendessen – und wie jeden Tag hören sie dabei zusammen Radio. Sie wohnen im 15. Arrondissement in Paris. So weit läuft alles ganz normal. Nichts Ungewöhnliches. Seit zehn Minuten hören sie beide mit fast religiöser Hingabe eine Sendung mit Tino Rossi. Plötzlich beginnt ein seltsames Gespräch zwischen Monsieur und Madame Bouvreuil.

Madame Bouvreuil schaut auf einmal den Radioapparat an und ärgert sich: »Muss das sein! Gerade jetzt!«

Léon Bouvreuil blickt erstaunt auf seine Frau: »Was ist denn los?«

»Na hörst du schlecht? Der Apparat läuft nicht mehr!«

»Also, ich glaube, du wirst langsam taub.«

»Jetzt spinnst du aber ganz schön! Du musst doch hören, dass man nichts mehr hört!«

»Tut mir leid, das Radio spielt ganz normal.«

»Was du nicht sagst! Dann muss du wohl das achte Weltwunder sein!«

Im Laufe weniger Minuten entwickelt sich die Diskussion zu einem handfesten Ehekrach! Wutentbrannt stürzt sich schließlich Madame Bouvreuil auf das Radio und schaltet es ab: »Na, was sagst du nun? Hörst du vielleicht immer noch was?«

In diesem Augenblick beginnt eine unvorstellbare Geschichte. Monsieur Bouvreuil starrt seine Frau ungläubig an, dann den Apparat: »Du – es ist ... es ist wirklich komisch ... es ist kein Witz, aber ich höre das Programm ganz deutlich!«

Daraufhin entschwindet die sonst eher ruhige Ehefrau grollend ins Schlafzimmer. Ihr Mann sitzt erstarrt vor seiner mittlerweile kalten Suppe. Er muss verrückt sein, ganz plötzlich verrückt geworden sein.

Eine Stunde später kommt seine Frau ins Wohnzimmer zurück. Ganz ruhig betrachtet sie ihren »versteinerten« Mann – und bekommt es langsam selbst mit der Angst zu tun. Denn jetzt ist es offensichtlich: Er macht sich nicht lustig über sie! Es geschieht hier und jetzt tatsächlich etwas Unvorstellbares!

Monsieur Bouvreuil, 38 Jahre alt, körperlich und seelisch gesund, ist Opfer eines unerklärlichen Phänomens: Er hört das Radioprogramm *in* seinem Kopf, nicht mit seinen Ohren. Und um seine Frau davon zu überzeugen, wiederholt er Wort für Wort die Nachrichten, dann den Wetterbericht, die Börseninformationen, die Programmansage, und als Tino Rossi »Marinella« singt, trällert Monsieur Bouvreuil mit – im Duett mit dem Star sozusagen!

Um zwei Uhr morgens endet das Programm mit der Marseillaise, der Nationalhymne. Endlich ist auch Funkstille im Kopf des völlig verwirrten Monsieur Bouvreuil. Seine Frau traut sich kaum in seine Nähe. Ist sie denn auf einmal mit einem überirdischen Wesen verheiratet? Erschöpft schlafen die beiden dann doch ein. Aber schon um 6 Uhr 30 springt Monsieur Bouvreuil wie von der Tarantel gestochen aus dem Bett. In seinem Kopf befiehlt eine resolute Stimme: »Bei-ne strek-ken! Knie zu-sam-men! Hän-de flach auf den Boden ... 2 – 3 und – 4! Und wieder aufrichten ... Tief Ein-at-men! Und noch einmal: Beine ...«

Die nächsten Tage sind die reinste Tortur für Monsieur Bouvreuil. Ganz egal, wo er gerade ist – zu Hause, auf der Straße, im Büro: Er hört von 6 Uhr 30 bis 2 Uhr morgens das gesamte Rundfunkprogramm *in* seinem Kopf. Ja, innen drin! Außer, wenn er den Mund ganz weit aufmacht. Aber was hilft es schon, schließlich kann er nicht dauernd gähnen. Selbstverständlich konsultiert er bald einen Arzt, und ebenso selbstverständlich hat dieser keinerlei Erklärung parat. Und auch der Neuro-Psychiater ist rasch mit seinem Latein am Ende. Aber da er es nicht so ohne Weiteres zugeben will, nimmt er pro forma die Sache ernst und stellt die erste logische Frage: »Welchen Sender hören Sie denn?«

Léon Bouvreuil hat die größten Schwierigkeiten, ein normales Gespräch mit dem Nervenspezialisten zu führen, denn er muss ja gleichzeitig ein spannendes Hörspiel verfolgen. Und so murmelt er ziemlich abwesend: »Meistens bin ich am ›Poste Parisien‹ angeschlossen. Aber es kommt darauf an, wo ich gerade bin.«

»Lieber Monsieur Bouvreuil, das sollten Sie mir schon näher erklären.«

»Na ja, wenn ich zum Beispiel am Palais de Chaillot vorbeigehe, dann höre ich Kultursendungen. Aber nicht lange. Gleich wenn ich um die Ecke biege, in die Straße Paul Doumer, ist es vorbei. Gott sei Dank! Nichts gegen Kulturelles, aber wissen Sie, es strengt mich viel mehr an.«

Der Facharzt für Neurologie und Psychiatrie kann nur noch hilflos den Kopf schütteln: Dieser Mann hier ist auf alle Fälle kein Simulant! Das scheint ihm absolut sicher. Er ist auch nicht verrückt, aber seine Lage ist zum verrückt werden. Und sie wird immer ernster. Monsieur Bouvreuil ist bald nicht mehr fähig zu arbeiten. Er isst kaum noch, und an Schlaf ist kaum zu denken. Denn sogar nachts wird er manchmal – durch Telegramme geweckt, die im Morsealphabet über Funk durchgegeben werden: Es ist die Hölle auf Erden!

Der x-te Spezialist, den er besucht, erklärt ihm in unverständlichem Fachjargon sinngemäß, dass die elektrischen Wellen, die von seinem Gehirn emittiert werden, stark genug sind, Rundfunkwellen, die wiederum vom Sender emittiert werden, zu empfangen. So ein Unsinn!

»Können Sie dann nicht wenigstens einen Schalter einbauen? Wenn ich den Mund weit aufmache, da hört es doch auf. Wäre es also nicht möglich, vielleicht die Pole auszutauschen? Ich verstehe ja nichts davon. Aber tun Sie endlich etwas, irgendetwas!«

Erst drei Monate später wurde das Rätsel gelöst – von einem Elektroingenieur: »Haben Sie falsche Zähne? Wenigsten zwei?«

»Ja.«

»Aus Metall?«

»Ja, beide sind aus Gold, einer oben und einer unten – direkt übereinander.«

»Alles klar! Da haben wir's!« Und der Elektroingenieur erklärt: »Wenn sich zwei Teile aus dem gleichen Metall oder aus verschiedenen Metallen sehr nah aneinander befinden und ein Teil davon ist oxidiert, dann kann das eine Art ›Batterie-Effekt‹ hervorrufen, das heißt, es kann zur Ausbildung eines schwachen elektromagnetischen Feldes kommen, verstehen Sie?«

Nein. Léon Bouvreuil versteht nicht. Aber es ist ihm auch ganz egal. Er hatte zwei Goldzähne, und einer war unter der Krone plombiert. Bei geschlossenem Mund bildeten sie sozusagen einen schwachen Dipol, eine »Mini-Antenne«, und die war stark genug, das Radioprogramm zu empfangen. Denn Monsieur Bouvreuil wohnte und arbeitete ganz in der Nähe des Eiffelturms.

Und hier befindet sich nun mal der stärkste französische Sender! Gewiss, es mussten viele Umstände zusammenkommen, ein derartiges Phänomen zustande zu bringen. Aber, so unglaublich es auch klingen mag, Monsieur Bouvreuil hat es erleben müssen – drei Monate lang –, bis sein Zahnarzt kopfschüttelnd die Goldzähne durch Porzellankronen ersetzte.

Der Mann, der morgen tot war

Die Geschichte spielt am 18. August 1945. Wie viele tausend Soldaten, hat Sir James Primrose soeben seinen Demobilisierungsbescheid bekommen. Es ist nun schon über fünf Jahre her, dass er sein kleines Haus in Richmond, in der Nähe von London, verlassen hat. Damals, gleich zu Beginn des Zweiten Weltkrieges, war er als Oberst der Royal Air Force zu den amerikanischen Einheiten im Pazifik abkommandiert worden – fünf lange Jahre in Fernost. Erst vor einigen Tagen zerstörte eine einzige Bombe eine ganze Stadt: Hiroshima. Der Krieg ist zu Ende. Und Sir James Primrose – in Manila stationiert – verabschiedet sich bei einer Cocktailparty, bevor er nach England zurückkehrt. Mit einem Glas Champagner in der Hand – zur Feier des historischen Ereignisses – unterhält er sich gerade mit einigen Freunden von der U. S. Air Force. Auf einmal hört er ganz deutlich, wie hinter ihm etwas erzählt wird, das ihm die Sprache verschlägt:

»Sie kennen doch Sir James Primrose, ja? Nun, ich glaube, er ist gestern bei einem Flugzeugabsturz ums Leben gekommen.«

Da kann man noch so sehr Engländer sein – derartige Scherze lassen einen nicht kalt. Noch dazu, wenn der Erzähler so überzeugend, so betroffen klingt:

»Der arme Colonel, er wohnte in Richmond.«

Primrose, sehr gefasst, kaum erschüttert, dreht sich auf dem Absatz um: Vor ihm steht Leggins, Major der Royal Air Force, einer seiner Freunde. Starr vor Schreck lässt dieser sein Glas fallen und starrt Primrose an. Sein Gesicht wird zuerst rot, dann violett, und es würde bestimmt gleich ganz blau werden, wenn der Colonel ihm nicht begütigend auf die Schulter klopfte, damit er wieder zu sich kommt – und auch um ihm zu zeigen, dass er es nicht etwa mit einem Gespenst zu tun hat.

»Na, Leggins, beruhigen Sie sich wieder! Glauben Sie mir, so ist es viel besser, vor allem für mich.«

Der arme Major ist jetzt kreidebleich und absolut unfähig, irgendein Wort, irgendeinen Ton herauszubringen. Dann endlich stottert er Entschuldigungen, murmelt dazwischen unverständliche Worte. Dabei scheint er völlig abwesend zu sein. Erst als Primrose ihn an den Schultern packt und zwar freundschaftlich, aber recht unsanft schüttelt, kommt er wieder langsam zu sich und vermag sogar in einem zusammenhängenden Satz zu sagen, wie leid es ihm tut:

»Wie bin ich froh, Sie zu sehen, Sir. Mir fällt ein Stein vom Herzen!«

Klar, dass Leggins nun von der fröhlichen Runde – und vor allem von Primrose – aufgefordert wird, sein seltsames Verhalten zu erklären. Was hat er vorhin gemeint mit diesem Flugzeugabsturz?

»Nun, ich habe gestern Nacht geträumt. Ja. Ich habe ganz klar und deutlich geträumt, wie Colonel Primrose mit einer Maschine abstürzt und dabei stirbt. Es tut mir leid, James! Es war bestimmt kein Scherz von mir vorhin. Ich war wirklich davon überzeugt. Bin ich froh, dass das Ganze nur ein böser Traum war!«

Alle lachen über die Anekdote. Der Major bekommt ein neues Glas Champagner, aber es ist ihm deutlich anzumerken, wie verwirrt er immer noch ist. Er kann es einfach nicht glauben.

Auch Sir James Primrose hat mit den Freunden über den seltsamen Traum gelacht. Nun aber möchte er gerne weiter feiern, schließlich soll er schon am Abend abfliegen – *fliegen?* Nun wird er stutzig. Wie war der

Traum von Leggins überhaupt? Er sagte doch, er hätte alles ganz deutlich gesehen?

»Leggins, erzählen Sie mir doch die Geschichte in allen Einzelheiten. Das interessiert mich. Es kommt schließlich nicht alle Tage vor, dass jemand seinen eigenen Tod erzählt bekommt.«

Und der Major beschreibt den Absturz, wie er ihn im Traum erlebt hat:

»Es war bei Tagesanbruch. Ein schauderhafter Schneesturm tobte über eine dunkle, felsige Küste hinweg. Das Meer stürzte über die schwarzen Felsen. Der Pilot musste notlanden und ...«

»Was für ein Flugzeugtyp war es?«

»Eine Dakota.«

»Und *ich* war an Bord?«

»Ja.«

»War ich allein an Bord? War ich der Pilot?«

»Nein, nein. Außer der Crew waren drei Menschen an Bord. Sie, eine Frau und ein Mann in Zivil. Es war ein fürchterlicher Unfall.«

»Und niemand hat überlebt?«

»Nein. Das Flugzeug brach sofort auseinander und fing Feuer. Ja, und dann bin ich aufgewacht.«

Der Colonel klopft Leggins freundschaftlich auf die Schulter:

»Schon gut, mein Lieber. Aber ein bisschen sollten Sie mich noch leben lassen. Dem Himmel sei Dank, dass ich nicht abergläubisch bin. Stellen Sie sich vor, ich fliege bereits heute Abend nach Shanghai – und zwar mit einer Dakota! Aber ich bin mit der Crew allein an Bord. Und wissen Sie was, es ist mir jetzt auch lieber so. Traum hin, Traum her – sicher ist sicher!«

Und wieder lachen alle mit Sir James Primrose. Jetzt kann sogar Major Leggins wieder ein wenig lächeln.

Zwar noch verkrampft, aber sichtlich angesteckt von der allgemeinen fröhlichen Stimmung. Er entschuldigt sich noch einmal verlegen wie ein dummer Junge, der sich einen üblen Scherz geleistet hat.

Nach einem letzten Glas verabschiedet sich Primrose von seinen Kameraden und begibt sich in sein Quartier, um seine Koffer fertig zu packen. Als er auf den Jeep wartet, der ihn zum Militärflughafen bringen soll, ruft der Portier:

»Mister Primrose! Kommen Sie bitte! Sie werden am Telefon verlangt!«

Morgan ist am Apparat, der Sekretär des Generals der U. S. Air Force in Manila. Er bitte ihn um einen Gefallen:

»Mr. Clark, der Kriegsberichterstatter des Daily Mirror, muss dringend zurück nach London. Der General lässt fragen, ob es Ihnen recht ist, ihn mit an Bord zu nehmen. Nur bis Shanghai. Dort kann er dann in eine Zivilmaschine umsteigen. Sind sie einverstanden?«

Warum sollte Primrose *nicht* einverstanden sein? Mit welchem Grund sollte er die Bitte des Generals abschlagen. Unwillkürlich überkommt ihn ein ungutes Gefühl. Er hat auf einmal ein bestimmtes Bild vor Augen und denkt insgeheim: Hoffentlich ist dieser Clark allein. Ohne Sekretärin und so.

»Ist er allein?«

»Ja.«

Wie gesagt, Colonel Primrose ist noch nie abergläubisch gewesen. Er hält auch nichts von übersinnlichen Erscheinungen. Und doch – irgendwie ist er erleichtert.

»Also gut. Mister Clark soll um 20 Uhr 30 im Flughafenbüro der U. S. Air Force auf mich warten.«

Pünktlich wie verabredet macht der Colonel die Bekanntschaft des Daily-Mirror-Korrespondenten. Es ist ein netter junger Mann. Und jetzt freut sich Primrose sogar, einen so sympathischen Mitreisenden zu haben. Kurz darauf sind die Formalitäten für den Abflug erledigt. Die beiden Männer besteigen die Dakota. Die Tür wird hinter ihnen geschlossen – doch gleich danach nochmals aufgerissen.

Ein Mann der amerikanischen Flughafenpolizei stürzt herein:

»Colonel, ich bitte um Entschuldigung, dass ich so hineinplatze! Aber Sie fliegen doch nach Shanghai, nicht wahr?«

»Ja, was ist denn?«

»Der Flughafenkommandant lässt fragen, ob Sie einen Arzt mitnehmen könnten, der unbedingt morgen in Shanghai sein muss. Es gibt aber keinen Flug mehr bis dahin. Ihre Maschine wäre die einzige Möglichkeit.«

Angesichts der verdrossenen Miene von Primrose fügt der Soldat rasch hinzu:

»Natürlich nur, wenn es Ihnen nichts ausmacht.«

Der Colonel zögert noch – da erscheint ein ganz bezauberndes Gesicht in der Tür:

»Es tut mir entsetzlich leid, mich so aufzudrängen, aber, Colonel, Sie sind meine letzte Hoffnung.«

Eine junge Frau, Anfang dreißig, blond und lächelnd, wie könnte Primrose da widerstehen? Mit welchem Argument sollte er sie abweisen? Und außerdem – der junge Clark ist bereits bei ihr und hilft ihr galant in die Maschine. Einen Augenblick lang verspürt der Colonel einen unheimlichen Drang, die Leute aufzuklären. Das hieße also, diesen Menschen hier – den Traum von Major Leggins zu erzählen. Aber er schweigt besser. Sie würden ihn nur auslachen. Und sie hätten allen Grund dazu. Außerdem würde der reizende Journalist eine so tolle Story bestimmt nicht für sich behalten, und Sir James sieht bereits den Daily Mirror vor sich – mit einer entsetzlichen Schlagzeile, die ihn für alle Zeiten lächerlich machen würde: »Colonel der Royal Air Force abergläubisch!«

Also geleitet er die Ärztin auf ihren Platz. Noch nie in seinem Leben ist er so uncharmant gewesen. Endlich startet die Dakota. An Bord sind nun, neben der Crew, der Colonel, ein Mann in Zivil und eine Frau.

Der Flug verläuft ohne sonderliche Vorkommnisse. Ein ruhiger Nachtflug über die Nordspitze der philippinischen Insel Luzon. Dann über den berüchtigten Baschi-Kanal mit seinen launischen Wetterumschwüngen. Heute aber ist nicht einmal ein Hauch der gefürchteten böigen Stürme zu spüren, die mit Vorliebe ihr Unwesen in dieser Gegend treiben. Im gleichmäßigen Gebrumm der Motoren sind die drei Passagiere eingenickt, sogar Sir James. Da kommt auf einmal der Pilot, Captain Rosen, aus der Kanzel. Er geht zum Colonel und tippt ihm auf die Schulter. Dieser fährt erschrocken hoch:

»Ja, was ist? Ist etwas nicht in Ordnung?«

Der Pilot ist die Ruhe selbst und ein wenig erstaunt über die überempfindliche Reaktion seines Passagiers. Er hält den neuesten Wetterbericht in der Hand:

»Sehen Sie, Sir, das Wetter wird schlecht. Ein Unwetter, hier, südlich von Formosa. Nichts Ernstes. Aber auch wenn wir versuchen, der Schlechtwetterzone auszuweichen, wir werden trotzdem etwas durchgeschüttelt. Also schnallen Sie sich besser wieder an.«

Als alter, erfahrener Pilot wirft Primrose ein Auge auf die über Funk empfangenen Angaben. Das sieht wirklich nicht berühmt aus!

»Wir fliegen dem Tornado ja genau entgegen! Können Sie denn nicht die Route ändern? Nach Westen, über das Chinesische Meer?«

»Nur im äußersten Fall, Sir. Dazu brauchen wir eine Sondergenehmigung der militärischen Bodenstation. Und wir sind noch nicht in ihrem Empfangsbereich. Außerdem würden wir durch den Umweg kostbare Zeit verlieren, und nichts weist darauf hin, dass man dadurch dem Tornado sicher ausweichen würde. Er bewegt sich ja in südwestlicher Richtung. Und nach Osten können wir nicht fliegen. Das wissen Sie selbst am besten! So ein weiter Umweg mit einer Dakota – völlig unmöglich.«

»Ja, ist schon klar. Und können wir nicht über dem Tornado fliegen?«

»Sir, wir befinden uns bereits in einer Höhe von 5500 Fuß. Und wir haben keinen Sauerstoff an Bord.«

»O. K. Also, was nun?«

»Ich sagte es Ihnen schon, Sir. Wir werden eben versuchen, am Rande des Unwetters zu fliegen. Und wir werden uns ein wenig festhalten müssen. Aber keine Sorge, ich kenne die Strecke Manila-Shanghai sehr gut. So etwas habe ich schon oft erlebt. Bitte, sagen Sie den anderen Passagieren Bescheid.«

Der Pilot verschwindet wieder in seiner Kanzel, und die Dakota fliegt kurz darauf eine leichte Kurve Richtung Nord-West. Eine Stunde lang liegt die Maschine relativ ruhig. Doch dann müssen der Pilot und die Passagiere der Tatsache ins Auge sehen: Will man in Shanghai landen, so gibt es jetzt keine andere Wahl mehr, als eben mitten durch das Unwetter zu fliegen, das sich rasch verlagert und verbreitet hat.

Der Pilot gibt knappe Anweisungen: »Rückenlehne gerade stellen! Fest anschnallen! Nicht rauchen!«

Und schon taucht das Flugzeug in die Wolken. Es ist die Hölle. Vier Stunden lang irrt die Dakota durch den Tornado. Doch der Pilot schafft es immer wieder, die Maschine auf dem richtigen Kurs zu halten. Von einem Luftloch sackt das Flugzeug ins andere und verliert dabei immer mehr an Höhe. Clark und die junge Ärztin sind so »luftkrank«, dass sie kaum noch etwas von diesem abenteuerlichen Flug mitbekommen. Nur der Colonel hält stand. Vorher noch, vor einer Stunde, da hatte er Angst. Jetzt nicht mehr, denn er weiß, was geschehen wird. Und resigniert schaut er aus dem Fenster. Die Sonne ist gerade aufgegangen. Die Dakota fliegt jetzt über steiniges Land – die Südküste von China. Primrose wartet nur noch darauf, dass die schwarzen Felsen auftauchen und der Schnee – wie Leggins es in seinem präkognitiven Traum gesehen hatte.

Im Kampf mit dem Sturm hat das Flugzeug so sehr an Höhe verloren, dass es jetzt dicht über dem Boden fliegt. Und alle verzweifelten Versuche, mit der schwerfälligen Dakota wieder Höhe zu gewinnen, schlagen fehl. Im Gegenteil, sie wird vom Sturm immer noch mehr nach unten gedrückt. Und plötzlich, bei Tagesanbruch – also wie vorausgesehen – beginnt es auch noch zu hageln. Die Küste ist jetzt deutlich zu erkennen, die Felsen, die tobende See.

Der Pilot – jetzt nicht mehr so ruhig wie vorhin – schreit: »Wir haben keinen Treibstoff mehr, wir müssen notlanden! In zwei Minuten! Alle nach hinten!«

Aber wozu denn, denkt der Colonel, es gibt ja sowieso keine Überlebenden. Trotzdem gehorcht er den Anweisungen des Piloten, öffnet seinen Gurt, steht auf und geht schwankend nach hinten.

»Was ..., was machst du denn da?«

Im Heck der Maschine, dort, wo normalerweise die Fracht untergebracht ist, sitzt ein junger Inder zusammengekauert hinter einer Plane. Er zittert am ganzen Körper, unfähig, irgendetwas zu sagen. Die Augen vor Entsetzen weit aufgerissen, sieht er aus wie ein Gespenst. Ein blinder Passagier! Ein Wunder! Vielleicht die Rettung!

Sir James zieht den jungen Inder an sich. Umarmt ihn, um ihn zu beruhigen. Er hilft ihm, sich in Decken einzuwickeln, um den Stoß beim Aufprall vielleicht ein wenig zu dämpfen. Colonel Primrose lebt wieder. Vielleicht nur noch für eine Minute. Aber er ist überzeugt: Es gibt jetzt eine winzige Chance. Denn es sind nicht nur drei Passagiere an Bord, sondern sie sind zu viert. Also enthielt Leggins prophetischer Traum einen Fehler! Die Dakota, der Schnee- oder Hagelsturm, die Felsen, das tobende Meer, der Tagesanbruch – alles richtig. Aber es sind *drei* Männer!

Jetzt verlässt der Co-Pilot die Kanzel. Er reißt noch die Ausstiegsluke auf und kriecht dann ebenfalls ganz hinten ins Heck. Rosen, der Captain, versucht, die Maschine einigermaßen heil herunterzubringen. Und tatsächlich: Die Bruchlandung gelingt. Erst ein Aufprall, dann noch einer, wuchtiger, ohrenbetäubendes Schleifen und Knirschen, schließlich Stille, Totenstille.

»Schnell, raus!« Primrose findet seinen Befehlston wieder und ordnet an: »Weg von hier! So schnell wie möglich! Das Flugzeug kann jeden Moment explodieren!« Doch der Captain liegt noch in seinem zertrümmerten Cockpit, ohnmächtig, mit gebrochenen Beinen. Primrose steigt nochmals in die Maschine, befreit ihn vom seinem Gurt und trägt ihn hinter einen Felsen. Eine Sekunde später steht das Flugzeug in Flammen. In diesem Augenblick schaut Sir James Primrose den jungen Inder an – er sieht ihn an mit unendlicher Dankbarkeit.

Auch wenn man nicht abergläubisch sein will, auch wenn man niemals an Übersinnliches geglaubt hat – es gibt doch Zufälle, die einen verwirren können. Besonders dann, wenn – von einem einzigen Detail abgesehen – ein Traum zur fürchterlichen Wirklichkeit wird.

Judmaiers Rettung

Es ist der 26. September 1970, kurz nach Mittag. Zwei Männer schauen in die Weite des afrikanischen Busches rund um den Mount Kenia: Oswald Oelz und Gerd Judmaier, 24 und 29 Jahre alt. Beide sind Mediziner. Oswald Oelz arbeitet in Zürich in der Forschung, sein Freund Gerd Judmaier bereitet sich in Innsbruck auf sein Facharztexamen vor. Beide sind Österreicher und begeisterte Bergsteiger.

Judmaier und Oelz klettern seit vier Jahren zusammen. Aber noch nie haben sie einen Berg solchen Kalibers bezwungen! Der Mount Kenia, 5199 Meter hoch, bietet einen fantastischen Anblick: ein einzigartiger Berg, der aus dem tropischen Busch aufsteigt, direkt am Äquator, und dessen schneebedeckter Gipfel in den Wolken verschwindet. Dass sie ihn bezwungen haben, ist für sie der Höhepunkt ihres bisherigen Bergsteigerlebens.

Um 14 Uhr beginnen die beiden Männer mit dem Abstieg und erreichen bald danach, gut dreißig Meter tiefer, einen kleinen Felsvorsprung. Oswald Oelz sucht eine geeignete Stelle im Gestein für einen Sicherungshaken. Gerd Judmaier beugt sich ein wenig über den Abgrund und hält Ausschau nach einer günstigen Abseilmöglichkeit. Plötzlich ein durchdringender Schrei – Oelz fährt herum ..., Judmaier! Der kleine Felsvorsprung, auf dem der Kamerad gestanden hatte, war abgebrochen. Der Bergsteiger stürzt ab. Oelz' Hände umklammern das um seinen Körper laufende Seil. Wie durch ein Wunder gelingt es ihm, den fürchterlichen Ruck ohne Standsicherung abzufangen, das Sicherungsseil zu fixieren und so den Absturz über die gesamte Wand zu verhindern.

Und hier beginnt eine der erstaunlichsten Geschichten des Alpinismus. Gut. Das Seil wäre also fixiert. Der Abstieg ist äußerst gefährlich und mühevoll, doch schließlich ist Oelz bei seinem Freund angelangt. Er lebt noch. Dem Himmel sei Dank! Er liegt auf einem kleinen Absatz im Fels. Judmaier blutet am Kopf, aber Oelz erkennt sofort, *diese* Verletzung ist nicht besonders ernst. Eine einfache Platzwunde. Viel schlimmer aber sieht das rechte Bein aus. Ein offener Bruch, vermutlich sogar Splitterbruch des Oberschenkels. Die Wunde blutet stark, und Oelz bindet sofort das Bein seines Freundes ab.

Beide sind Mediziner. Beide wissen ganz genau, wie ernst die Lage ist.

»Oswald, das hat doch keinen Sinn mehr. Mit mir ist's aus.«

»Blödsinn. Was heißt hier aus? – Wir schaffen's schon.«

Oelz versucht, seinem Freund Mut zu machen – aber was kann er ihm schon sagen? Am wichtigsten ist es jetzt, etwas zu unternehmen, und zwar so schnell wie möglich. Nur: *Was* kann er, Oelz, in dieser Situation unternehmen? Die Lage ist in der Tat bedrohlich. Sicher, in der Schweiz oder in Österreich, da gäbe es eine Menge erfahrener Alpinisten, die mit allen Rettungsmethoden vertraut sind. Da wäre eine schnelle Hilfe möglich. Aber hier in Kenia? Hier gibt es nicht einmal eine ernst zu nehmende Bergwacht. Und nur Fachleute hätten eine Chance, Judmaier hier herunterzuholen – wenn überhaupt.

Oelz überlegt. Bis man eine Gruppe von Bergsteigern alarmiert, gesetzt den Fall, sie sind überhaupt aufzutreiben ... Und bis sie ankommen, gesetzt den Fall, sie schaffen den Aufstieg ... bis dahin ist Gerd längst tot! Entweder verblutet oder erfroren. Der Mount-Kenia liegt zwar nur fünfzehn Kilometer vom Äquator entfernt, aber in der Höhe wird es entsetzlich kalt, sobald die Sonne untergegangen ist. Es ist jedoch die einzige Möglichkeit. Oelz muss versuchen, Hilfe zu holen, Medikamente zu besorgen und Leute zu finden, die Judmaier herunterbringen könnten. Er denkt an die Seilschaft von Sambesen und Amerikanern, die am Vorabend den Aufstieg wegen des Schneesturms aufgegeben hatten. Wahrscheinlich halten sie sich noch in der Hütte auf, etwas 750 Meter weiter unten. Und schließlich erklärt er seinem Freund, was er vorhat.

»Es hat doch keinen Sinn, es wird bald dunkel.«

»Ich weiß, Gerd, es wird schwierig, aber ... aber man muss es wenigstens versuchen! Ich kann doch nicht einfach tatenlos hier sitzen und nichts tun! Man muss es wenigstens versuchen!«

»Ja, sicher.«

Mittlerweile fällt auch noch dichter Schnee. Oelz packt seinen Kameraden in ihre beiden Daunenjacken, wickelt ihn in einen Schlafsack und steckt ihn in den Biwaksack. Er lässt ihm alles da, was sie noch an Essbarem haben: eine Konservendose mit Früchten. Und bevor er mit dem Abstieg beginnt, legt er noch einmal seine Hand auf die Schulter des Freundes:

»Mach's gut, Gerd. Ich bin bald wieder da, so schnell es nur geht. Halte durch! Ich komme wieder! Ich hole dich hier raus!«

Der Abstieg wird zu einer unmenschlichen Strapaze. Der Schnee fällt so dicht, dass Oelz kaum ein paar Schritte weit sieht. Endlich, so gegen 18 Uhr, gerade als die Sonne am Äquator untergeht, erreicht er völlig erschöpft die Hütte, wo er zum Glück auf die Amerikaner und die Sambesen trifft.

Mit knappen Worten erklärt er die Situation. Ein Sambesi macht sich sofort auf den Weg zu einer anderen Hütte, wo es – wie er weiß – Erste-Hilfe-Material und auch ein Funkgerät gibt. Der Weg durch die Dunkelheit ist äußerst gefährlich, doch der Sambesi schafft es und funkt SOS an die Polizeistation im Dorf am Fuße des Mount-Kenia.

Die Nachricht verbreitet sich in Windeseile, und der »Mountain-Club« von Kenia arbeitet auf der Stelle einen Rettungsplan aus. Aber, wie bereits erwähnt, wir sind hier nicht in Österreich oder in der Schweiz, sondern mitten in Afrika. Der »Mountain-Club« ist eine Vereinigung von leidenschaftlichen Bergsteigern mit Sitz in Nairobi. Und man ist halt mehr passioniert als erfahren – und außerdem schwer zusammenzutrommeln. Die Bergfreunde sind für ein solch schwieriges Unternehmen, für solch eine Rettungsaktion, weder ausgebildet noch ausgerüstet. Aber sie können den Verletzen unmöglich da oben lassen. Und sie tun ihr Bestes.

Während der Rettungsdienst alle verfügbaren Bergsteiger der Gegend einsammelt, ist Robert Chambers, der Vorsitzende des Clubs, mit einer dürftigen Erste-Hilfe-Ausrüstung bereits am Fuße des Berges.

In der Zwischenzeit ist auch der mutige Sambesi, der SOS gefunkt hat, wieder in der Hütte eingetroffen, in der Oelz ungeduldig auf Nachricht wartet. Es ist mittlerweile fast vier Uhr morgens. Aber der Sambesi bringt Medikamente mit und vor allem die gute Nachricht, dass der Rettungstrupp bereits auf dem Weg ist. Oelz schöpft wieder Hoffnung und fragt in die Runde, ob denn jemand bereit wäre, mit ihm zu Judmaier aufzusteigen, sobald es hell wird. Und bald darauf macht er sich mit einem der Amerikaner auf den Weg.

Es schneit ununterbrochen – den ganzen Vormittag. Die beiden Männer sind schwer beladen und bald erschöpft. Vor allem der Amerikaner besitzt mehr Mut als Erfahrung. Schließlich, nach mehreren vergeblichen Versuchen, Judmaier zu erreichen, müssen sie aufgeben – keine hundert Meter von ihm entfernt. Oelz liegt im Schnee, unfähig, auch nur einen einzigen Schritt weiterzugehen. – So nahe bei seinem Freund, der nun seit 24 Stunden auf ihn wartet.

Währenddessen nähert sich eine Gruppe von achtzehn Bergsteigern und zwanzig Trägern der Hütte. Es ist bereits Abend. Mr. Chambers, der Präsident, und vier weitere Bergsteiger kommen zuerst an. Sie sind mit Funkgeräten ausgerüstet und haben eine Art Trage, einen Tragkorb, mitgebracht für den Transport des Verunglückten. Und außerdem bringen sie eine gute Nachricht mit: Ein Hubschrauber soll aus Nairobi kommen. Die zweite Nacht vergeht mit ohnmächtigem Warten, ohne dass für Judmaier im Augenblick mehr getan werden könnte.

28. September. Sonnenaufgang. Heute ist der Himmel ganz klar. In Begleitung eines italienischen Kletterers steigt Oelz noch einmal auf. Zwei Gruppen folgen ihm. Die eine hat diese provisorische Tragbahre dabei. Nachmittags erreichen Oelz und der Italiener einen Grat oberhalb des Felsvorsprungs, wo Judmaier liegt. Sie sehen ihn. Er bewegt sich nicht. Auch nicht, als sie laut rufen. Keine Antwort. Judmaier ist jetzt fast fünfzig Stunden allein. Und die Nächte waren eisig. Wie hätte er da überleben sollen?

Aber Judmaier lebt noch. Nur – er ist unfähig, sich zu bewegen. Auch nicht, als er die Rufe hört. Oelz und der Italiener sind jetzt bei ihm. Judmaier ist kaum fähig, seine Lippen zu bewegen.

»Oswald? Ich dachte ... du bist ... auch abgestürzt.«

Oelz gibt ihm sofort eine Spritze. Morphium. Dann versucht er, eine Funkverbindung mit der Hütte herzustellen, zu melden, dass Judmaier lebt. Doch das Funkgerät versagt.

Und wieder wird es Nacht. Und den beiden Männern bleibt nichts übrig, als bei Judmaier zu bleiben und auf die Rettungsmannschaften zu warten. Erst am nächsten Tag gegen Mittag sind sie endlich da.

Oelz gibt Judmaier noch eine Spritze und stellt das gebrochene Bein ruhig. Dann binden sie ihn auf den Tragstuhl und hieven ihn auf den Rücken eines kräftigen Engländers. Judmaier ist totenblass. Der Schmerz geht offensichtlich über seine Kraft.

»Nein, so schaffen wir es nicht. Setzt den Korb wieder ab! Er stirbt!«

Oelz versucht alles Menschenmögliche. Doch ohne Blutplasma? Es wird abermals Nacht. Und wieder muss man auf den nächsten Tag warten.

Allmählich verliert Oelz jede Hoffnung. Es war so schwierig, Judmaier zu erreichen. Und jetzt ist er zu geschwächt, um mit ihm den Abstieg zu wagen. Wird er diese Nacht überhaupt noch überleben? Die einzige Chance wäre der Hubschrauber. Aber dafür müsste man den Verletzten etwas weiter nach unten bringen. Und tatsächlich: am nächsten Morgen, bei Tagesanbruch – neue Hoffnung: Alle horchen auf. Der Hubschrauber ist im Anflug. Der Pilot ist ein Teufelskerl. Er versucht jetzt tatsächlich, etwas weiter oben zu landen! Ein tollkühnes Vorhaben. Der Rotor streift die Felswand, der Hubschrauber zerschellt. Der Pilot – ein 38-jähriger amerikanischer Freiwilliger – ist auf der Stelle tot.

Das war dann wohl die letzte Hoffnung. Judmaier wird mit jeder Stunde schwächer. Mit schweren Erfrierungen, hohem Fieber, vom Delirium gequält, verlangt er unaufhörlich nach Wasser und ist doch unfähig, auch nur einen einzigen Tropfen zu schlucken.

Oswald Oelz hat alles getan, was nur möglich war. Nicht eine Minute hat er seinen Freund im Stich gelassen. Jetzt aber weiß er, dass ihn nun nichts mehr retten kann. Er bedeckt Judmaier, der bereits im Koma liegt, mit einer Folie.

Der eigentliche Held dieser Geschichte betritt erst jetzt die Bühne. Es ist der Vater Judmaiers, der in seinem Haus in Innsbruck von alledem nichts weiß. Am frühen Morgen des 1. Oktober ruft ihn ein Freund an:

»Hast du die Zeitung noch nicht gelesen?«

»Nein! Was ist?«

Und schonend erzählt der Freund Vater Judmaier, dass sein Sohn wahrscheinlich tot ist, jedenfalls so gut wie tot, dass er schwer verletzt im Koma in 5000 Meter Höhe liegt und keiner ihn bergen kann.

Wider Erwarten bleibt Herr Judmaier sehr gefasst. Er ist nur einen Augenblick lang still. Dann fragt er:

»Was kann man tun?«

»Ich fürchte – nichts mehr. Es ist schon alles versucht worden.« Und er erzählt, was in der Zeitung steht.

»Gut. Danke. Jetzt weiß ich genug. *Ich* werde ihm helfen!«

Er legt auf, nimmt den Hörer wieder ab, ruft den Flughafen Wien-Schwechat an und fragt, ob ein Flugzeug mit zehn Plätzen zu chartern wäre.

»Wann brauchen Sie es?«

»Sofort!«

Man bietet ihm eine Propellermaschine an.

»Zu langsam! Ich brauche eine Düsenmaschine!«

In Wien-Schwechat verbreitet sich die Neuigkeit wie ein Lauffeuer: Ein Verrückter will sofort eine Düsenmaschine chartern.

»Wohin ich fliegen will? Nach Nairobi!«

In Wien ist es an diesem frühen Morgen unmöglich, eine Düsenmaschine zu bekommen. Aber in Zürich gäbe es vielleicht welche.

»Was für welche?«

»Eine Caravelle. Eine Mittelstrecken-Düsenmaschine. Bis Nairobi braucht sie zwei Zwischenlandungen.«

»Keine Zwischenlandung!«

»Dann kommt nur eine Maschine infrage: eine Boeing 707.«

»Gut. Besorgen Sie mir die Boeing!«

»Aber das kostet Sie ein Vermögen.«

Herr Judmaier nennt den Namen seiner Bank, damit die Fluggesellschaft sich mit ihr in Verbindung setzen kann. Er seinerseits ruft sofort den Direktor an, erklärt dem Bankier seine Lage. Natürlich geht die Sache in Ordnung.

Vater Judmaier ist übrigens ebenfalls ein vorzüglicher Alpinist. Er kennt die besten Bergsteiger der Gegend, ruft ein halbes Dutzend von ihnen an, erreicht, dass sie alles liegen und stehen lassen, um mit ihm sofort nach Nairobi zu fliegen. Treffpunkt ist Wien-Schwechat. Von dort aus wird sie die Boeing 707, die bereits von Zürich abgeflogen ist, nach Nairobi bringen.

In der Gruppe ist sogar ein Bergsteiger, der den Mount-Kenia schon bestiegen hat. Der Sekretär des Alpenvereins von Innsbruck stellt in Windeseile die umfangreiche Ausrüstung zusammen.

Am Mittag bereits sind alle in Wien-Schwechat! Gegen 13 Uhr startet die Boeing 707. Acht Stunden Flug ohne Zwischenlandung. Spät am Abend landet sie in Nairobi, wo bereits über Funk bestellte Geländewagen auf die Alpinisten warten. Knapp zwei Stunden später sind die Wagen am Fuß des Berges. Noch in der Nacht macht sich die österreichische Rettungsmannschaft auf den Weg. Hochtrainiert und bergerfahren, wie sie sind, erreichen sie den jungen Judmaier – zwar im Koma liegend, aber immer noch lebend. Unverzüglich bringen sie ihn nach unten. Nachmittags liegt Gerd Judmaier bereits im Krankenhaus von Nairobi.

Das geschah vor rund 15 Jahren. Heute lebt Dr. Gerd Judmaier in Innsbruck. Nur die unglaubliche Energie seines Vaters hat ihn gerettet.

Der Flügel in der Wüste

Kein Mensch ist vollkommen. Nicht einmal ein Beamter. Schon gar nicht ein Bürokrat. Und noch schlimmer ist ein faschistischer Bürokrat. Hier haben wir es mit dem Paradebeispiel eines faschistischen Bürokraten vom Typ Mussolinis zu tun. Sein Aufgabenbereich sollte eigentlich die Kanten seines Quadratschädels etwas runder und seine scharfe Stimme etwas sanfter gemacht haben. Er ist nämlich für kulturelle Angelegenheiten zuständig. Ein kleiner, kahlköpfiger Mann, der wie ein Hahn herumstolziert und den seine Uniform vollends lächerlich macht. Misstrauisch sieht er den Besucher an:

»Alle im Schloss von Viktor Emanuel aufgefundenen Wertgegenstände sind beschlagnahmt. Sie sind nicht zu besichtigen!«

Der Besucher, der sich als Avner Carmi vorgestellt hat, ist ein romantisch wirkender junger Mann mit zartem Gesicht und sensiblen Händen. Er trägt einen grauen Anzug und sieht wie ein Künstler aus, jedenfalls der Schleife nach zu schließen, die er statt einer Krawatte trägt. Seine Stimme ist ruhig und musikalisch:

»Ja, ja, aber ich bin nur für ein paar Tage in Rom. Gibt es nicht doch irgendeinen Weg? Ich möchte auch nur ein einziges Stück aus der Sammlung sehen. Den Flügel.«

»Zu welchem Zweck?«

»Ach – zu keinem besonderen Zweck. Es ist nur eine Art Versprechen, das ich seit Langem einlösen will. Sehen Sie, mein Großvater war Pianist. Ein Russe, und er hat es immer als besonderes Glück empfunden, dass er einmal im Leben auf diesem herrlichen Instrument spielen durfte. Er hat viel davon gesprochen und oft gesagt: ›Du musst dir dieses Instrument unbedingt anschauen. Du wirst so etwas nicht mehr wiederfinden, nie wieder einen solchen Ton hören.‹ Der Flügel soll ein wahres Wunderwerk sein! Eine Arbeit von Marchisio, einem Ihrer berühmtesten Klavierbauer, und niemand geringerer als der Bildhauer Ferri hat ihn verziert.«

»Ich weiß, ich weiß, Sie sagen mir nichts Neues!«

Anscheinend doch. Der Besucher hat entschieden den Eindruck, dass er diesem Klotz, der die beschlagnahmten königlichen Besitztümer zu beaufsichtigen hat, sehr wohl lauter Neuigkeiten erzählt. Was kann ein Konzertflügel, und sei er noch so einmalig, einem solchen Banausen auch bedeuten?

Carmi versucht es noch einmal: »Ich möchte ihn ja nur anschauen und mir Notizen machen. Es wäre wichtig für meinen Beruf. Ich bin Klavierbauer und würde so gerne seine Klangfarbe hören. Ich könnte ihn auch instand setzen und stimmen. Ein Flügel darf nicht lange ungestimmt bleiben, wissen Sie. Die Saiten leiden, wenn sie nicht richtig gespannt sind, auch die Filze sollten kontrolliert werden.«

»Bedaure, kommt nicht infrage. Darüber zu entscheiden ist Sache der Verwaltung. Ich sage Ihnen noch einmal, die Sammlung ist auf Anordnung des Duce beschlagnahmt. Das ist dekadente Kunst, die wir Ausländern nicht zeigen.«

»Aber es geht um ein Gelübde, ich habe es meinem Großvater versprochen. Und nun bin ich in Rom, wer weiß, wann ich wieder kommen kann. Für mich ist es wirklich eine bittere Enttäuschung, wenn Sie mich abweisen.«

»Machen Sie eine offizielle Eingabe über Ihre Botschaft! Dann wird man sehen, ob Ihrem Wunsch entsprochen werden kann. Warum besuchen Sie nicht unsere staatlichen Museen, Herr ... Herr ...«

»Carmi – Avner Carmi. Danke für Ihren Rat.«

Der junge Mann geht. Ihm gefällt das verächtliche Gehabe des Beamten nicht. Er schreitet nachdenklich durch riesige, kalte und leere Büros, bis er endlich an die Sonne kommt. Er soll eine Eingabe über seine Botschaft machen. Seine Botschaft? Ein Staatenloser hat keine Botschaft, ein Staatenloser, der in Jerusalem geboren ist, erst recht nicht. Und im Jahr 1938 ist man staatenlosen Juden gegenüber in Italien nicht sehr entgegenkommend.

Als Hitlerdeutschland den Krieg vom Zaun bricht, lebt der Klavierbauer Avner Carmi in London. Die Erde bebt vom Donnern der Kanonen. Wer interessiert sich da schon für Klaviere. Carmi betrachtet seine Hände. Was soll er tun? Wozu ist ein kleiner Klavierstimmer gut im Wahnsinnskonzert des Zweiten Weltkrieges? Und welches Land soll ein Staatenloser wie er verteidigen? Nur eines – das Land der Freiheit. Ein Land ohne Grenzen. Da steht er also im Rekrutierungsbüro der Britischen Armee und meldet sich freiwillig. 1942 landet er mit der Transportkolonne der 8. Armee Montgomerys in Nordafrika.

Am 23. Oktober – 21.30 – startet Montgomery von El-Alamein aus seine Offensive auf das Afrikakorps Rommels. Am 4. November kann er Churchill melden:

»Die Stellungen des Feindes sind durchbrochen, seine Armee zieht sich zurück!«

Am 23. Januar ist alles vorbei. Die englische Armee marschiert in Tripolis ein. Drei Monate Krieg und ein zwölf Tage dauernder erbitterter Kampf in der minenverseuchten Wüste, dazu über zweitausend Kilometer

Weg liegen hinter ihr. 73 000 Tote, deutsche und italienische Soldaten säumen ihren Weg.

Carmi war als einfacher englischer Soldat dabei. Es war die Hölle. Aber er hat überlebt und gehört zu einem Trupp in El-Alamein, der das zurückgelassene Material von Rommels geschlagener Armee einsammelt. Tonnen von Ausrüstungsgegenständen, Tanks, Maschinengewehren, LKW, Geländewagen, Schrott aller Art liegen in der Wüste herum. Und mitten drin ein seltsamer Gegenstand, schwer und unförmig. Ein Soldat tritt neugierig mit dem Stiefel dagegen. Es gibt ein merkwürdiges Geräusch. Der Klavierbauer Carmi hört es und wird starr vor Staunen: ein Flügel!

Ja, ein Konzertflügel in der Wüste. Oder vielmehr das Gespenst eines Flügels, denn seine ursprüngliche Form ist kaum mehr zu erkennen. Ein steinerner Flügel in der Wüste ... Er ist mit einer dicken, harten Gipsschicht überzogen. Der Resonanzboden ist voll Sand, und den sandverkrusteten Tasten und Saiten ist kein Ton mehr zu entlocken. Da setzt sich auch Carmi in den Sand. Er könnte heulen: Diese Wilden haben aus einem Flügel eine Art Freiluftbar gemacht – man sieht noch die Ränder von den Gläsern.

Der andere Soldat, der mit Carmi zu diesen Aufräumungsarbeiten abgestellt ist, schüttelt ihn: »Los Carmi, mach ein Feuer! Wir sollen alles verbrennen, was nicht kriegswichtig ist!«

Und Carmi fragt ihn:

»Warum haben sie das gemacht, was meinst du?«

»Was?«

»Den Flügel mit Gips überzogen!«

»Keine Ahnung, wie soll ich das wissen? Wahrscheinlich, damit er in der Wüste nicht kaputtgeht. Die Deutschen sind so verrückt. Die haben den Gips auch noch bemalt, da: Unterschriften, Flugzeuge und Kreuze! Die haben unsere Verluste im Gips aufgelistet, die Dreckskerle! Los, verbrennen wir das Ding!«

Carmi steht auf. Zärtlich fährt er mit seinen Händen über das Instrument. Ein Flügel, selbst wenn er eingegipst und dadurch lächerlich gemacht ist, ist für ihn immer noch ein Flügel. Wahrscheinlich ist er nichts mehr wert, aber Carmi könnte nicht zusehen, wie er brennt.

Er rennt zu seinem Offizier: »Entschuldigen Sie, Herr Leutnant, ich habe eine große Bitte! Ich bin von Beruf Klavierbauer, ich liebe Klaviere. Bitte erlauben Sie mir, dass ich dieses hier rette!«

»Aber Carmi, wir sind im Krieg. Mit so was können wir uns nicht aufhalten. Irgendjemand muss schon versucht haben, die Gipsschicht abzukratzen. Sehen Sie, da sind Spuren ...«

»Das macht nichts, Herr Leutnant, man kann bestimmt noch darauf spielen. Ich weiß es. Der Klang ist vielleicht nicht ganz so gut, aber ich schwöre Ihnen, dass ich ihn einigermaßen hinkriege. Bitte, verbrennen Sie ihn nicht!«

»Und was wollen Sie damit machen?«

»Wir könnten ihn den Musikern geben, die für uns spielen. Es ist ein Pianist darunter, er nimmt ihn bestimmt!«

Ein englischer Offizier reagiert anders als ein Beamter Mussolinis. Er erbarmt sich des Gipsungetüms, und Carmi verbringt von nun an seine Abende damit, es zu reparieren. Eine harte Arbeit – noch dazu ohne richtiges Werkzeug. An die Gipsschicht kann er sich nicht wagen, die sitzt zu fest, und wenn er sie unvorsichtig aufbräche, würde er das Holz beschädigen. Aber der Klavierbauer merkt, dass die bizarre Ummantelung den Ton des Instruments keineswegs ruiniert hat. Auf einem Benzinkanister sitzt er ganz allein in der Wüste – und spielt. Das Instrument hat einen schönen, zarten Ton, der durch den Gips nur wenig gedämpft wird.

Bald übergibt Carmi den Flügel den Musikern, die überall in Europa Konzerte für die Soldaten im Feld geben. Er sagt zu dem Pianisten: »Er ist sicher nicht viel wert, aber sein Klang ist gut. Ich habe den Gips gereinigt, Sie können ihn wieder bemalen, wenn Sie wollen. Auf alle Fälle ist es ein ungewöhnliches Instrument. Sie fallen bestimmt damit auf!«

Ein paar Tage später sieht er dem Flugzeug nach, das die Musiker und den Flügel nach England transportiert. Eines Tages, wenn der Krieg zu Ende ist, will er sie wiedersehen. Dieses Versprechen hat er ihnen in seiner Eigenschaft als Pate des skurrilen Instruments gegeben.

1945 sieht Carmi seine Freunde in England tatsächlich wieder. Der Gipsflügel hat sie auf allen ihren Tourneen begleitet. Er trifft sie in Palermo, in Neapel und schließlich in Tel Aviv, wo er inzwischen wohnt. Immer wieder kreuzt der seltsame Flügel die Wege seines Retters – als ob er eine Seele hätte unter seiner Gipsschale. 1949 hat das kleine Ensemble drei Konzerte in Tel Aviv gegeben, dann ist es wieder abgereist.

Der Geschäftsführer eines großen Cafés, in dem die Musiker aufgetreten sind, hat Carmi davon erzählt. Der ist traurig, dass er sich nicht mehr von ihnen verabschieden konnte. Und der Geschäftsführer erzählt ihm noch etwas, das ihn trifft: »Die haben ihren Flügel zurückgelassen, das Schiff nach England hatte nicht genug Laderaum dafür.«

»Wo ist er?«

»Keine Ahnung, sie haben ihn an einen Franzosen verkauft, an einen Bauern, glaube ich.«

»Und was will er damit machen?«

»Holz, mein Lieber, Holz ist hier rar. Und der Bursche braucht Holz für seine Bienenstöcke!«

Aus seinem Flügel sollen also Bienenstöcke gemacht werden. Er wird wimmeln von Insekten und kleben von Honig. Das Instrument hat wahrhaftig ein merkwürdiges Schicksal. Nur von seinem Instinkt geleitet, begibt sich der Klavierbauer auf die Suche nach dem Bauern. Er findet ihn, es ist ein Einwanderer aus Algerien mit großer Familie.

»Der Flügel? Dieses schreckliche Ding! Ich hab's aufgegeben. Die Gipsschicht ist nicht runterzukriegen. Ich habe ihn an einen Freund verkauft, der in der Nähe von Tel Aviv Hühner züchtet – er will einen Brutkasten draus machen.«

»Ist das lange her?«

»Ungefähr einen Monat – er hat ihn auf einem Karren mitgenommen.«

Carmi lässt sich Namen und Anschrift des Hühnerzüchters geben, der kurz vor dem Krieg aus Rumänien eingewandert ist. »Der Flügel. Genau. Ich wollte einen Brutkasten daraus machen. Aber das ging nicht. Ich habe ihn an einen Fleischer weiterverkauft.«

»Spielt der Klavier?«

Der Rumäne lacht aus vollem Hals: »Klavier? Sicher nicht. Ihn hat nur das Holz interessiert. Er will einen Kühlbehälter daraus basteln.«

Carmi läuft zu dem Fleischer. Er hat es sich in den Kopf gesetzt, den Flügel noch einmal zu retten – aber der Fleischer hat ihn sicher längst in seine Einzelteile zerlegt. Weit gefehlt! Auch dem Fleischer ist es nicht gelungen, das Holz zu entgipsen.

»Dieser verdammte Gips ist hart wie Stein. Welcher Idiot das bloß gemacht hat! Jedenfalls ist's eine solide Arbeit, das kann ich Ihnen sagen!«

»Und wo ist er jetzt?«

»Auf dem Sperrmüllplatz. Ich habe ihn gestern hingebracht. Irgendjemand wird schon noch was daraus machen!«

Dieser Jemand wird Carmi sein. Klopfenden Herzens läuft er zum Sperrmüllplatz. Der arme Gipsflügel! Er ist nicht mehr. Das ganze Innere ist herausgerissen. Es existiert nur noch der Gipskasten. Sogar die Pedale sind verschwunden, die Tastatur liegt elend, wie abgefressen, daneben. Kinder oder Plünderer haben die Elfenbeinplättchen von den Tasten gerissen. Der Flügel ist endgültig ruiniert.

Dieses Mal gibt Carmi auf. Was soll er tun mit diesem traurigen Wrack? Selbst wenn es gelänge, ihn aus seinem Gips herauszuschälen, eine Restaurierung würde sich nicht mehr lohnen.

In seiner Werkstatt in Tel Aviv denkt Carmi noch an das traurige Ende seines Flügels, da bekommt er Besuch von einem alten Mann, der einen Karren zieht. Und auf dem Karren liegt – es ist nicht zu glauben – das Gehäuse des Flügels. Der Mann ist ausgerechnet Gipser. Er hat das gute Stück mit anderen Trümmern vom Sperrmüllplatz geholt.

»Wissen Sie, meine Tochter liebt Musik. Wenn Sie ihn reparieren würden, könnte sie Klavier spielen lernen. Man bekommt hier keine Flügel, und wenn ich einen aus Europa kommen lasse, kostet es mich ein Vermögen.«

»Sie wollen, dass ich ... dass ich *was* mache?«

»Sie setzen ihm ganz einfach die Tastatur wieder ein und alles andere, was hineingehört: Hier ist eine Anzahlung. Das ist alles, was ich im Augenblick habe, den Rest zahl' ich später. Einverstanden?«

»Na schön, meinetwegen.«

Am nächsten Tag betrachtet Carmi den Flügel in seiner Werkstatt. Welch seltsame Reise hat ihn hierher geführt? Er ist in den Ecken immer noch voller Sand, dem Sand aus der libyschen Wüste.

Da taucht der Gipser wieder auf: »Ich habe es mir anders überlegt! Meine Frau hat recht, das Geld wäre zum Fenster hinausgeworfen. Geben Sie mir meine Anzahlung zurück.«

Carmi ist enttäuscht, versucht, ihn zu überreden. Er hatte sich schon mit dem Gedanken befreundet, das arme Instrument noch einmal zusammenzuflicken. Die Diskussion wird unerfreulich. Der Gipser fordert lautstark sein Geld zurück und schlägt mit Vehemenz auf die Gipsschale:

»Ich will ihn nicht mehr, geben Sie mir mein Geld zurück! Das ist mein gutes Recht!«

Durch den Faustschlag ist ein Stück Gips abgesprungen, er ist ja mittlerweile schon oft genug attackiert worden – und Carmi starrt auf das Holz, das darunter zum Vorschein kommt –, ein kleines Stück Holz und auf dem Holz ein Relief, Kopf und Rumpf eines kleinen Cherubs. Das kann nicht wahr sein ..., das ist doch nicht möglich!

Carmi gibt dem Alten schleunigst sein Geld zurück, entlässt den Besucher und stürzt sich auf ein altes Buch, das seinem Großvater gehörte. Das ist er, bestimmt ist er das, wenn es keine Kopie ist. Das ist der königliche Flügel, von dem einst der Großvater sagte: »Es ist ein Flügel wie aus Kristall, du musst ihn sehen mein Junge, du wirst viel von ihm lernen.«

Carmi arbeitet fieberhaft. Er braucht drei Monate, dann ist er so weit. Er versucht es mit Benzin, Alkohol,

Essig und Zitronensaft – alles nützt nichts. Schließlich versucht er es mit Aceton – mit Erfolg. Er verbraucht 110 Liter dieses Lösungsmittels, um den schön geschnitzten Körper des Flügels freizulegen, und Stunden geduldiger Arbeit – Tausende von Stunden.

Aber da steht er nun. Eine Arbeit des italienischen Holzbildhauers Ferri, um 1800 in Turin entstanden. Etliche Jahre später wurde der Flügel vom Stadtrat von Siena dem künftigen König Umberto I. zur Hochzeit geschenkt. Diesen Flügel hatte Carmi sehen wollen, als er 1938 den unbeugsamen Kunstfunktionär und Beamten Mussolinis anflehte. Ihn hat er in der libyschen Wüste gefunden. Immer schon hatte er ihn gesucht und war in seiner Nähe gewesen, ohne es zu ahnen. Unglaublich! Wie der Flügel nach El-Alamein gekommen ist, wird immer ein Rätsel bleiben. Vielleicht hatte ihn ein Deutscher in Italien »organisiert«. Und um ihn unkenntlich zu machen und vielleicht auch um ihn zu schützen, hatte er ihn eingegipst. Wahrscheinlich hatten deutsche Truppenbetreuer darauf gespielt.

Den kostbaren Korpus aus Zypressenholz hat Carmi schon gerettet. Nun muss er noch den Mechanismus rekonstruieren. Unterlagen aus der Zeit um 1800 helfen ihm dabei. Diese Arbeit kostet ihn nochmals Jahre.

1953 kann er schließlich in den Vereinigten Staaten seinen »Wüstenflügel« ausstellen. Bald darauf erscheint die erste Schallplatte, die auf diesem Instrument bespielt wurde. Es sind sechs kurze Scarlatti-Sonaten. Die Reinheit des Tons ist hinreißend – so klar und kristallen, wie sie der russische Großvater geschildert hatte, der in seinem Leben auf Hunderten von Flügeln gespielt hatte und nur in diesen einen verliebt gewesen war.

Vor seinem Tod 1917 hatte er zu seinem Enkel gesagt: »Man nennt ihn die Davidsharfe. Er ist aus dem Holz des Salomonischen Tempels in Jerusalem gearbeitet!«

Das war natürlich Legende. Aber klingt die wahre Geschichte nicht auch wie eine Legende – die Legende vom kleinen Klavierbauer und »seinem« Flügel in der Wüste?

Das Leben an der Leitung

Jeanne ist 24 Jahre alt – sie ist allein, und sie ist am Ende. Es hat nichts mit Geld zu tun, nichts mit der Liebe, auch nichts mit ihrer Arbeit. Es ist eine Art – ja was ist es eigentlich? Eine Art von Aversion, von Ekel vor allem und jedem, vor der Welt und vor sich selbst.

Jeanne hat genug Geld zum Leben – mehr nicht, aber es genügt. Ihr Herz ist frei – zumindest frei genug, um seinetwegen nicht leiden zu müssen. Ihre Arbeit zwar monoton, aber nicht anstrengend. Mit einem Wort: Es läuft alles, wenn nicht gut, so doch auch nicht schlecht, eigentlich ganz normal. Nun, ein kleines, seelisches Tief vielleicht ...? Aber es dauert jetzt schon ziemlich lange, dieses »kleine seelische Tief« – mehrere Monate! Und nach und nach, ganz heimtückisch, hat sich eine immer tiefere Depression in Jeannes Leben ausgebreitet.

Und heute Nacht – es ist Mitternacht in Paris – hat diese schleichende Gemütskrankheit wohl gesiegt. Jeanne ist nur noch ein Schatten ihrer selbst. Unruhig irrt sie in ihrer kleinen Wohnung hin und her, bis in ihr auf einmal der Gedanke an den Tod auftaucht, der Tod als die einzige Lösung erscheint.

Und Jeanne – 24 Jahre alt – bereitet alles vor, die große Dummheit zu begehen: Sie stellt ein Glas Wasser auf den Tisch, daneben Tabletten. Ganz ruhig, sehr gefasst, schluckt sie eine nach der anderen. Es sind nur fünf Stück. Jeanne weiß sehr wohl, dass diese Dosis nicht ausreicht zum Sterben. Aber vielleicht geben ihr die Tabletten den Mut, der ihr noch fehlt, um ihr Leben kurz und bündig zu beenden. Jetzt liegt sie auf ihrem Bett. Und tatsächlich, nach ein paar Minuten bereits, verspürt sie die Wirkung der Tabletten – diese todbringende Beruhigung. Wie in Trance nimmt sie die bereitgelegte Rasierklinge und schneidet sich die Pulsader des linken Handgelenks auf. Ganz ruhig, als ginge sie das alles nichts an.

Zehn Minuten nach Mitternacht. Ihr schwarzes Telefon auf dem Nachttisch ist die einzige Verbindung mit der Außenwelt. Doch Jeanne weiß genau, dass es nicht klingeln wird. Niemand kennt ihre Adresse. Vor Kurzem erst hat sie die Wohnung gewechselt. Sie hatte wahrscheinlich gehofft, dadurch in eine neue Haut zu schlüpfen. Es hat nicht funktioniert.

Jeanne fühlt sich jetzt schon ziemlich schwach. Es ist eine irgendwie wohltuende Schwäche, und zum ersten Mal seit Monaten hat sie plötzlich das Bedürfnis, mit jemandem zu sprechen.

Fünfzehn Minuten nach Mitternacht. Sie schaut auf den stummen, schwarzen Apparat. ›Wen könnte ich jetzt schon anrufen? Um diese Zeit?‹ Jeanne will nicht gerettet werden. Es täte ihr nur einfach gut, jetzt einem Menschen sagen zu können: »Hör zu, ich werde bald sterben, und ich möchte dir nur erklären, warum. Unternimm nichts, hör mir nur zu!«

Doch in Paris schlafen alle, und außerdem würde man sie sicher nicht in Ruhe sterben lassen, wenn sie jemanden anriefe, der in der Nähe wohnt. Also blättert Jeanne mit ihrer rechten Hand in ihrem Adressbuch und sucht eine Nummer – am anderen Ende der Welt. Die Nummer von Claude, einem Freund, den sie seit fünf Jahren nicht mehr gesehen hat. Er lebt in New York. Und in New York ist es erst zwanzig Minuten nach sechs. Claude arbeitet noch. In Paris ist es Nacht, und Jeanne wird bald sterben.

Sie hebt den Hörer auf, wählt die Vorwahlnummer für Auslandsgespräche, hört das Knistern in der Leitung und wartet auf den Freiton. Ganz ruhig, ganz gefasst. Dann wählt sie weiter, unendlich viele Ziffern, bis es endlich in New York klingelt. Und sie fragt einfach nach »Claude?« Dreimal hintereinander fragt sie nach Claude, obwohl er selbst – allerdings mit einem amerikanischen »Hello« – am Apparat war. Nur – Jeanne hat ihn nicht sofort erkannt. Und jetzt findet sie das direkt komisch, ja fast lustig! Ihr wird bewusst, wie weit dieser 57. Stock eines gläsernen New Yorker Wolkenkratzers von Paris entfernt ist! Auch wenn sie nun die Stimme von Claude ganz klar und deutlich hören kann.

Er ist sehr erstaunt über ihren Anruf. Will schon die üblichen Floskeln von sich geben: »Na Kleine, wie geht's dir denn? Lange nichts von dir gehört. Was treibst du denn so?«

Aber er kommt gar nicht dazu. Jeanne hat lediglich ihren Namen genannt – mit einer eigenartig verschlafenen Stimme. Sie lässt ihn gar nicht zu Wort kommen, und was er hört, klingt unglaublich, schrecklich. Jeanne, die kleine Jeanne ist in Paris; sie ruft aus Paris an, um ihm zu sagen, dass sie sich die Pulsader aufgeschnitten hat und auf den Tod wartet und dass sie ihm erklären will, warum sie es getan hat. Sie muss es jemandem erklären, und sie hat dabei an ihn gedacht ... nun, weil Amerika eben sehr weit weg von Paris ist, weil die Leute dort auch noch nicht schlafen, und weil er nichts unternehmen kann aus dieser Entfernung. Er kann ihr nur zuhören. Und mehr will sie auch nicht.

Zunächst denkt Claude an einen Scherz. An einen sehr dummen Scherz allerdings. Aber nicht lange. Sehr bald bekommt er es mit der Angst zu tun: diese monotone Stimme, die mit einer verzweifelten Gleichgültigkeit ihre Verzweiflung zum Ausdruck bringt, macht ihm Angst.

Dieser Anruf ist unglaublich – kurz vor Feierabend eines hektischen amerikanischen Arbeitstages. Doch er fasst sich schnell. Während Claude einige idiotische Fragen stottert wie: »Aber, warum machst du denn so was Dummes? Ist jemand bei dir?« usw. ... arbeitet sein Gehirn fieberhaft: Wenn er jetzt aufhängt, um jemanden zu alarmieren, ist die Tragödie nicht mehr abzuwenden. Außerdem, wen sollte er denn alarmieren? Claude könnte vielleicht versuchen, seine französischen Freunde anzurufen, aber es würde viel zu lange dauern, er hat die Nummern nicht im Kopf, und sie würden vielleicht auch nicht schnell genug begreifen, worum es geht. Sie alle kennen Jeanne nicht – und er weiß nicht einmal, wo sie wohnt.

Dabei geht es sicherlich um Minuten. Er weiß ja nicht, wann genau sich Jeanne überhaupt die Pulsadern aufgeschnitten hat. Sie sagt nichts Genaues, weint zwischendurch und erzählt wirr und stockend aus ihrem Leben.

Claude greift zum Hörer des Apparats auf dem Nachbarschreibtisch und wählt die erste Nummer, die ihm einfällt: die Nummer von Neal Henry, seinem Chef, der im 58. Stock residiert.

»Kommen Sie sofort herunter! Ich hab ein schreckliches Problem! Beeilen Sie sich!«

Der Chef – obschon sehr erstaunt über den Befehlston seines Angestellten – beeilt sich wirklich, und Claude, jetzt sehr aufgeregt, versucht, ihm die Lage zu schildern. Aber es ist äußerst schwierig, weiterhin ganz behutsam mit Jeanne zu sprechen – französisch – und gleichzeitig Neal Henry auf Englisch die Lage zu erklären – so, dass auch er begreift, dass es um Leben und Tod geht, dort in Paris! Claude nimmt ein Blatt Papier und kritzelt im Telegrammstil alle möglichen Informationen darauf, die vielleicht nützen können: »Sie heißt Jeanne V. – Französin – ruft aus Paris an – hat sich die Pulsader aufgeschnitten – ist ganz allein – was soll man tun? Helfen Sie mir!«

Und Neal kritzelt zurück: »Fragen Sie nach ihrer Adresse. Die Polizei muss alarmiert werden!«

In Paris ist es jetzt Viertel vor eins. Jeanne klingt immer abwesender. Und sie versteht auch nicht mehr genau, warum Claude so viel von ihr wissen will. Wo sie wohnt? Was spielt es für eine Rolle? Er kennt die Gegend nicht. Sie ist erst vor Kurzem umgezogen. Es dauert unendliche fünf Minuten, bis Claude den Namen der Straße endlich erfährt und fünf weitere unendliche Minuten, bis Jeanne auch die Nummer des Hauses verrät.

Endlich, der erste Schritt! Claude notiert die Adresse, schiebt sie Neal über den Schreibtisch. Der ruft sofort die New Yorker Polizei an. Er will, er muss das Unmögliche versuchen: einem wahrscheinlich überlasteten Polizisten in New York erklären, dass sich eine junge Frau in Paris gerade das Leben nimmt und dass man sofort Hilfe schicken soll. Bestimmt wird man ihn bei der Polizeizentrale für verrückt halten, aber im Augenblick weiß er nicht, was er sonst machen könnte.

Alles hängt jetzt von dem Auffassungsvermögen des diensthabenden Polizisten ab. Hoffentlich legt er nicht gleich auf. Der Polizist heißt Gordon. Und er hält Neal Henry keineswegs für verrückt, ganz im Gegenteil: Er hört aufmerksam zu und begreift sofort. Er notiert die Pariser Adresse und gibt noch einen Rat: Claude soll auf keinen Fall aufhören, mit Jeanne zu sprechen, er soll pausenlos reden, reden und reden, ganz egal worüber. Jeanne darf nicht bewusstlos werden, also reden.

Und er, Gordon, nimmt alles Weitere in die Hand. Neal soll an der Leitung bleiben, sozusagen als Mittelsmann zwischen New York und Paris.

Sieben Uhr abends in New York – ein Uhr in Paris. Das Leben von Jeanne hängt an einer Telefonverbindung, die um den Erdball rast und wie ein Tennisball in New York aufspringt. Jetzt hat Gordon Aufschlag in diesem Spiel gegen die Zeit. Jede Minute ist lebenswichtig. Gordon sucht die direkte Verbindung nach Paris über die transatlantischen Leitungen – die sogenannten »Overseas«. Er versucht, das zuständige Pariser Polizeirevier direkt zu erreichen, um Zeit zu sparen. Aber, wie es der Teufel will, es ist nichts zu machen. Keine freie Leitung, nicht einmal für die Polizei. Doch Gordon gibt sich nicht so schnell geschlagen. Jetzt versucht er es über die Auslandsauskunft – Blitzgespräche. Nur, bei wem wird er da wohl landen? Bei einer engstirnigen, schlecht gelaunten Telefonistin, die kurz vor Schichtwechsel keine Lust mehr hat? Nein. Gott sei Dank landet er bei einer wahren Spezialistin: Josephine Maclock, die dreißig Jahre treue Dienste bei der amerikanischen Post geleistet hat, und sie erfasst die Situation blitzschnell. Sie ist eine große, resolute Person, die sofort mit ihren unzähligen Kabeln und bunten Steckern fieberhaft eine freie Leitung im total überlasteten New Yorker Telefonnetz sucht. Und sie findet sie. Augenblicklich ist der Kontakt über den Atlantik zu ihrer französischen Kollegin hergestellt:

»Sprechen Sie!«, sagt sie zu Gordon.

Der Polizist Gordon beginnt zu erklären, worum es geht: Aber die wohl aus dem Halbschlaf aufgeschreckte französische Dame vom Amt versteht kein Wort. Sie kann vielleicht ein paar Brocken Englisch, aber mit diesem amerikanischen Kauderwelsch kommt sie überhaupt nicht zurecht.

Da greift Josephine Maclock ein: »SOS! New York! Polizei in Paris anrufen!«

Und seltsamerweise – auf einmal begreift die französische Telefonistin, die bis jetzt im wahrsten Sinne des Wortes auf der Leitung gestanden hatte. Zwischen Kolleginnen versteht man sich anscheinend besser. Jetzt hat die Telefonistin in Paris den Ball übernommen. Und die retourniert gleich in zwei Richtungen, was, in Anbetracht der französischen Telefonverhältnisse, einem Wunder gleichkommt. Innerhalb von drei Minuten findet sie im Netz eine Kollegin, die fließend englisch spricht und verbindet sie sofort mit ihrer amerikanischen Kollegin, Josephine Maclock, in New York. Gleichzeitig leitet sie das Gespräch direkt zur Pariser Polizeizentrale. Wirklich eine erstaunliche Leistung! Es ist 1 Uhr 40 in Paris, 19 Uhr 40 in New York, und Jeanne spricht immer noch mit Claude – keine Sätze mehr, nur noch einzelne Wörter, kaum zu hören. Und Claude spricht mit Jeanne, erzählt dazwischen Neal Henry, was los ist, Neal spricht mit Gordon, der wiederum mit Josephine Maclock in Verbindung bleibt. Josephine spricht mit der englischsprechenden Telefonistin in Paris, die alles der französischen Dame vom Amt übersetzt, die wiederum alles sofort an die Pariser Polizeizentrale weitergibt.

Es ist genau 2 Uhr, als der Rettungswagen in Paris losbraust. Um 2 Uhr 07 kommt er an. Im 5. Stock brennt noch Licht. In New York hört Claude durch die Leitung, wie in einer Pariser Wohnung eine Tür aufgebrochen wird, wie eine Sirene in der Nacht aufheult. Und schließlich die klare, anonyme Stimme eines französischen Polizisten:

»Sie lebt noch. Sie wird durchkommen. Sie können aufhängen.«

Es waren sieben Menschen, die in jener Nacht an einer »Overseas«-Leitung hingen. Nun konnten sie getrost auflegen. Josephine Maclock sprach voller Freude das Schlusswort zu ihren Kolleginnen: »Die kleine Französin wird durchkommen! Das war ein toller Tag, Kinder!«

Oktoberfest

Das Oktoberfest von Karlstein ist selbstverständlich nicht zu vergleichen mit dem weltberühmten Oktoberfest in München! Doch immerhin kommen Jahr für Jahr Anfang Oktober Tausende von Besuchern zu diesem traditionellen Volksfest. Am 3. Oktober 1978 haben die Organisatoren allen Grund zur Freude: Noch nie hat es einen solchen Andrang gegeben, noch nie waren die Bierzelte so voll. Es war auch ein wunderschöner Tag im Altweibersommer.

In Karlstein gibt es allerdings *einen* Mann, der sich niemals freut, wenn »ozapft« wird: Kommissar Ludwig Brenner. Im Gegenteil. Diese Festtage sind für ihn die schlimmste Zeit des ganzen Jahres überhaupt. Erstens hat er da am meisten zu tun, und zweitens ist es beileibe keine angenehme Arbeit.

Am 3. Oktober 1978 also schlängelt sich Kommissar Brenner mit verbissener Miene durch die lautstarke, angeheiterte Menge. Er hasst diese Atmosphäre, die torkelnden Betrunkenen, diese Bierleichen, die nichts mehr hören, nichts mehr sehen, dafür aber umso lauter brüllen und wild um sich schlagen. Er hasst auch diese typische Blasmusik, die gegrölten Trinklieder, und vor allem hasst er das Bier.

Endlich kommt er am vereinbarten Treffpunkt an. Zwei Männer warten dort auf ihn. Beide blicken ziemlich finster drein, besonders der Festwirt des Zeltes, in dem diese unglaubliche Geschichte vor einer halben Stunde begann.

»Gut, dass Sie so schnell gekommen sind, Herr Kommissar. Kommen Sie mit! Ich habe den Toten in meinen

Wohnwagen bringen lassen. Welch ein Wahnsinn! Es ist kaum zu glauben! Einfach Wahnsinn!«

Wortlos folgt Kommissar Brenner dem fassungslosen Wirt. Der zweite Mann, der sich bis jetzt im Hintergrund gehalten und geschwiegen hatte, erklärt nun relativ ruhig:

»Ich bin Arzt. Ich saß im Bierzelt, als es geschah. Der Mann brach plötzlich am Nebentisch zusammen. Ich war sofort bei ihm. Doch er war bereits tot. Zuerst dachte ich – ja, an einen Herzinfarkt oder an einen Schlaganfall. Aber der Mann ist vergiftet worden, und zwar mit Zyankali.«

Kommissar Brenner weicht erschrocken zurück: »Sind Sie sicher?«

»Absolut sicher, Herr Kommissar. Sie werden es gleich selbst sehen.«

Die drei Männer gehen in den Wohnwagen, gleich hinter dem Bierzelt. Auf dem Bett liegt ein toter Mann, blond, etwa dreißig Jahre alt.

»Sehen Sie? Die blaue Verfärbung der Lippen ist ganz typisch. Da gibt es gar keinen Zweifel. Außerdem – der eindeutige Geruch aus dem Mund: Das ist Zyankali.«

Der Kommissar ist völlig konsterniert. Er kritzelt in seinem kleinen Notizbuch. Normalerweise wird er beim Oktoberfest zu Schlägereien gerufen. Manchmal gibt es auch Messerstechereien, ganz selten wird mal geschossen. Aber Mord mit Zyankali – das hat er noch nie erlebt. Die Sache gefällt ihm ganz und gar nicht. So etwas passt einfach nicht hierher, zu einem solchen Volksfest. Es ist ein viel zu »raffinierter« Mord, viel zu planvoll für diesen Ort.

»Weiß man schon, um wen es sich bei dem Toten handelt?«

»Ja«, antwortet der Wirt, »ich habe mir erlaubt, seine Papiere durchzusehen. Er heißt Fritz Eisenberger. Ist 25 Jahre alt. Ja, mehr weiß ich auch nicht.«

»Saß er nicht mit Freunden am Tisch?«

»Nein. Ich habe sogar durch den Lautsprecher fragen lassen, ob ihn irgendjemand kennt, und ich habe gebeten, man solle sich bei mir melden. Es hieß nur, es wäre ihm schlecht geworden. Und anscheinend war er allein.«

»Und die Bedienung?«, fragt der Kommissar weiter.

»Ich habe schon das ganze Personal gefragt. Auch die Musiker. Keiner hat etwas bemerkt. Wissen Sie, bei dieser Menschenmenge ist es auch kein Wunder. Da geht alles drunter und drüber!«

In diesem Augenblick stürzt ein Polizist in den Wohnwagen: »Herr Kommissar! Man hat mir gesagt, dass Sie hier sind. Sie müssen sofort mitkommen! Beim Stehausschank gegenüber ist gerade ein Mann zusammengebrochen! Er ist tot! Es war zufällig ein Arzt in der Nähe und ... und der behauptet, dass der Mann mit Zyankali vergiftet worden ist!«

Kommissar Ludwig Brenner stößt einen Fluch aus. Das tut er sehr selten, aber in diesem Fall verliert er fast die Beherrschung. Heute Abend, am 3. Oktober 1978, geschieht hier etwas Unvorstellbares: Irgendein Mörder macht sich einen Spaß daraus, wahllos tödliches Gift in die Bierkrüge ahnungsloser Menschen zu gießen! Eine Sekunde genügt dafür. Wenn dann das Opfer den nächsten Schluck trinkt und daran stirbt, ist er schon längst über alle Berge, verschwunden in der fröhlichen Menschenmenge. Ein Wahnsinniger! Der Mann muss sofort gefasst werden, bevor er noch einmal zuschlägt. Denn, und davon ist Kommissar Brenner fest überzeugt, er wird wieder zuschlagen, solange sein

Vorrat an Zyankali eben reicht! Hier ein paar Tropfen, da ein paar Tropfen – eine mörderische Schweinerei!

Einige Minuten später erlebt also Kommissar Brenner hinter dem Stehausschank genau die gleiche Szene wie vorher im Wohnwagen des Festwirtes: ein Mann liegt auf einer Bahre – tot. Auch er ist blond und um die 25 Jahre alt. Seine Lippen sind blau verfärbt, und aus dem Mund kommt der typische Geruch nach bitteren Mandeln. Neben dem Toten stehen wiederum ein Wirt und ein Arzt. Doch gibt es hier, bei diesem zweiten Fall, *einen* Unterschied: eine vierte Person, ein junger, etwa zwanzigjähriger Mann, kniet über dem Toten.

»Wer sind Sie?«, spricht ihn Brenner an. »Was machen Sie hier? Sind Sie vielleicht der Bruder oder ein Freund?«

»Nein, aber ... dieser Mann hier ist an meiner Stelle gestorben!«

»Wie bitte? Was erzählen Sie da? Kennen Sie etwa den Mörder?«

»Nein, das heißt, ja, vielleicht. Ich weiß nicht, wer er ist, aber ich glaube, ich habe ihn gesehen. Er wollte zuerst mich umbringen.«

»Moment mal. Immer der Reihe nach. Beruhigen Sie sich wieder ... Und jetzt erzählen Sie mir alles von vorne, o. k.?«

»Also, es war so: Vorhin, ich saß allein an einem Tisch, kam ein Mann zu mir mit einem vollen Maßkrug. Er lachte, war sehr freundlich und sagte: ›Hier Junge, trink auf mein Wohl! Ich habe heute Geburtstag!‹«

»Wie hat er ausgesehen?«

»Ach ...! Ich weiß nicht so recht. Er war ganz anders als die Leute, die sonst hier sind. Er war sehr elegant. Er hat sehr fein ausgesehen. Er war kleiner als ich und ... ja, er hatte schöne, graue Haare.«

»Wie alt ungefähr?«

»Genau 60! Als ich es ablehnte, mit ihm zu trinken, sagte er: ›Komm doch Junge, mach mir die Freude! Ich feiere heute meinen Sechzigsten!‹ Das genau hat er gesagt.«

»Und warum haben Sie denn nicht mit ihm angestoßen? Sie sagen doch selber, dass er sehr freundlich war, oder?«

»Ja schon, nur eben ein bisschen zu freundlich! Mir gefiel es nicht, ich dachte, na ja, Sie wissen schon, was ich meine. Ich hab' ihn zum Teufel geschickt mit seinem Bier! Und daraufhin ist er weitergegangen. Er lächelte. Ich fand's komisch. Ich schaute ihm nach ... war ziemlich verwirrt. Da habe ich gesehen, wie er diesen Mann hier, der jetzt tot ist, angesprochen hat.«

»Sie haben einfach zugesehen und nichts unternommen?«

»Ja. Ich konnte doch nicht wissen, dass er ein Mörder ist! Ich dachte, er sucht sich halt jemanden, mit dem er saufen kann. Das geht mich nichts an. Erst als der Mann zusammengebrochen ist, bin ich sofort hingelaufen, aber da war es zu spät.«

Kommissar Brenner denkt scharf nach. Der Fall ist für ihn nun schon etwas klarer. Er ist jedenfalls einen guten Schritt weiter gekommen. Denn nun weiß er, mit wem er es zu tun hat: mit einem Verrückten, einem »feinen Herrn«, der heute seinen 60. Geburtstag feiert und es sich an diesem seinem Ehrentag »leistet«, wahllos unschuldige Menschen mit Zyankali umzubringen. Als Tatort hat er das Oktoberfest ausgewählt. Was für eine teuflische Idee!

Eins ist allerdings klar: Die Zeit drängt! Also ruft Kommissar Brenner bei der Polizeizentrale an und fordert Verstärkung an: alle Polizisten von Karlstein und

Umgebung. Die ganze Nacht lang, selbst noch, nachdem der letzte Besucher das Gelände verlassen hat, beobachtet die Polizei jeden einzelnen Winkel: die Bierzelte, die Stände, die Kioske, die Toiletten. Nichts! Das war eigentlich von vornherein klar. Aber man kann ja nie wissen, besonders, wenn ein Mörder eindeutig verrückt ist. Außerdem gehört so etwas nun mal zur Routinearbeit.

4. Oktober 1978, sieben Uhr morgens. Die ersten Arbeiter kommen auf das Gelände und beginnen mit dem Abbau. In Anbetracht der Ereignisse hat der Bürgermeister beschlossen, das Oktoberfest von Karlstein vorzeitig zu beenden. Kommissar Brenner sitzt in einem Zelt, das er zum Hauptquartier gewählt hat. Er sitzt schon seit Stunden da, vor seinem x-ten Kaffee, während seine Männer draußen herumschleichen. Er denkt nach. Und hat das Gefühl, dass dieser Fall ganz leicht zu lösen sein wird. Aber wie?

Ein Polizist reißt ihn aus seinen Gedanken: »Herr Kommissar, verzeihen Sie, wenn ich störe …«

»Wie bitte! Glauben Sie vielleicht, ich schlafe?«

»Herr Kommissar, wir haben jetzt die Betrunkenen in der Sanitätsbaracke aufgeweckt. Zwei davon sind tot. Zyankali.«

Ludwig Brenner wird kreidebleich. Nach dieser Horrornacht, mitten im erkalteten Gestank von Bier und Zigaretten, Steckerlfischen und Brathendln, wird ihm plötzlich speiübel.

»Und wo hat man diese zwei Männer gefunden?«

»Alle beide in der Nähe des Haupteingangs. Meiner Meinung nach wusste der Mörder nach seinen zwei ›Erfolgen‹ ganz genau, dass es für ihn gefährlich werden könnte, noch länger zu bleiben. Aber auf dem Weg zum Ausgang, nun, da hat er es nicht lassen können, noch zweimal zuzuschlagen.«

»Ja. Wahrscheinlich haben Sie recht. So wird es wohl gewesen sein.«

Müde, deprimiert, angewidert steht der Kommissar auf. Und als er langsam schweren Schrittes durch das leere, stille Bierzelt geht, empfindet er auf einmal so etwas wie Mitleid für all diese saufenden, betrunkenen Männer, die ihn gestern noch so angeekelt hatten. Wie unschuldige Kinder, verwundbar und voller Lebensfreude saßen sie alle da. Und vier davon haben sterben müssen, weil – ja, warum eigentlich?

»Nun, Herr Kommissar, was haben Sie jetzt vor?«, fragt der Polizist zögernd.

»Ich werde den Computer fragen.«

»Den Computer? Meinen Sie nicht, es wäre dringender ...«

»... alle Straßen zu sperren, vielleicht auch die Flughäfen und Bahnhöfe beobachten zu lassen? Oder besser noch, alle Besucher vom Oktoberfest herkommen zu lassen und einzeln verhören? Nein, nein, lieber Kollege, der Vogel ist ausgeflogen. Er ist schon längst in Sicherheit. Mit den üblichen Methoden haben wir nicht die geringste Chance!«

»Na gut, wie Sie meinen. Aber warum wollen Sie den Computer überhaupt fragen?«

»Ich möchte eine Liste von allen Einwohnern der Gegend haben, die am 3. Oktober 1918 geboren wurden.«

»Glauben Sie denn wirklich an diese Geburtstagsgeschichte?«

»Sicher bin ich nicht. Aber es ist unser einziger Anhaltspunkt!«

Schon bald spuckt der Computer die gewünschte Liste aus. Es sind nicht viele Menschen, die in Karlstein und Umgebung am 3. Oktober 1918 geboren wurden und noch am Leben sind. Damals tobte der Erste Weltkrieg. Es kamen wenig Kinder zur Welt. Und danach hat der Zweite Weltkrieg dafür gesorgt, dass viele der jungen Männer, die dann gerade um die zwanzig Jahre alt waren, an der Front gefallen sind.

Etwa zwanzig Namen stehen auf der Computerliste. Kommissar Brenner sieht aber nur einen! Als er ihn liest, weiß er bereits mit Sicherheit – so sicher, wie sonst nur Fernsehkommissare sein können –, dass der Fall gelöst ist: Karl Hoffmann – der Millionär, Besitzer der Stahlwerke Hoffmann! Adresse: Schloss Obersthoff.

Kommissar Brenner verlässt sofort sein Büro, steigt in seinen Wagen und fährt hinauf zum Schloss auf dem Hügel über der Stadt. Warum ist er nur so sicher, dass der Mörder dort oben zu finden ist? Vielleicht weil eine so unglaubliche, irrsinnige Mordgeschichte nur einen unglaublichen, irrsinnigen Ausgang haben kann.

Gleich auf der Eingangstreppe des Schlosses wird der Kommissar von einem Diener empfangen: »Sie sind von der Polizei?«

»Ja, aber …«

»Dann folgen Sie mir bitte. Herr Hoffmann erwartet Sie bereits.«

Der Kommissar ist wirklich mehr als verblüfft. Gespannt folgt er also dem vornehmen Butler. Zuerst durch einen endlosen, breiten und kalten Gang. Dann in die Empfangshalle. Dort klopft der Diener an eine Tür, öffnet sie und kündigt den Besucher an:

»Herr Hoffmann? Kommissar Ludwig Brenner.«

»Soll hereinkommen.«

Kommissar Brenner geht hinein. Ein großer Raum, eine Art Ahnengalerie. Hinter dem imposanten Schreibtisch sitzt ein Mann von kleiner Statur, sehr elegant, sehr fein, sehr freundlich. Und er hat wirklich schöne, graue Haare. Der Polizeibeamte stellt sich vor, obwohl man ihn im Hause offensichtlich kennt. Dann fragt er in betont höflichem Ton: »Herr Hoffmann, Sie haben auf mich gewartet?«

»Ja. Da ich den unverzeihlichen Fehler gemacht habe, über meinen 60. Geburtstag zu sprechen, wusste ich, dass Sie früher oder später bei mir erscheinen würden. Ich muss zugeben, lieber Herr Kommissar, dass ich Sie allerdings nicht so schnell erwartet habe. Wirklich, ich muss Ihnen ein Kompliment machen.«

»Danke. Sie geben also zu …«

»… der Oktoberfestmörder zu sein. Ja, der bin ich!«

Der Kommissar schaut diesen Mann an. Mit seinen feingliedrigen Händen, seinem freundlichen, offenen Gesicht. Fürwahr, ein ungewöhnlicher Mörder. Einen Augenblick lang schweigen beide und mustern sich gegenseitig. Dann spricht der Kommissar die unvermeidliche Frage aus: »Aber warum?«

Karl Hoffmann lächelt. Er hat die ganze Zeit auf diese Frage gewartet: »Warum, Herr Kommissar? Sie kennen doch die Antwort! Sie wissen ja, dass ich gestern meinen 60. Geburtstag gefeiert habe. Also!«

»Tut mir leid. Ich verstehe nicht.«

»Dabei ist es so einfach! Sie wissen doch, wer ich bin, Sie kennen meine Familie schon lange. Seit ich lebe, habe ich mir alles, hören Sie, wirklich alles leisten können. Ich habe immer alles bekommen, was ich mir je gewünscht habe. An meinem 60. Geburtstag habe ich den verrückten Drang verspürt, mir etwas völlig Neues zu schenken. Etwas – Unmögliches. So kam ich auf die Idee mit dem Zyankali.«

Kommissar Brenner ist unfähig, irgendetwas darauf zu erwidern. In seinen langen Berufsjahren hat er weiß Gott viel erlebt. Aber dieses Geständnis? Nein! Das ist zu viel. Doch Karl Hoffmann ist noch nicht fertig:

»Ich möchte Sie zwar nicht mit Privatangelegenheiten langweilen, aber wissen Sie – vor drei Jahren ist meine Frau gestorben. Und der einzige Sohn, den wir hatten, starb während des Krieges. Er war noch ein Kind. Also bin ich heute der letzte Spross einer berühmten, aussterbenden Familie. So betrachtet, konnte mich also nichts und niemand daran hindern, mir selber dieses – nun, sagen wir, ausgefallene Geschenk zu machen.«

Kommissar Brenner, der, wie gesagt, kein Anfänger ist, traut seinen Ohren nicht: »Sie haben diese vier armen Menschen getötet – nur aus Spaß an der Sache? Nur um sich selber ein ... ungewöhnliches Geburtstagsgeschenk zu machen?«

»Unter uns gesagt, Herr Kommissar, glauben Sie wirklich, dass diese Leute, die man auf dem Oktoberfest trifft, es wert sind zu leben?«

»Wie bitte? Was sagen Sie da?«

»Sehen Sie: ich nicht! Und mit dieser Meinungsverschiedenheit werden wir uns jetzt auch voneinander trennen. Sie haben doch sicher nicht angenommen, mit den Morden der letzten Nacht hätte ich mir Genüge getan.«

Kommissar Brenner versteht sofort. Er stürzt sich auf Karl Hoffmann. Zu spät. Hoffmann bricht zusammen. Fällt auf den Teppich.

Der Polizeibeamte setzt sich in einen bequemen Sessel und wartet nur noch auf den Arzt, der den Totenschein ausstellen wird: »Exitus infolge Zyankalivergiftung.«

210 Briefe

Er ist 26 Jahre alt und zum Tode verurteilt. Bald wird er gehängt, das ist ihm klar. Wie hätte er auch hoffen können, bei irgendjemandem Verständnis oder auch nur einen Funken Sympathie zu finden. Wer vergibt schon einem Mörder?

Seine Geschichte ist einfach und schrecklich banal. Er kann nicht einmal die Entschuldigung vorbringen, im Affekt gehandelt zu haben. Es war kein Totschlag. Es war Mord. Der Staatsanwalt hat es auch ganz deutlich erklärt – zynisch, mit pathetischen Worten, an die Geschworenen gerichtet: »Thomas Sharp wurde von seiner Frau betrogen. Schön! Aber was tat er, als er seine Frau in flagranti in den Armen eines anderen Mannes fand? Hat er sie etwa gleich im ersten Zorn, im Affekt erwürgt? Nein! Er hat es nicht getan! Er hat sich nur mit dem Mann geprügelt und ihn dann hinausgeworfen. Dafür haben wir, verehrte Geschworene, sicher alle großes Verständnis, oder? So weit, so gut!

Doch am übernächsten Tag erwürgte Thomas Sharp seine junge, erst 24 Jahre alte Frau. Die Mutter seines kleinen Jungen. Er erwürgte sie kaltblütig, wohlgemerkt: 48 Stunden später! Sie sehen, meine Damen und Herren Geschworenen, wir können also wirklich nicht davon ausgehen, dass dieser Mann zur Tatzeit im Affekt getötet hat. Es ist ganz klar: Hier handelt es sich um ein kaltblütig geplantes, genau überlegtes Verbrechen!«

Bei diesen Worten sprang Thomas Sharp empört auf und schrie:

»Nein! Das ist nicht wahr! Es ist einfach nicht wahr! Ich bin – verrückt geworden! Ich wusste nicht mehr, was ich tat. Gott möge mir verzeihen. Ich bin vielleicht sehr aufbrausend und eifersüchtig. Ich habe versucht, mich zu beherrschen, aber sie wollte mich verlassen. Sie wollte mit diesem Mann gehen, für immer! Und dann, dann hat sie sich auch noch lustig gemacht über mich, mich erniedrigt und verspottet! Sie hat mich wahnsinnig gemacht! Mein Gott, ich wollte sie nicht umbringen. Ich schwöre bei Gott, dass ich sie nicht töten wollte! Glauben Sie es mir doch – ich habe es nicht gewollt!«

»Sie haben aber ihren Kopf brutal gegen die Wand geschlagen!«

»Ich weiß es nicht mehr. Ich war wie von Sinnen.«

»Sie haben sie zu Boden geworfen und ihr die Kehle zugedrückt!«, führt der Staatsanwalt unerbittlich fort.

»Ich habe nie daran gedacht, dass sie sterben könnte. Ich war außer mir. Sie wollte mich doch verlassen!«

»Ach so. Was meinen Sie? Wenn alle Männer in Ihrer Lage ihre Frauen erwürgten – wo kämen wir da hin?«

Die Geschworenen sind nicht auf seiner Seite. Nicht nur, weil er getötet hat. Seine ganze Erscheinung gefällt nicht: Gesicht und Schultern sind vierschrötig – ein grober Klotz. Er sieht aus wie eine misslungene Allegorie auf Macht und Kraft – ein lebendes Symbol der Gewalttätigkeit. Welch ein Gegensatz zu dem zarten, blonden Opfer, dessen Mutter, die selbstverständlich in der ersten Reihe sitzt, sich gegen den Angeklagten in Schmähungen ergeht: »Du rasende Bestie, du ... du Ungeheuer! Meine arme, kleine Tochter! Sie durfte andere Männer nicht einmal anschauen!«

Und so wurde Thomas Sharp zum Tode verurteilt. Sein Verteidiger schlug vor, doch ein Gnadengesuch einzureichen, aber er wollte es nicht unterschreiben.

Jetzt ist er in seiner Todeszelle im Gefängnis von Saint-Quentin. Rastlos geht er auf und ab, hin und her wie ein Bär in seinem Käfig. Und er wartet auf *den* Tag, auf seine letzte Stunde.

Ezra Rittiman, der Wärter im Gang der Todeszellen, ist ein polnischer Immigrant. Zwischen Thomas Sharp und Phil Blakister, dem anderen Todeskandidaten, hat er seine Wahl getroffen: Der eine hat seine Frau umgebracht, weil er sie liebte. Das kann Ezra verstehen. Der andere hat mit einer Maschinenpistole auf mehrere Geldtransportbegleiter geschossen. Dafür hat Ezra nichts übrig. Und da er nun einmal die beiden Zellen bewachen muss, bleibt er des öfteren bei Thomas Sharp stehen:

»Wie geht es dir? Möchtest du vielleicht doch noch einmal mit deinem Anwalt sprechen? Das darfst du. Du weißt das, oder?«

»Ja, ich weiß, aber ich traue ihm nicht. Er kann mir sowieso nicht mehr helfen.«

»Oder soll ich den Kaplan rufen? Du bist doch katholisch. Vielleicht würde es dir gut tun, mit ihm zu reden?«

»Den Kaplan? Nein danke. Der kann mir auch nicht mehr helfen. Ich habe ganz andere Sorgen: Ich denke an meinen Sohn. Er ist erst drei Jahre alt, verstehst du? Drei Jahre! Und ich habe ihm die Mutter genommen. Und mich – wird man bald hinrichten. Was soll nur aus ihm werden?«

»Er ist noch viel zu klein, um zu verstehen. Außerdem ist er bei deiner Mutter ja gut aufgehoben. Sie hat doch versprochen, ihm nichts zu sagen, niemals! Mach dir also keine Sorgen um ihn. Und außerdem – er lebt dreitausend Meilen von hier entfernt. Dort wird er sicher nichts erfahren.«

»Aber ein Sohn braucht seinen Vater! Er wird aufwachsen und niemanden haben, der ihm Ratschläge geben kann, wenn nötig, niemanden, der ihn richtig erzieht, damit er nicht dieselben Fehler macht wie ich. Sicher, er wird es gut haben bei meiner Mutter, sie wird ihn zur Schule schicken, aber sie wird es nicht verstehen, ihn *richtig zu erziehen* – Sie hat es bei mir ja auch nicht gekonnt.«

»Sag mal, was willst du eigentlich? Du kannst ja doch nichts mehr machen. Mach dich also nicht verrückt damit!«

»Du hast gut reden! Hast du Kinder?«

»Ja, eine Tochter.«

»Dann musst du mich doch verstehen können. Ich kann nicht einfach so – fortgehen und ihn seinem Schicksal überlassen! Ich möchte meinem Sohn weiterhelfen, auch wenn ich tot bin. Verstehst du? Irgendwie! Aber wie? Wenn ich nur wüsste, *wie*?«

Der Wärter begreift sehr wohl. Aber er weiß, dass es für die Verzweiflung des Verurteilten keinen Trost mehr geben kann. Keinen Ausweg. Es ist ein Jammer. *Er* kann Thomas Sharp leider auch nicht helfen.

Als der Wärter wieder an der anderen Todeszelle vorbeikommt, verhöhnt ihn der Gangster: »Na, du liest wohl eine stille Messe für deinen Liebling! Sag mal, Bulle, glaubst du, dass er vor mir drankommt?«

Angewidert kehrt Ezra um. Es stimmt. Höchstwahrscheinlich wird Thomas Sharp vor dem anderen »drankommen« – hingerichtet –, aus dem einfachen Grund, weil er sich geweigert hat, das Gnadengesuch zu unterschreiben. Der andere hatte da keine Skrupel. Begnadigt wird er deswegen zwar bestimmt nicht, aber immerhin, er gewinnt dadurch einige Tage, vielleicht sogar einige Wochen.

Anders Thomas. Im Grunde genommen hat er sich längst selbst verurteilt. Und wenn er lautstark vor Gericht protestiert hat, dann nur deshalb, weil er versuchen wollte – die Wahrheit zu sagen. Zu erklären wie und wer er ist: ein leidenschaftlicher, bestimmt ungestümer und besitzergreifender Mann. Aber auch einer, für den die Liebe eine seltene, kostbare, ja heilige Sache ist. Hinter der schweren Tür seiner Zelle ruft Thomas Sharp plötzlich ganz aufgeregt: »Ezra! Bist du da? Ich habe die Idee! Ich brauche Briefpapier und Umschläge! Ich kann meinem Sohn helfen, aber nur dann, wenn auch du mir hilfst!«

»Briefpapier? Umschläge? Wozu? Also gut, wenn du meinst, ich werde Papier besorgen.«

»Ezra, ich brauche aber viel Papier, sehr viel. Ich habe genau nachgerechnet. Ich werde, ich muss 210 Briefe schreiben. Ich brauche also auch 210 Umschläge.«

»Was hast du vor? An alle Gouverneure und Abgeordneten schreiben?«

»Bitte Ezra, besorge es mir! Ich habe nur noch wenig Zeit, und was ich vorhabe, ist alles andere als einfach. Ich muss mir jeden einzelnen Brief genau überlegen, ganz, genau! Was meinst du, wie viel Zeit bleibt mir noch? Sag mir, wie viel? Du kennst dich doch aus mit – Todeskandidaten.«

»Nein, Thomas. Ich weiß es nicht, wirklich nicht. Aber beruhige dich. Morgen bringe ich dir alles, was du brauchst.«

»Heute Abend!«

»Unmöglich! Das geht nicht. Soviel Papiervorrat und Umschläge haben wir hier gar nicht. Aber ich besorge es dir heute Abend – nach Dienstschluss – und bring's dir morgen früh!«

»Bring mir wenigstens einige Blätter für diese Nacht! Bitte! Ich darf keine Minute mehr verlieren. Ich muss sofort damit anfangen.«

Am Abend bringt Ezra Rittiman, soviel er kann: etwa ein Dutzend weiße Blätter und Umschläge. Doch Thomas will auf keinen Fall die offiziellen Kuverts des Gefängnisses verwenden. Und dafür hat er einen guten Grund. Und noch etwas braucht Thomas: die Hilfe des Wärters. *Er* ist seine einzige Hoffnung.

»Ezra, pass auf: Ich habe eine riesengroße Bitte an dich, wenn du einverstanden bist. Ich vertraue dir. Hör zu!«

Ezra hört – und kann es kaum fassen: Thomas hat nur noch 48 Stunden zu leben. Gerade vorhin, als der Wärter das Papier im Büro holte, hat er es erfahren. Er darf also wirklich keine Minute mehr vergeuden. Keine einzige Minute!

Er schreibt und schreibt, wie besessen. Eine Seite – manchmal zwei Seiten pro Brief, mit Datum und Unterschrift. Dann faltet er jeden Brief sorgfältig zusammen und steckt ihn in einen Umschlag.

Der gute Wärter Ezra Rittiman hat sich bereit erklärt, Thomas Sharp zu helfen. Er hat sozusagen den »Auftrag« übernommen. Denn ein Auftrag *ist* es und kein geringer. Thomas hat ihm folgendes erklärt:

»Ich werde 210 Briefe an meinen Sohn schreiben. Und du wirst ihm jeden Monat einen schicken, bis er volljährig ist. Nur *einen* im Monat, verstehst du, fast achtzehn Jahre lang, bis 1931. Die Adresse schreibe ich nicht auf die Umschläge, die tippst du bitte dann selbst mit der Maschine. Es könnte ja sein, dass meine Mutter oder später auch mein Sohn in eine andere Stadt ziehen. Man kann ja nie wissen.«

»Aber, was schreibst du ihm in diesen Briefen?«

»Ich gebe ihm Ratschläge. Ich spreche von meinen Erfahrungen. Ich schreibe ihm alles auf, was *ich* eben vom Leben weiß – so, als ob ich noch lebte. So werde ich für ihn da sein über all die Jahre. Er wird es nicht anders wissen. Meine Mutter hat es mir versprochen, und du versprichst es auch. Für ihn bin ich dann weit weg, immer auf Reisen, und *du* übermittelst meine Briefe. Das ist alles, was er wissen darf.«

»Und wenn er dich mal sehen will, wenn er älter wird?«

»Auch daran habe ich gedacht. Ich erkläre ihm, warum es nicht möglich ist. Noch etwas, Ezra, in achtzehn Jahren, also im März 1931, wenn du den letzten Brief aufgegeben hast, dann, ja dann schreibst du bitte selbst einen, in dem du ihm mitteilst, dass ich drei Tage nach meinem letzten Brief gestorben bin.«

»Und wo bist du dann gestorben? Und woran?«

»Auf See verschollen, ertrunken, irgend so etwas. Such dir selbst was aus. Ich kann mir im Augenblick keinen anderen Tod ausdenken, als den, der jetzt auf mich wartet. Also, bitte erfinde du ihn für mich!«

»Gut, ich werde mir schon was einfallen lassen, Thomas.«

»Und du verpasst nicht einen einzigen Monat, versprichst du's mir?«

»Ich schwöre es dir, Thomas.«

»Weißt du, es ist nämlich sehr wichtig. Jeder Brief ist für ein ganz bestimmtes Alter. Die ersten Briefe wird ihm meine Mutter vorlesen, bis er sechs oder sieben Jahre alt ist. Die anderen wird er dann selber aufmachen, und ich bin sicher, dass er jeden Monat auf meinen Brief warten wird. Dem Zehnjährigen erzähle ich natürlich nicht dasselbe wie dem Fünfzehn-, Achtzehn- oder Zwanzigjährigen. Verstehst du, Ezra?«

Ezra verstand. Und Thomas Sharp schrieb 210 Briefe in 48 Stunden. Dann hat er sie nach Jahren geordnet: neunzehn Briefpäckchen für die Jahre 1913 bis 1931. Vincent, sein Sohn, ist dann 21 Jahre alt, volljährig, ein Mann. Sein Vater darf sterben. Thomas Sharp wurde am 19. Oktober 1913 im Gefängnis von Saint-Quentin gehängt.

Von nun an bringt Ezra regelmäßig die Briefe zur Post, Monat für Monat, Jahr für Jahr, ohne auch nur ein einziges Mal seinen Schwur zu brechen. Doch 1923, zehn Jahre später, wird er vorzeitig pensioniert. Eine dumme Herzgeschichte. Nicht genug, dass er seinen Beruf nicht mehr ausüben kann, ihn quält jetzt auch ständig die Angst, dass er plötzlich an einem Herzversagen sterben könnte, von heute auf morgen. Und dann? Wer schickt die Briefe weiter? Er *muss* also seine Frau und seine Tochter ins Vertrauen ziehen. Er erklärt ihnen alles, lässt sie schwören, das Geheimnis zu bewahren, und an seiner Stelle die Briefe weiter zu schicken, wenn er tot ist. Er hat einem Todeskandidaten sein Wort gegeben. Mutter und Tochter verstehen, wie ernst ihm die Angelegenheit ist.

Ezra lebt noch bis 1928 und kümmert sich um die seltsame Post. Jeden Monat tippt er die Adresse auf einen Umschlag und steckt einen der Briefe hinein, die 1913 in einer dunklen Zelle geschrieben wurden.

3. März 1928

»Mein Sohn!
Heute habe ich viel gearbeitet und es ist schon spät. Ich denke gerade daran, dass Du bald 18 Jahre alt wirst! Vielleicht bist Du auch schon verliebt? Die Liebe ist eine sehr merkwürdige Sache, mein Sohn. Man glaubt, dass sie einem gehört. Aber Du musst wissen, dass sie

dem Bewusstsein des Menschen entschlüpft. Manchmal liebt er, so wie man Hunger oder Durst hat. Ein andermal liebt er, wie man eine schöne Landschaft betrachtet oder wie man eine schöne Musik hört. Dann ist es eine sanfte, harmonische Liebe.

Mein Sohn, wenn Du eine Frau liebst, frage Dich immer, ob Du sie liebst wie ein Glas frisches Wasser, das man im Vorübergehen an einem Brunnen trinkt oder wie eine vertraute Landschaft, wie einen Ort, wo man sich sein Haus bauen möchte.

Bis bald, mein Sohn.

Dein Vater, der Dich sehr lieb hat.«

Am Ende des Jahres 1928 stirbt Ezra, der über den Tod hinaus treue Freund von Thomas Sharp. Und seine Tochter Marilyn übernimmt nun die »Post«. Seltsamerweise beginnt Vincent Sharp, der bis dato den Wunsch seines Vaters immer respektiert, also nicht zurückgeschrieben hatte, auf einmal doch zu antworten. Er will seinen Vater kennenlernen, unbedingt, ihn irgendwann, irgendwo treffen! Marilyn, ziemlich ratlos, findet keine brauchbare Lösung und entschließt sich zu schweigen. Sie schickt zwar weiterhin jeden Monat den seit vielen Jahren vordatierten Brief ab, und genau wie ihr Vater, tippt sie auch die Adresse auf den Umschlag, aber sie schreibt ab jetzt ohne Absender.

1929. 1930. Endlich kommt das Jahr 1931 und damit der letzte Brief. Und wie es ihr der Vater eingeschärft hat, schreibt Marilyn jetzt selbst drei Tage später an Vincent, der gerade 21 Jahre alt geworden ist:

»Lieber Mr. Sharp,
Ich habe die traurige Pflicht, Ihnen mitzuteilen, dass Ihr Vater Thomas Sharp Ihnen nicht mehr schreiben kann.

Wir haben gerade erfahren, dass er drei Tage nach seinem letzten Brief an Sie verstorben ist – weit weg, in Australien. Er hat angeordnet, dass seine Leiche eingeäschert wird.

Meine Familie und ich trauern mit Ihnen. Wir haben Ihren Vater sehr geliebt ...«

Auf diesen Brief folgt keine Antwort – bis zum März 1932. Da klingelt es eines Morgens an der Wohnungstür von Marilyn in San Francisco. Draußen steht ein junger Mann:

»Guten Tag. Ich komme gerade aus New York. Mein Name ist Vincent Sharp.«

»Sharp?«

»Darf ich Sie bitten, mich zu dem Grab meines Vaters zu führen?«

»Aber, Mr. Sharp, Sie wissen doch, ich habe es Ihnen letztes Jahr geschrieben ...«

»Ja, ja, ich weiß. Aber nicht nur das. Ich weiß über *alles* Bescheid. Wissen Sie, meine Großmutter hat mir alles erklärt, als ich siebzehn war. Ich stellte mit der Zeit einfach zu viele Fragen. Und ich wollte unbedingt meinen Vater sehen. Er war so großartig. Jeder seiner Briefe war so großartig. Da hat sie mir alles erzählt.«

»Ja, aber warum haben Sie sich dann nicht früher bei uns gemeldet?«

»Weil ich dem Willen meines Vaters folgen wollte bis zum Schluss. Ich wollte auch weiterhin auf jeden Brief warten, ich wollte einen nach dem anderen entdecken – so, wie mein Vater es gewünscht hat. Sie und Ihr Vater, Sie sind so gut gewesen, die vielen Jahre. Ich möchte Ihnen von Herzen danken, auch in seinem Namen. Jetzt aber würde ich gerne sein Grab besuchen. Wo ist es eigentlich?«

»Es ist – kein Grab wie die üblichen Gräber, wissen Sie.«

»Ja, ich weiß.«

Und so begab sich Vincent Sharp im März 1932 nach Saint-Quentin. Er kniete vor einem nahezu anonymen Grabstein nieder. Darauf stand nur ein Datum: 19. 10. 1913. Kein Name, nur die Nummer eines Gefangenen.

Vincent Sharp hat um Erlaubnis gebeten, die Leiche seines Vaters überführen zu dürfen, doch die Verwaltung hat es abgelehnt. Jetzt kommt er zweimal im Jahr nach Saint-Quentin. Einmal am 19. Oktober, dem Tag, an dem 1913 der Mörder Thomas Sharp gehängt wurde, und ein zweites Mal am 21. März, dem »Todestag«, den sein Vater gewählt hatte, um seinem Sohn bis zu dessen 21. Geburtstag beistehen zu können.

Otto I. von Albanien

Zu Beginn des Jahres 1913 steht Albanien vor einem recht ungewöhnlichen Problem: Das Land sucht einen König!

Nun gehört der Beruf des Königs wirklich nicht zu den Branchen, in denen allzu häufig neue Stellen geschaffen werden. Indessen, Albanien hat sich gegen das Türkenreich erhoben und sich zum unabhängigen Königreich erklärt – nur, was noch fehlt, das ist ein König.

Ein kurioses Problem fürwahr. Kein Wunder, dass die halbe Welt damit beschäftigt ist, einen geeigneten Monarchen für das kleine Land zu suchen. In London ist sogar eigens zu diesem Zweck eine Konferenz einberufen worden, und die Westmächte verhandeln verbissen darüber, ob der künftige Herrscher ein Franzose, ein Engländer oder ein Deutscher sein soll.

Die Albaner haben da ihre ganz eigenen Vorstellungen – nur niemand kommt auf die Idee, sie danach zu fragen. Die Albaner sind Mohammedaner, und sie hätten natürlich am liebsten einen mohammedanischen König, genauer gesagt, Halim Eddine, den Neffen des Sultans in Konstantinopel. Nur, wird er die Krone auch annehmen? Das ist die Frage. General Essad Pascha, der das Land provisorisch regiert, hat auf diplomatischem Wege bereits diskrete Erkundigungen eingezogen. Und Albanien wartet gespannt ab.

Zu jener Zeit hat gerade ein Wanderzirkus seine Zelte in der Landeshauptstadt Tirana aufgeschlagen. Ein deutscher Zirkus, eher kümmerlich, aber immerhin mit zwei herausragenden Leuten im Programm: dem Clown Otto Witte und dem Schwertschlucker Max Hoffmann. Die beiden Kumpane haben schon ganz

Europa und Afrika bereist, und neben ihren artistischen Fähigkeiten verfügen die beiden Freunde noch über eine ganz besondere Gabe: Sie sind die geborenen Hochstapler! Und auf diesem Gebiet haben sie schon vieles und Bedeutendes geleistet.

Wie jedermann in Tirana lesen Otto Witte und Max Hoffmann täglich die Zeitungen. Zumindest schauen sie sich die Bilder an. Und alle Zeitungen haben auf der ersten Seite ein Riesenbild von Halim Eddine, den die Albaner zum König krönen wollen. Otto und Max können es kaum fassen: Dieser Halim Eddine sieht fast aus wie Otto Witte. Wenn Otto sein Haar ein wenig grau einfärben und dann noch einen voluminösen türkischen Schnurrbart ankleben würde, wäre er ein perfekter Doppelgänger. Und aus dieser Erkenntnis resultiert ein spontaner, total verrückter Beschluss: Otto und Max werden den Thron von Albanien besteigen. Nicht mehr und nicht weniger.

Otto Witte, äußerst sprachbegabt, wie sich herausstellt, eignet sich in knapp zwei Monaten die nötigen Grundkenntnisse in Albanisch an. Dann lassen sie sich aus Wien zwei Opernkostüme schicken: die Uniform eines Generals und ein türkisches Herrengewand.

So ausgerüstet reisen sie nach Griechenland, nach Saloniki, und besteigen dort ein Schiff, das gerade aus der Türkei kommt. Gleichzeitig gibt ein Komplize in Konstantinopel ein Telegramm auf, adressiert an die albanische Regierung:

»Prinz Halim Eddine nach Albanien unterwegs«

Eine unbeschreibliche Vorfreude erregt das ganze Land. Endlich ist es soweit! Am 10. August 1913 wird der vom Volk ersehnte Herrscher erwartet.

An diesem Tag wogt eine unübersehbare Menschenmenge in Durazzo, und den gerade ankommenden beiden Clowns wird doch leicht mulmig in der Magengegend. Aber es hilft nichts. Es gibt kein Zurück mehr. Doch die Aufregung ist völlig unnötig. Alles funktioniert reibungslos. Otto und Max erscheinen auf dem Landungssteg, und glühende Begeisterung schlägt ihnen entgegen. Ehrensalut, ein Feuerwerk der Freude und Frauen, die Rosenblätter streuen.

Welch einen stolzen Gang er doch hat, der künftige Monarch! Er ist sehr groß, geht gemessenen Schrittes und trägt mit Würde den roten Fes. Seine grauen Haare, seine gebieterische Miene, sein imponierender Schnurrbart, alles an ihm verstärkt noch diese majestätische Erscheinung. Er trägt selbstverständlich die Uniform eines türkischen Generals. Ein glänzendes, regenbogenfarbiges Band läuft quer über seine ordengeschmückte Brust. Drei Schritte hinter ihm hält sich ein Türke in respektvollem Abstand. Man erkennt ihn an seinem seidenen Prunkgewand und an dem riesigen Turban.

Kaum haben die beiden Männer albanischen Boden betreten, werden sie auch schon von General Essad Pascha, dem Interimsregenten des Landes, begrüßt. Er kniet sogar vor dem künftigen König nieder. Dieser jedoch bedeutet ihm mit einer Geste seltener Noblesse aufzustehen und begrüßt ihn seinerseits mit einer Art Bruderkuss.

Die Fahrt nach Tirana wird zum Triumphzug. Als die Staatskarosse vor dem Palast angelangt ist, werden die beiden Herren ehrfürchtig gebeten, das vorgesehene Festmahl durch ihre Anwesenheit zu beehren. Und so tun sie den achtzehn Gängen des Mahles Ehre an.

Als sie sich abends endlich in ihre Privatgemächer zurückziehen dürfen, arbeiten sie in Kürze ein sehr einfaches politisches Programm aus: Erstens ist ein Harem einzurichten – jeder mohammedanische König, der auf sich hält, muss einen solchen haben. Otto und Max wissen das. Zweitens muss der künftige König natürlich sofort über die Staatsfinanzen Albaniens verfügen dürfen.

Am folgenden Tag findet eine historische Konferenz in der großen Halle des Palastes statt. Sämtliche Würdenträger des Landes haben hinter Essad Pascha Aufstellung genommen. Der künftige Herrscher hält seinen Einzug auf bemerkenswerte Weise. Er streicht ausführlich über seinen Schnurrbart, dann über das regenbogenfarbige Band, und schließlich verkündet er:

»Zum ersten: Meine Krönung wird übermorgen stattfinden!

Zum zweiten: Hiermit erkläre ich Montenegro den Krieg! General Essad Pascha ernenne ich zum Oberbefehlshaber der Armee!

Zum dritten: In meinem Harem möchte ich keine ausländischen Prinzessinnen haben, sondern nur Töchter aus dem Volke. Sie sollen die legendäre Schönheit der Albanerinnen verkörpern!

Und zum Letzten wünsche ich, dass mir sofort die Finanzen des Staates übergeben werden, damit ich jeden nach seinem Verdienst belohnen kann!«

Aufbrausender Jubel! Und als die Neuigkeiten in der Bevölkerung bekannt werden, ist die Begeisterung kaum zu zügeln.

Besonders die Kriegserklärung an Montenegro war eine geniale Idee. Schon seit Jahrhunderten hassen die mohammedanischen Albaner ihre katholischen Nachbarn in Montenegro, wie es auf dem Balkan so üblich ist. Nur – bis jetzt hatte die schwache albanische Armee keinerlei Chancen gegen das viel mächtigere Montenegro. Aber wenn Halim Eddine den Montenegrinern den Krieg erklärt, ist das eine ganz andere Sache! Er ist schließlich der Neffe des Sultans. Das bedeutet, dass die immer noch beträchtliche Militärmacht der Türkei hinter ihm steht, dass er deshalb den Feind zermalmen wird. Wirklich genial! Und außerdem: Wie rührend, wie hochherzig, dass er nur einfache Mädchen aus dem Volke in seinen Harem aufnehmen will! Halim Eddine erhält Beifall ohne Ende – er wird bereits jetzt vom gesamten Volk verehrt und geliebt.

Bei der Krönung am 13. August 1913 wird er wie ein Gott gefeiert. Halim Eddine hat sich entschieden, einen westlichen Thronnamen anzunehmen: Otto I. – eine Geste, deren diplomatische Finesse von den ausländischen Beobachtern dankbar anerkannt wird.

Nach der religiösen Zeremonie in der großen Moschee findet das Krönungsmahl statt, ein denkwürdiges, ein gigantisches Mahl. Ganze Ochsen, Schafe und Kälber werden gegrillt für ein Gelage ohne Beispiel. König Otto I. und sein Vertrauter Max Hoffmann erfreuen sich eines solchen Appetits, dass die Geladenen entzückt sind. Doch bei aller Schwelgerei vergisst der Herrscher dennoch nicht, seinen Verpflichtungen nachzukommen. Er beweist einen schlechthin bewunderungswürdigen Sinn für Politik, indem er großzügig Unmengen von Gold aus dem albanischen Staatsschatz an die Würdenträger des Landes verteilt – an alle und jeden. Selbst die Soldaten seiner Leibwache erhalten ihren Teil: zehn Goldstücke pro Mann.

Erschöpft und berauscht zugleich begeben sich der neue König und sein Vertrauter sehr spät in ihre Gemächer, wo eine weitere süße Überraschung auf sie wartet: Auf den Sofas und Seidenkissen räkeln sich fünfundzwanzig hübsche junge Mädchen – errötende Kandidatinnen für den königlichen Harem. Wenn Otto I. und sein Komplize sich sicher zeit ihres Lebens an den *Tag* der Krönung erinnern werden – die *Nacht* darauf werden sie wohl auch nicht vergessen.

Da die Einrichtung eines königlichen Harems auf alle Fälle eine vordringliche Staatsangelegenheit ist, lässt Seine Majestät Otto I. General Essad Pascha wissen, dass er sich ihr von nun an selbst widmen wird. In allen anderen Angelegenheiten vertraue er ihm, Essad Pascha, vollständig. Nur, die Einrichtung des Harems ist eben ein Geschäft von zu weitreichender Bedeutung. Da es aber ungeheuer viele Bewerberinnen gibt, ist Max Hoffmann, der »Türke«, mit der Vorauslese betraut. Beurteilt er eine Kandidatin günstig, wird sie vor Seine Majestät geführt. Der prüft sie dann noch einmal und trifft schließlich seine endgültige Entscheidung.

All das klingt wie ein Märchen. Aber es *ist* wirklich Wahrheit – die reine historische Wahrheit. Zwei Tage oder, besser gesagt, 48 Stunden lang, denn auch die Nächte zählen voll, genossen Clown und Schwertschlucker ihre Ämter – und vor allem die Gunst der schönsten Mädchen des ganzen Landes.

Doch jedes Märchen geht einmal zu Ende. Am 15. August erhält Essad Pascha ein Telegramm des *echten* Halim Eddine, der klarstellt, dass er seines Wissens nicht zum König von Albanien gekrönt worden sei und dass er dringend Genaueres über diesen Schwindelsultan zu erfahren wünsche.

Außer sich vor Zorn begibt sich Essad Pascha in Begleitung der Wache sofort in die Gemächer von Otto I. Doch Otto Witte und Max Hoffmann, die so talentierten Verwandlungskünstler, haben bereits das Weite gesucht. Als Frauen verkleidet haben sie heimlich den Palast verlassen. In Durazzo fanden sie auch ohne Mühe einen Fischer, der sie nach Italien übersetzte – mit einem Teil des albanischen Staatsschatzes in den Taschen findet man überall auf der Welt Freunde und Helfer.

Indes – der Schatz war bald dahin. Und Otto Witte und Max Hoffmann gingen wieder zum Zirkus, der eine als Clown, der andere als Schwertschlucker. Man hat sie niemals ernsthaft zur Rechenschaft gezogen. Im Gegenteil, die westliche Welt betrachtete diese ihre »Heldentat« eher als eine gelungene Zirkusnummer, und lange Zeit posierte Otto Witte sogar vor Journalisten in seiner prunkvollen Uniform mit rotem Fes, Orden und regenbogenfarbigem Band als Otto I. von Albanien vor seinem Wohnwagen – ein Riesenspaß für Presse und Publikum.

Otto Witte starb am 13. August 1958, auf den Tag 45 Jahre nach seiner Krönung. Ein Clown – ein König – ein Hochstapler – ein Witzbold oder vielleicht auch ganz einfach ein Lump. Jedenfalls sorgte er mit seinem Klamauk für eine der seltenen Komödien in der Hohen Politik.

Eine ungewöhnliche Flucht

In Budapest schneit es am 3. Januar 1980 – ein Wetter, bei dem man keinen Hund vor die Tür jagt! Und gerade aus diesem Grund machen sich in einem Vorort der ungarischen Hauptstadt vier Personen an einem großen Wagen eifrig zu schaffen. Das Auto steht bereits seit Tagen versteckt in der Garage eines Einfamilienhauses. Zwei Ehepaare und ein schwerer Volvo mit schwedischem Kennzeichen. Vier Menschen, die heute Nacht vor der Stunde Null ihres neuen Lebens stehen. Natürlich haben sie Angst. Aber sie haben sich nun mal entschlossen, das Risiko einzugehen. Jetzt ist es soweit. Und jeder zählt auf den anderen. Es gibt kein Zurück mehr.

Einer der beiden Männer, etwa dreißig Jahre alt, braunes Haar, hohe Stirn und dunkle Augen, schlüpft in ein Versteck, das unter den Rücksitzen eingerichtet worden ist. Eine gleichaltrige, außerordentlich schöne Frau, ebenfalls dunkelhaarig und hochgewachsen, bückt sich zu ihm: »Na Liebling, wird's gehen?«

»Es muss gehen! Es ist ja nur für ein paar Stunden. Bei diesem Wetter werden die Grenzer bestimmt nicht so genau kontrollieren. Ich hoffe es jedenfalls!«

Das zweite Paar hofft es auch. Beide nicken mit dem Kopf, sagen aber nichts. In der eiskalten, finsteren Garage herrscht eine unheimliche Spannung. Der Mann und die Frau, die gleich in den Wagen einsteigen werden, sind auch um die Dreißig herum. Beide so blond wie die anderen dunkelhaarig.

Alles, was hier geschieht, läuft nach einem minutiös ausgearbeiteten Plan ab. Nichts wurde dem Zufall oder dem Schicksal überlassen. Nicht das kleinste Detail.

Es ist nun schon fünf Jahre her, dass Gunnar und Ingrid Johnsonn zum ersten Mal ihre Winterferien in Ungarn verbracht haben. Und seitdem sind sie jedes Jahr wieder gekommen. Zunächst einmal, weil ihnen das Land und die Menschen gut gefallen haben, dann aber auch, weil sie sich mit einem Ehepaar in Budapest angefreundet haben: mit Marta und Mathias Horvath. Sie haben viele gemeinsame Interessen. Die Männer sind beide Ärzte, die Frauen Krankenschwestern.

Als die Johnsonns ihren Winterurlaub nun schon zum zweiten Mal bei ihren neuen ungarischen Freunden verbrachten, entschlossen sich die Horvaths, das schwedische Ehepaar ins Vertrauen zu ziehen: Sie hassen das kommunistische Regime und suchen deshalb schon seit Langem nach irgendeiner Möglichkeit, das Land zu verlassen. Also Flucht – aber wie? Allein schaffen sie es nie! Ob Gunnar und Ingrid vielleicht ...?

Das schwedische Ehepaar stand vor einem ungewöhnlichen Problem. Fluchthilfe ist in Stockholm ein Fremdwort. Mit einem solchen Problem wurden sie noch nie konfrontiert. Was sollen sie tun? Was *können* sie tun? Ratlosigkeit. Die Johnsonns haben lange gezögert. Erst nach zwei Jahren waren sie schließlich einverstanden und bereit, etwas zu tun, um das ungarische Paar aus dem Land zu schmuggeln. In Stockholm ließen sie eine Art Doppelboden unter den Rücksitz ihres Wagens einbauen und fuhren damit Weihnachten 79 nach Budapest.

Heute, am 3. Januar 1980, wollen sie nach Stockholm zurückfahren – mit Mathias Horvath, der jetzt zusammengefaltet in dem Versteck liegt. Gunnar nickt seinem Freund noch einmal zu: »Nur Mut! Halte durch. Es wird schon klappen.«

Dann drückt er die Sitzfläche herunter, steigt mit seiner Frau in den Wagen und startet den Motor.

Marta steht jetzt allein in der Garage. Sie weint und winkt. »Viel Glück! Und vielen, vielen Dank, was auch immer passiert!« Gleich darauf verschwindet das Auto im dichten Schneetreiben.

3. Juli 1980. Auf dem Hauptstandesamt von Stockholm findet eine unauffällige Trauung statt. Die Hochzeitsgesellschaft besteht lediglich aus den Jungvermählten und den beiden Trauzeugen. Die Trauung sollte ganz diskret abgehalten werden, doch vor dem Ausgang warten völlig unerwartet etwa zwanzig Journalisten. Das Hochzeitspaar weicht erschrocken zurück. Aber da ist nichts zu machen. Mathias Horvath, der gerade Ingrid Johnsonn geheiratet hat, kommt nicht darum herum, die Fragen der Journalisten zu beantworten.

Ja, Sie haben richtig gelesen!

Mathias Horvath, der Mann, der aus Ungarn geflohen war, hat soeben die Frau seines Fluchthelfers geheiratet. An der Grenze war alles programmgemäß und ohne Schwierigkeiten abgelaufen. In Schweden wurde Mathias sofort als politischer Flüchtling anerkannt. Und noch im Januar haben Ingrid Johnsonn und Mathias Horvath die Scheidung eingereicht, was dann auch reibungslos über die Bühne ging. Wenige Monate später also diese Eheschließung. Und die beiden stellten sich auch noch völlig ungeniert der Öffentlichkeit zur Schau.

Eine junge Journalistin nähert sich den beiden Frischvermählten und hält ihnen, offensichtlich angewidert von der ganzen Geschichte, ein Mikrofon vor die Nase. Ingrid Horvath schmiegt sich an ihren neuen Ehemann, der seinerseits eine entschlossene Miene aufsetzt.

»Nun, Herr Horvath, sind Sie jetzt zufrieden?«

»Aber sicher. Wer wäre es nicht an meiner Stelle – am Hochzeitstag!«

»Und Ihre Frau? Ist sie auch zufrieden?«

»Meine Frau? Nun, sieht sie nicht glücklich aus?«

»Sie wissen genau, wen ich meine! Ihre Frau, die andere, die Frau, die Sie allein in Ungarn zurückgelassen haben.«

»Ach die …«

»Ja, die! Sie muss sich wohl eben damit abfinden, das meinen Sie doch.«

Mathias Horvath zuckt mit den Schultern.

»Und Gunnar Johnsonn, der Sie gerettet hat, den Sie betrogen haben? Der ist Ihnen sicher auch gleichgültig, nehme ich an.«

Herr Horvath schweigt.

»Und das Ansehen Schwedens, das Ihnen großzügig sofort politisches Asyl gewährt hat, ist Ihnen wohl auch egal, oder? Wissen Sie, was Sie sind? Sie sind ein Verräter!«

Jetzt, da es um Schweden geht, greift Ingrid in das Gespräch ein: »Wir … wir lieben uns. Können Sie das nicht verstehen? Manchmal ist die Liebe eben stärker als alles andere. Um zusammen zu sein, zusammen zu leben, waren wir zu allem bereit.«

»Und wie lange hatten Sie diesen märchenhaften Plan schon?«

»Schon von Anfang an. Mathias und ich, wir haben uns sofort ineinander verliebt.«

Noch am selben Abend erscheint die skandalöse Liebesgeschichte in allen Stockholmer Zeitungen. Etwa zur gleichen Zeit interviewt ein ungarischer Journalist Marta Horvath in ihrem Haus in der Nähe von Budapest. Die verzweifelte Frau ist tränenüberströmt und bringt kaum ein Wort heraus: »Als ... als Mathias ... die ... Scheidung einreichte, konnte ich es ... kaum glauben. Ich wusste nicht, worum es ging. Ich dachte, es wäre nur ... eine Formalität für die Einbürgerung in Schweden. Und nun ... so etwas! Mit Ingrid. Noch dazu am 3. Juli!«

»Was meinen Sie damit, Frau Horvath?«

»Nun, heute ist für uns ein ganz besonderer Tag. Es ist nämlich auf den Tag genau ein halbes Jahr her, dass Mathias geflüchtet ist.«

»Und waren Sie damals gar nicht misstrauisch?«

»Warum hätte ich es sein sollen? Ingrid war meine beste Freundin.«

»Aber immerhin, Sie haben Ihren Mann allein fortgehen lassen.«

»Ach, es war alles genau geplant. Jetzt kann ich ja ruhig darüber sprechen. Auch wenn ich deswegen ins Gefängnis komme. Es ist mir egal! Ich sollte jetzt im Sommer mit einem Wagen aus Deutschland über die Grenze gebracht werden, so wie Mathias mit dem schwedischen Wagen. Er wollte vom Westen aus alles organisieren.«

Der Journalist betrachtet diese total gebrochene junge Frau voller Mitleid. Ihr Kummer hat sie sogar so weit gebracht, alle Vorsicht außer acht zu lassen. Wie gerne würde er ihr helfen, wenn er nur könnte.

Er verabschiedet sich. Und Marta beteuert unter Tränen: »Jetzt will ich Ungarn nie mehr verlassen. Auf keinen Fall! Wozu auch ...«

Am nächsten Morgen erscheint die skandalöse Liebesgeschichte einschließlich des Fluchthilfeabenteuers in allen Budapester Zeitungen. Die Behörden erklären, dass sie Marta Horvath wegen ihrer Geständnisse nicht belangen werden. Sie sei ein Opfer westlicher Dekadenz und verdiene nichts als Mitgefühl.

Wieder ist ein halbes Jahr vergangen. Wir schreiben den 28. Dezember 1980. Der ungarische Grenzpolizist stutzt, als er die Papiere eines schwedischen Touristen überprüft: »Sie sind Gunnar Johnsonn, der ...?«

»Ja, genau der bin ich.«

»Fahren Sie bitte an die Seite und steigen Sie aus.«

Sofort wird der Wagen gründlichst untersucht.

»Geben Sie sich keine Mühe, dieses Mal gibt es keinen doppelten Boden.«

Und in der Tat, es ist nichts Verdächtiges zu finden, was aber nicht heißt, dass Herr Johnsonn die Grenze ungehindert passieren könnte. Die Grenzpolizei verhaftet ihn, denn ist auch die ganze Angelegenheit persönlich übel für ihn ausgegangen, so hat er sich doch der Fluchthilfe schuldig gemacht. Und darauf steht eine Gefängnisstrafe von mehreren Jahren. Das weiß er wohl. Und wenn er sich jetzt selber ans Messer geliefert hat, so hat er seine Gründe dafür. Die aber möchte er nicht irgendeinem Grenzpolizisten erklären, sondern einem zuständigen höheren Beamten. Dieser trifft ein paar Stunden später ein:

»Herr Johnsonn, ich verstehe Sie wirklich nicht! Was wollen Sie hier in Ungarn?«

Gunnar Johnsonn lächelt kaum wahrnehmbar und antwortet sehr ruhig, fast schüchtern: »Ich möchte Marta Horvath sehen.«

»Marta Horvath? Warum?«

»Ich will sie heiraten.«

Der Gebietsleiter glaubt zuerst, sich verhört zu haben. Sicher – er muss falsch verstanden haben. Und so wiederholt er mit äußerst freundlichem Ton: »Warum, sagten Sie, möchten Sie Marta Horvath ...«

»Um sie zu heiraten.«

»Aber, aber das ist verrückt! Total verrückt!«

»Nein, überhaupt nicht. Bitte versuchen Sie, mich zu verstehen. Ich gebe ja zu, dass ich nach der Eheschließung *meiner* Frau mit Herrn Horvath zuerst nur an Rache gedacht habe. Aber das ist vorbei. In den letzten Monaten musste ich immer mehr an Marta denken. Nur sie allein kann meine Situation und auch meine Gefühle verstehen. Wir haben das gleiche Schicksal erlitten. Und deshalb bin ich hier, verstehen Sie? Ich möchte zu ihr nach Budapest und sie bitten, meine Frau zu werden. Ich weiß zwar nicht, was *sie* dazu sagen wird. Seit damals haben wir nichts mehr voneinander gehört. Aber wenn sie ja sagt, so hoffe ich, dass uns die ungarischen Behörden die Einwilligung geben – und mir auch erlauben werden, in Ungarn zu leben.«

Der Beamte der Grenzstation ist sichtlich überfordert. Er kratzt sich verlegen am Kopf. An Politisches und an Verwaltungsangelegenheiten ist er gewöhnt, doch diese zwischenstaatliche Liebesgeschichte überschreitet seine Kompetenz. Er muss die Sache nach oben weiterleiten und auf weitere Anweisungen warten.

Nach zwölf Stunden kommt die Antwort, und sie ist positiv: Gunnar Johnsonn darf Marta Horvath besuchen. Erstaunlicherweise wird er wegen des Vergehens, das er als Fluchthelfer auf ungarischem Territorium begangen hat, *nicht* zur Rechenschaft gezogen. Das Ganze ist schließlich ein Politikum. Und so fährt er kurz darauf mit seinem neuen schwedischen Wagen zu dem Haus in der Nähe von Budapest. Als er ankommt, wartet bereits eine Meute von Journalisten. Das Wiedersehen von Gunnar und Marta wird für Presse und Öffentlichkeit zum Ereignis des Jahres.

Am 29. Dezember 1980 sind die Zeitungen Budapests voll von Artikeln, die anhand dieses abschreckenden Beispiels den ungarischen Bürger belehren, wie verräterisch die Republikflüchtlinge und die Frauen im Westen sind. In der gesamten Presse werden Marta und Gunnar als bemitleidenswerte Opfer hingestellt, denen es jetzt zu helfen gilt. Sie wollen heiraten? Nun, Ungarn wird beweisen, dass es Verständnis hat, ein großes Herz. An jenem Tag lesen Gunnar und Marta keine Zeitungen. Sie gehen zärtlich umschlungen im Wald spazieren.

»Gunnar, jetzt können wir reden. Hier geht es. Bei mir zu Hause sind bestimmt Mikrofone versteckt. Da bin ich ganz sicher. Ist ... ist alles in Ordnung? Wie geht es Mathias?«

»Er denkt an Sie! Er redet unaufhörlich von Ihnen.«

»Wirklich?«

»Ja.«

»Er hat es leichter als ich. Er kann wenigstens mit jemandem reden! Aber ich, ich habe niemanden, dem ich mich anvertrauen kann, keinen Menschen, nun schon seit einem Jahr, und ich liebe Mathias so sehr.«

»Für mich ist es auch nicht einfach, Marta. Ingrid fehlt mir entsetzlich.«

»Aber Sie können sie wenigstens sehen.«

»Schon. Aber nur selten, und dann darf ich ihr auf keinen Fall zu nahe kommen. Das ist vielleicht schlimmer, als getrennt zu sein.«

»Pst, leise, da sind Leute! Machen Sie einen verliebten Eindruck.«

Ein seltsames Gespräch fürwahr. Und dennoch haben sich die beiden gerade das zu sagen, was so unglaublich klingt, wirklich unglaublich: Gunnar, Ingrid, Marta und Mathias haben sich gegenseitig niemals betrogen. Die beiden Paare hatten von Anfang an alle Einzelheiten miteinander verabredet. Und der Plan, den sie sich ausgedacht hatten, war so kompliziert, dass es kaum zu glauben ist.

Die Horvaths wollten natürlich beide in den Westen. Aber das scheiterte an einem simplen praktischen Problem: In dem Versteck des umgebauten Wagens hatte nur einer Platz. Hätten sie die Flucht von Marta später so arrangieren können, wie sie es einem Journalisten erzählt hatte, womöglich ebenfalls in einem Wagen mit doppeltem Boden? Natürlich nicht. Denn von dem Tag an, an dem Mathias geflüchtet war, wurde sie streng überwacht. Diese Möglichkeit fiel also aus. Die Freunde mussten sich etwas anderes einfallen lassen. Und so kamen sie auf ihre geniale Idee: Wenn Mathias in Schweden ist, heiratet er Ingrid, und die jeweiligen betrogenen und verlassenen Partner werden von aller Welt bemitleidet. Und wie rührend wird erst die Geschichte, wenn Gunnar nach Ungarn zurückkehrt, um Marta zu trösten – und bei ihr Trost zu suchen.

Und tatsächlich, bis jetzt hat alles ganz vorzüglich funktioniert. Die Presse spielte mit, ohne im Geringsten zu merken, *was* eigentlich zwischen Stockholm und Budapest gespielt wurde. Doch nun zum Ende des ganzen Abenteuers – sicherlich ein glückliches Ende. Es dauert allerdings noch seine Zeit.

Nach einigen Wochen wird die Hochzeit von Gunnar und Marta Johnsonn in Budapest gefeiert, mit großem Pomp, vor Journalisten und Regierungsvertretern. Diese Verbindung nimmt Symbolcharakter an. Gunnar beschließt, für immer in Ungarn zu bleiben – eine Wahl, die Menschen aus dem Westen nur selten zu treffen pflegen, und so werden ihm alle erdenklichen Rechte zugestanden. Und als er im Frühjahr 1981 zusammen mit seiner Frau eine vierzehntägige Reise nach Schweden beantragt, bekommen sie ohne Schwierigkeiten ihr Visum. Fotografen sind dabei, als sie ins Flugzeug steigen, und ein kleines Mädchen überreicht ihnen sogar den obligatorischen Blumenstrauß.

Ein paar Stunden später, auf dem Stockholmer Flughafen, werden sie ebenfalls von der Presse empfangen. Denn Ingrid und Mathias haben jetzt das ganze Unternehmen aufgedeckt – kurz nachdem die Maschine in der Luft war. Klar, dass die Journalisten unbedingt über das Happy End dieser ungewöhnlichen Fluchtgeschichte berichten wollten.

Als das Flugzeug landet, stürzen Ingrid und Mathias ihren – geschiedenen – Partnern entgegen. Zwei »wilde« Paare umarmen sich freudestrahlend und überglücklich im Trubel der begeisterten Menge.

Der Feigling

Zu beiden Seiten der staubigen, kerzengeraden Straße erstreckt sich eine verdorrte, von der glühenden, amerikanischen Sonne völlig ausgetrocknete Landschaft. Neben einem Kaktus weist ein Schild darauf hin, dass die Stadt Medway nur noch wenige Kilometer entfernt ist. Hier und da vereinzelt ein paar Holzhäuser. Der Himmel ist rot. Die Sonne lässt sich hier sehr viel Zeit, bevor sie hinter dem Horizont der weiten Ebene verschwindet.

Gleich links bei den ersten Häusern der Stadt eine gespenstische Tankstelle, seit Jahren schon außer Betrieb. Und gegenüber eine Bar, fast noch gespenstischer. Hier soll es die besten Hotdogs und das beste Bier der ganzen Gegend geben. Wenigstens verspricht das eine riesige Reklametafel. Mit quietschenden Bremsen hält der Fahrer vor eben dieser Bar und schaut vorsichtig hinein, obwohl er ganz genau weiß, dass es hier seit Langem schon keine Hotdogs oder Bier mehr gibt. Alles außer Betrieb – leere Kulissen aus einer Zeit, als Medway noch ein beliebter Treffpunkt für Viehhändler war. Trotzdem, sicher ist sicher, und man kann ja nie wissen. Manchmal spielen Kinder in den verlassenen Holzbaracken. Manchmal suchen auch obdachlose Durchreisende Asyl für eine Nacht in diesem kostenlosen, windgeschützten Logis. Doch heute Abend scheint niemand da zu sein. Gott sei Dank!

Der Fahrer beruhigt sich ein wenig. Dann macht er die Wagentür auf, bleibt aber zunächst sitzen, als wolle er nur ein wenig frische Luft hereinlassen. Er atmet mehrmals tief ein, aber das hilft auch nichts. Er schwitzt fürchterlich, sein Hemd klebt und brennt auf der Haut. Seine Beine zittern, und er kann nichts dagegen tun. Er steht noch völlig unter Schock!

Nach zwei, drei Minuten dreht er sich endlich um, schaut zurück auf die Straße, sieht seine lange Bremsspur: hundert Meter, vielleicht hundertfünfzig. Und am Ende der Spur liegt etwas Helles, etwas Kleines. Es bewegt sich nicht. Nur der aufgewirbelte Staub schwebt immer noch über der Stelle, wo es passierte.

Der Mann sitzt also da, absolut unfähig, irgendetwas zu unternehmen. Er kann noch nicht einmal richtig denken. Schreckliche Bilder ziehen vor seinen Augen vorbei wie in einem Albtraum. Aber es ist leider kein Traum! Er muss unbedingt etwas tun! Aber was? Zumindest einmal aussteigen und nachschauen, was dem kleinen, hellen, bewegungslosen Etwas geschehen ist. Und dann? Was ist, wenn es tot ist? Wegrennen? Fliehen wie ein Mörder? Ja, aber was ist, wenn es noch lebt?

Wie ein Automat dreht er plötzlich den Zündschlüssel, legt den Rückwärtsgang ein und steigt so aufs Gas, dass der Wagen wie eine aufgeschreckte Heuschrecke losspringt. Rückwärts fährt er seiner Spur nach bis zu der Stelle, wo es geschah. Als er dort ankommt, wagt er kaum hinzuschauen.

Das kleine Mädchen trägt ein rosa Kleid, ziemlich verschmutzt, und Sandalen. Es liegt ruhig, als schliefe es, die Beine am Körper angewinkelt, die Arme über dem Kopf, und in der rechten Hand hält es noch den Griff eines Korbes. Der Korb liegt ein paar Meter weiter, daneben eine Orange und ein Stück Brot. Und mitten auf der Straße ein Strohhut, plattgedrückt, genau dort, wo der Unfall geschah.

Ein einsamer Mann auf einer menschenleeren Straße stellt fest, dass er vor wenigen Augenblicken ein Kind überfahren hat. Und dieser Mann fragt sich, verrückt vor Angst, was er nun tun soll. Gewiss, da gibt es normalerweise keine Frage. Das heißt, es sollte keine geben ... Er müsste jetzt sofort aussteigen, zu dem Kind gehen, nachschauen, wie schwer es verletzt ist, und auf alle Fälle so schnell wie nur möglich Hilfe holen. Und sollte das Kind tot sein, so müsste er genauso schnell in die Stadt zurückfahren, und zwar direkt zur Polizei.

Aber dieser Mann tut nichts. Er hat nur noch Angst, Angst auszusteigen, Angst nachzusehen, Angst, das Kind anzufassen, Angst vor einer Tatsache zu stehen, die er nicht wahrhaben will. Irgendetwas in seinem verwirrten Kopf – vielleicht eine Art Instinkt – versucht ihn davon zu überzeugen, dass nichts, absolut nichts geschehen ist. Es ist einfach nicht möglich. Er kann dieses Kind nicht überfahren haben, dieses Mädchen, das vor ein paar Minuten die Straße überquerte und dabei vor seinen Wagen rannte. Er sieht noch ganz deutlich, wie der kleine Körper durch die Luft flog – aber das kann einfach nicht wahr sein.

Doch das Kind liegt da, hier, auf der Straße, ruhig, schrecklich ruhig. Endlich kommt der Mann zu sich! Vorsichtig steigt er aus seinem Wagen, geht langsam zu dem Kind, beugt sich über das Mädchen und flüstert: »Kleines, sag doch was, Kleines!«

Seine eigene Stimme erschreckt ihn so sehr, dass er wieder die Nerven verliert. Kopflos stolpert er zu seinem Wagen. Wie ein Verrückter, der von einem Ungeheuer verfolgt wird, braust er los, als ginge es um sein Leben. Er schaut nicht einmal mehr in den Rückspiegel.

Es ist 20 Uhr, als er in Medway vor einem Drugstore hält. Die Sonne ist gerade untergegangen. Und für den Mann beginnt eine Nacht, an die er sich schon am nächsten Morgen nicht mehr erinnern wird: Er betrinkt sich wie noch nie. Niemand achtet besonders darauf. Viele betrinken sich in Medway, wenn es Nacht wird.

Wie in den meisten kleineren amerikanischen Städten gibt es in Medway einen Privatsender, eine rein lokale Radiostation, völlig anspruchslos, was kulturelle Qualitäten angeht. Dem »Programmdirektor« – Discjockey, Nachrichtensprecher und Wetterfrosch in einer Person – geht es ausschließlich darum, die Vorzüge einer neuen Schallplatte zu preisen, das neue Waschpulver mit den biologischen Enzymen zu loben oder irgendeine Icecream mit dem schicken Geschmack den Hörern zu empfehlen. Ronald Green, der einzige Moderator der Station, muss ständig den Eindruck erwecken, den American Way of Life zu verkörpern, für die Erfolgreichen da zu sein – für die, die wie aufgezogen 26 Stunden am Tag leben und spielend alle Probleme des Lebens meistern. Die ganze Welt ist jung, schön, reich und gesund! Also »packen wir's an – die Welt steht uns offen!«. So etwa ist die Devise der Station. Und so schreit Ronald die Titel der Songs, die Stadtnachrichten und vor allem die Werbespots mit dem gleichen gespielten Optimismus, dem gleichen enthusiastischen Tonfall ins Mikrofon.

Sein Reich liegt im Parterre eines alten Hauses, wo er in engstem Kontakt mit seinem einzigen Toningenieur lebt. Und der ist genauso nervös und überspannt wie er selbst. Lediglich die Sekretärin, die für die Hörerpost und die Telefonzentrale zuständig ist, bringt ein wenig Ruhe in dieses turbulente »Funkhaus«. Ein Tisch, ein Mischpult, ein Tonbandgerät und zwei Plattenspieler, das ist alles. Und selbstverständlich Ronald vor seinem Mikrofon. Damit ist »Radio Medway« von 9 bis 19 Uhr ununterbrochen auf Sendung.

Und wenn Ronald Green mal für eine kurze Stunde weg muss, aus welchen Gründen auch immer, so ist das gar kein Problem. Der Tontechniker spielt halt so lange Musik, bis Ronald wieder da ist – auch wenn es mal zwei Stunden dauert, weil Ronald wieder einmal ein wichtiges Rendezvous hat. Oder auch nur zehn Minuten, wenn der »Chef« eben nur schnell um die Ecke ein paar Sandwiches für das Team holt. Alles läuft seit Jahren wie geschmiert. Die Bürger von Medway sind stolz auf ihren Privatsender und die Auftraggeber nicht weniger. Denn wenn Ronald am Morgen von einer bestimmten Aftershave Lotion begeistert ist, dann ist die entsprechende Ware in den Läden am Abend schon ausverkauft.

Ronald ist 26 Jahre alt, mit einem eher bescheidenen IQ ausgestattet, aber so dynamisch, dass man sich keinen besseren Mann für die Leitung und Durchführung des Programms vorstellen könnte. Er ist auf alle Fälle mit sich und der Welt zufrieden, und in dem winzigen Sprecherraum kleben die Fotos der schönsten Mädchen der ganzen Gegend. Ronald ist wirklich wer in Medway!

Nun, an jenem Morgen scheint er mit dem linken Fuß aufgestanden zu sein. Auch wenn er es sich niemals anmerken lässt, so gibt es doch Tage, an denen ihm seine eigene Dynamik auf die Nerven geht. Mal ist eine »dumme Gans« schuld daran, mal möchte er einfach wenigstens *einen* Tag lang normal reden dürfen. Schließlich ist er kein Automat. Aber dafür wird er nun einmal bezahlt, gut bezahlt sogar, also: »Packen wir's an, die Welt steht uns offen!«

Der Vormittag verläuft ohne Zwischenfälle. Ronald Green nimmt sich zusammen, und bald ist er wieder ganz der Alte: »Freunde, seid ihr alle da? O. k.! Und was habt ihr heute alles vor? O. k.! Auch das muss sein! Aber danach – nicht vergessen ...O. k.? Heute gibt es die saftigsten und billigsten Steaks ganz Amerikas bei meinem Freund Jack! O. k.? Und die Stimmung erst! Los! Musik ... ab!«

Kurz vor Mittag kommt ein wichtiger Anruf. Die Sekretärin gibt ihn Ronald in den Sprecherraum durch. Es ist der Sheriff von Medway. Er braucht Hilfe. Er bittet Ronald, stündlich einen kurzen Text durchzugeben. Es handelt sich darum, die Bürger der Stadt per Funk zu mobilisieren, um nach einem zwölfjährigen Mädchen zu suchen, das gestern Abend nicht nach Hause kam. Cory Matterson.

Ronald ist selbstverständlich einverstanden. Oft genug gibt er solche Texte durch. Nur meistens handelt es sich dabei um einen gestohlenen Wagen, allenfalls um eine verloren gegangene Katze. So etwas macht er nicht gerade gern, denn es stört den optimistischen Programmablauf. Aber wenn es um ein verschwundenes kleines Mädchen geht, ist es natürlich etwas anderes. Es ist wichtig, und man kann auch was draus machen. Also liest Ronald gewissenhaft die Polizeidurchsage mit der genauen Beschreibung des Kindes: Größe, Augenfarbe, Kleidung usw.

Nach der dritten Durchsage, also etwa drei Stunden später, kommt ein neuer Anruf vom Sheriff, der wiederum um verstärkte Hilfe bittet. Ein Polizeiwagen hat in der Zwischenzeit das Kind gefunden. Es wurde überfahren, und vom Täter findet sich keine Spur. Fahrerflucht. Gott sei Dank ist Cory Matterson nicht tot. Sie liegt bewusstlos und mit inneren Verletzungen im Krankenhaus. Der Fahrer muss gefasst werden, und der Sheriff hofft, dass ihn die Durchsage im Funk vielleicht veranlassen könnte, sich selbst zu stellen. Mehrmals pro Stunde soll Ronald an sein Gewissen appellieren.

Ronald Green, der mit der ersten Durchsage völlig einverstanden war, ist jetzt verunsichert. Das mit dem überfahrenen Kind im Koma, mit Fahrerflucht und so, das stört die Atmosphäre der Sendung, die wie gesagt nur Fröhlichkeit und Optimismus zu verbreiten hat. Nein, er ist nicht bereit, so etwas in sein Programm einzubauen.

Doch der Sheriff besteht darauf. Na gut. Aber dann soll er selbst den Text der Durchsage schreiben. Kurz darauf, zwischen zwei Musikstücken, liest Ronald also:

»Ich wende mich an den Fahrer, der die kleine Cory Matterson gestern Abend überfahren hat. Wir wissen ganz genau, dass er nur die Nerven verloren hat. Wir wissen, er ist nur aus Angst weitergefahren. Doch Cory ist nicht tot. Sie ist schwer verletzt, aber sie lebt. Die Eltern von Cory verfügen aber nicht über genügend finanzielle Mittel, um für die Krankenhauskosten aufzukommen. Wenn der Fahrer sich stellt, wird die Versicherung diese Kosten übernehmen. Es ist also dringend notwendig, dass der Fahrer sich stellt. Und so werden wir auch alle in Medway wissen, dass keiner unserer Bürger ein Feigling ist.«

Und unermüdlich, mehrmals pro Stunde, liest Ronald die Durchsage. Er hat keine andere Wahl, auch wenn es nicht in sein Konzept passt. Selbst der Boss der Station hat Ronald angerufen und ihn gebeten:

»Also Junge, wenn schon, dann mach was draus! Mit Musik und so, schön dramatisch, über Zivilcourage und Ehre, na ja, du weißt schon, wie man so was bringt. Wenn wir diesen Feigling finden, dann ist es doch die beste Reklame für unseren Sender! O. k.?«

O. k. Den ganzen Nachmittag lang, zwischen Popmusik und Country-Songs, hält Ronald Green seine Predigt über Ehre und Zivilcourage, über Mut und Feigheit. Und der Tontechniker blendet dabei jedes Mal gefühlvoll eine schöne, ergreifende Musik ein, die dazu beitragen soll, selbst die härtesten Herzen mürbe zu machen. Ein richtiges, kleines, spannendes Hörspiel.

Und dann plötzlich um 18 Uhr 56: Statt die Werbespots durchzusagen, bittet Ronald um Aufmerksamkeit:

»Meine Damen und Herren, Bürger von Medway, guten Abend. Unser Programm geht zu Ende. Nicht nur für heute, sondern auch für morgen und für die nächsten Tage. Aber machen Sie sich keine Sorgen, ›Radio Medway‹ meldet sich bestimmt bald wieder. Mit einer anderen Stimme. Ich verabschiede mich von Ihnen.«

Dann verlässt Ronald das Studio und fährt direkt zum Sheriff: »Ich bin es, der das Mädchen gestern überfahren hat.«

Der Sheriff zeigt keine Reaktion. Er antwortet nur: »Cory geht es jetzt schon besser, Ronald. Sie wird durchkommen.«

Und beide gehen zu dem Wagen von Ronald Green, stellen fest, dass ein Stück Stoßstange, das am Unfallort gefunden wurde, an dem Wagen von Ronald fehlt. Er hatte es nicht bemerkt. Denn er hatte in seiner Panik nicht einmal nach Beschädigungen an seinem eigenen Wagen gesehen.

Wenn man den ganzen Tag pausenlos die Vorzüge neuer Waschmittel lobt, dieselben Worte, dieselben

Phrasen, dieselben Nichtigkeiten voller Dynamik heruntergeleiert, als ginge es um die wichtigsten Dinge des Lebens ... vergisst man darüber vielleicht die wahren Werte des Lebens. Aber wenigstens hat Ronald Green im Laufe jenes Tages, an dem er immer wieder an den »Feigling« appellieren musste, begriffen, dass er selbst jener Feigling war.

Der Stau

Auf den vier Spuren der Autobahn in Richtung Los Angeles brausen Hunderte von Autos vorüber, als gälte es, ein Rennen zu gewinnen. Auf den vier Spuren in Gegenrichtung das gleiche Spiel, als ginge es um den nationalen Grand Prix des Jahres. Weder die Geschwindigkeitsbegrenzung noch der strömende Regen stören die Fahrer bei ihrer wahnsinnigen Verfolgungsfahrt. Jeder starrt nur auf die weißen Linien und bleibt stur in seiner Spur – wie es sich halt gehört für disziplinierte Automaten des Erdölzeitalters.

Automaten. Sind wir wirklich Automaten geworden? Wir alle? Und wie steht es um unsere Automatenseelen? Ist Menschlichkeit programmierbar? Ist in unserem Seelenspeicher noch Platz für Begriffe wie »Verantwortung« und »Nächstenliebe« – für »spontane Handlungen«, z. B. auf einer Straße anzuhalten, um jemandem zu helfen, der uns braucht?

An jenem Samstag im Februar 1969 fährt Frank Vala mit seinem alten Kombi auf der überfüllten Autobahn. Er fährt vorsichtig, denn seine Frau ist schwanger. *Er* fährt vorsichtig – der andere weniger. Der überholt, schert urplötzlich auf Franks Spur und zwingt ihn fast zu einer Vollbremsung: ein Wahnsinniger.

Frank hat kaum die Zeit, das Wort zu Ende zu denken. Der Wagen vor ihm gerät ins Schleudern, kracht in die Leitplanken, bleibt hoffnungslos – oder Gott sei Dank – darin hängen. Bruchteile von Sekunden. Frank reagiert automatisch, mechanisch: Blick in den Rückspiegel, abbremsen, anhalten. Nicht ganz einfach bei dem Verkehr. Chaotisches Blinken und schrilles Gehupe der nachfolgenden Fahrer und Raser. Frank Vala hält trotzdem. Nur er allein hält an.

Einige andere werden zwar auch langsamer und registrieren den Unfall, das auf dem Dach in den Leitplanken hängende Auto, dessen Räder sich noch in der Luft drehen, sie registrieren es, neugierig, mit den Augen, aber ihr Fuß ist bereits wieder auf dem Gaspedal: nur schnell weiter! Bloß keine Scherereien! Was geht mich das an?

Es gießt in Strömen. Doch das ist Frank egal. Irgendwie muss er auf die andere Seite der Autobahn kommen. Nicht ganz ungefährlich bei diesem Wahnsinnsverkehr. Er fasst sich ein Herz, läuft im Zickzack hinüber und ist endlich beim Unfallwagen. Der Wagen ist leer, ziemlich demoliert, das Lenkrad verbogen. Etwa drei Meter entfernt liegt unter der Leitplanke eine junge Frau. Sie ist ohnmächtig, blutet leicht. Ihr rechter Arm ist wahrscheinlich gebrochen. Aber sonst scheint ihr nichts Ernsthaftes passiert zu sein. Sie hat noch einmal Glück gehabt. Frank richtet sie ein wenig auf und deckt sie mit seiner Jacke zu, um sie wenigstens notdürftig vor dem Regen zu schützen. Die junge Frau kommt langsam wieder zu sich.

»Bleiben Sie ruhig liegen. Ich hole Hilfe.«

Die erste, erschütternde Reaktion der jungen Frau aber gilt ihrer Schwester. Sie war ebenfalls im Unfallfahrzeug. Frank springt auf. In der Nähe des Fahrzeugs: nichts. Er läuft etwas unbeholfen herum und endlich – auf der anderen Seite der Fahrbahn entdeckt er einen scheinbar leblosen Körper. Die Schwester wurde rund zwanzig Meter weit auf die andere Seite geschleudert. Und wieder springt Frank im Zickzack-Kurs zwischen den rasenden Fahrzeugen über die Autobahn. Wieder wird er von den wütenden Fahrern angehupt und angeblinkt. Doch Frank ist nicht aufzuhalten. Schon gar nicht von diesen »Automaten«. Was sind das bloß für Menschen!

Aber im Augenblick gibt es Wichtigeres zu tun, als über Menschlichkeit und Unmenschlichkeit automobilisierter Wesen nachzudenken. Jetzt beugt er sich über die Verletzte. Dem jungen Mädchen ist das linke Bein in Kniehöhe abgetrennt worden. Frank ist wie gelähmt vor Entsetzen, unfähig zu denken. Er starrt immer nur auf die fürchterliche Wunde. Das junge Mädchen ist ohnmächtig, aber es lebt noch.

Frank hat den ersten Schock überwunden. Was kann er tun? Zuerst einmal nimmt er seinen Gürtel und bindet das Bein ab, um die Blutung zu stoppen. In seinem Gedächtnis rollen alle möglichen Bilder ab von geglückten Operationen. Vielleicht lässt sich das Bein wieder annähen. In den Zeitungen wird ja oft darüber berichtet. Aber dann muss alles ganz schnell gehen, und vor allem muss er erst einmal das abgerissene Bein finden und so schnell wie nur möglich den Rettungsdienst verständigen. Frank steht im strömenden Regen neben der Fahrbahn und fuchtelt wild mit seinen Armen. Irgendjemand *muss* doch anhalten. Irgendwann, aber bald, gleich! Ein Wagen bremst. Der Fahrer sieht Frank nur kurz an – und fährt weiter.

»Ja, glaubt dieser Idiot vielleicht ...? Sieht er denn nicht ...? Kapiert er denn nicht ...?«

Frank rennt wieder auf die andere Seite in der Hoffnung, dass vielleicht jemand eher beim Unfallwagen anhält. Und da, in der Nähe der Leitplanken, findet er das Bein. Frank will es aufheben. Doch er stockt – ein unheimlicher Anblick. Aber er *muss* handeln, und zwar schnell. Also zieht er sein durchnässtes Hemd aus und wickelt das abgerissene Bein sorgfältig ein, jedoch ohne es dabei anzuschauen.

»Jetzt *muss* aber jemand halten. Sie *müssen*!«

Mit nacktem Oberkörper, vor Kälte und Aufregung zitternd, fuchtelt Frank noch wilder mit den Armen. Er *schreit* sogar um Hilfe – mitten auf der Autobahn, wo niemand ihn hören kann.

Vor fünf Minuten erst geschah der Unfall. Es ist noch nicht zu spät. Wenn nur rechtzeitig ein Krankenwagen käme! Einige bremsen, glotzen neugierig und fahren weiter, kümmern sich um ihre eigenen Geschäfte, die ja so viel wichtiger sind. Einige halten sogar kurz an. Brausen aber sofort wieder davon, als ihnen Frank, halb nackt, die Situation schildert.

Es ist unglaublich! Was ist nur mit diesen Menschen los? Ist es Angst? – Gleichgültigkeit? Es ist jedenfalls zum Verzweifeln mit diesen automobilisierten Automaten.

In Frank wächst der Zorn, ein ungeheuerlicher Zorn. Wenn er jetzt eine Bombe, eine Handgranate hätte, er würde sie auf dieses achtspurige Ungeheuer, Autobahn genannt, werfen. Diese Unmenschen, die ihr Gewissen im Kofferraum eingesperrt haben, muss man offensichtlich mit Gewalt zur Hilfeleistung zwingen. Frank sieht keinen anderen Ausweg mehr.

Den nächsten Fahrer, der etwas langsamer fährt, zwingt er zum Anhalten: »Bleiben Sie endlich stehen! Ich brauche Hilfe!« Und blitzschnell entwendet ihm Frank die Autoschlüssel. So, die rechte Spur wäre also blockiert. Alle müssen anhalten. Der »beraubte« Fahrer tobt. Doch Frank wiederholt sein Spiel bereits auf der nächsten Spur. Wütende Beschimpfungen, Drohungen, Gehupe, kreischende Bremsen, Chaos. Doch Frank ist jetzt alles egal. Auf der dritten Spur erwischt er einen LKW – ein ganz schöner Brocken.

Nun noch die vierte Spur, und gleich darauf hat er wieder einen Fahrer beim Kragen, faucht ihn an:

»Schlüssel her! Du steigst jetzt sofort aus deiner Karre aus! Du fährst mit dem Wagen von dem da weiter! So bin ich wenigstens sicher, dass du zurückkommst, um deine Kiste wieder zu kriegen. Du holst sofort Hilfe, verstanden? Einen Arzt, Rettungswagen, Polizei, Feuerwehr, was weiß ich. Und wehe, du weigerst dich! Dann bist du dran wegen unterlassener Hilfeleistung, das schwöre ich dir!«

Während der verschreckte Mann in Richtung Los Angeles losbraust, organisiert Frank von den angehaltenen Fahrern Decken und dazu ein wenig Alkohol, auch wenn sie noch so entrüstet und wütend reagieren auf seine angeblichen Gangstermethoden. Ihre Autoschlüssel stecken in seiner Tasche, und wehe, einer würde versuchen, ihn anzugreifen! Franks ungewöhnliche Methoden haben endlich den gewünschten Erfolg. Es dauert nicht lange, und zusammen mit der Polizei trifft der Rettungswagen ein. Alles nimmt seinen normalen Lauf.

Die beiden Mädchen wurden gerettet. Das abgerissene Bein der 22-jährigen Lisbeth Collers konnte zwar nicht mehr angenäht werden, aber nicht, weil die Hilfe zu spät gekommen wäre, sondern weil es medizinisch nicht möglich war.

Die »Los Angeles Times« hat diese Geschichte im Jahre 1969 veröffentlicht. Frank Vala musste nicht vor Gericht. Seine rabiaten Methoden, den Verkehr zu stoppen, wurden akzeptiert. Einige Monate später verlieh ihm die »Carnegie-Stiftung« sogar die Bronzene Tapferkeitsmedaille.

Die Stichwahl

Eine ganz und gar ungewöhnliche Geschichte, diese Stichwahl! Ungewöhnlich schon allein deshalb, weil sie die Bevölkerung einer ganzen Stadt, über 32 000 Menschen, betraf. Davon haben wir sieben Personen ausgewählt, deren Schicksal wir genau verfolgen wollen. Sechs über jeden Zweifel erhabene Bürger und einer von zweifelhaftem Ruf.

In den verschiedenen Rollen dieser Geschichte finden wir: Monsieur Moutet, den Gouverneur, Monsieur Fouché, den Bürgermeister, Monsieur Landes, den Lehrer, Monsieur Guérin, den Fabrikdirektor, Hochwürden Clément, den Pfarrer, dazu in den Nebenrollen einen Journalisten und Joseph Jean-Marie, einen im Stadtgefängnis einsitzenden kleinen Ganoven.

Es ist Montag, der 28. April, um 10 Uhr morgens. Im Sitzungssaal des Rathauses ergreift der Bürgermeister das Wort:

»Meine Herren! Hier nun das Ergebnis des ersten Wahldurchgangs: Monsieur Perdin, *unser* Kandidat der Regierungspartei, geht mit 4182 Stimmen in die Stichwahl. Monsieur Clerc, der Kandidat der Opposition, bekam gestern 4484 Stimmen. Ich brauche wohl nicht zu betonen, dass wir bis zum zweiten Wahlgang am 11. Mai die 802 Stimmen der Unabhängigen unbedingt für uns gewinnen müssen! Irgendwelche Fragen? Ja, Monsieur Landes ...?«

»Herr Bürgermeister, liebe Kollegen, bevor wir über die Wahlen diskutieren, möchte ich hier ein Problem ansprechen, das mich seit Tagen sehr beunruhigt. Sie haben sicherlich gemerkt, dass der Vulkan ...«

»Ich bitte Sie, Herr Studienrat!«, fällt ihm Monsieur Fouché ins Wort. »Dafür haben wir im Augenblick wirklich keine Zeit, wo wir gerade Gefahr laufen, die Wahlen zu verlieren!«

»Ja, ja, ich weiß schon, aber trotzdem, der Vulkan stößt Rauch aus! Zum ersten Mal seit fünfzig Jahren.«

»Mein lieber Monsieur Landes, Sie mögen zwar in unserem Gymnasium Lehrer für Naturwissenschaften sein, aber wenn ich mich nicht irre, sind Sie doch erst seit zwölf Jahren bei uns, oder? Unser Vulkan aber verhält sich seit über 12 000 Jahren friedlich. Und wenn es ihm Spaß macht, alle fünfzig Jahre mal ein wenig zu rauchen, so gönnen wir es ihm und lassen wir uns deswegen nicht vom Wahlkampf ablenken. Oder wollen Sie vielleicht, dass die Opposition gewinnt?«

Daraufhin schweigt Monsieur Landes selbstverständlich.

Am selben Tag kommt Schwester Marguerite-Marie unangemeldet und sichtlich aufgeregt zu Pfarrer Clément: »Hochwürden, wir machen uns große Sorgen. Unser Kloster liegt genau am Fuß des Vulkans, und seit ein paar Tagen ...«

»... raucht er, ich weiß.«

»Ja, aber das ist es nicht allein. Wissen Sie, die Vögel zwitschern nicht mehr, sie sind zwar alle noch da, aber ganz stumm, wie ausgestopft. Sie wissen ja, Hochwürden, was der Volksmund dazu sagt.«

»Meine Tochter, beruhigt Euch wieder. Wahrscheinlich stört der Rauch die Vögel, das ist alles. Also geht in Frieden, Gott sei mit Euch!«

Etwa zur gleichen Zeit spielt sich zwei Kilometer nördlich der Stadt eine ähnliche Szene beim Fabrikdirektor ab. Einige Arbeiter stürzen – ebenfalls unangemeldet und sehr aufgeregt – in sein Büro: »Monsieur

Guérin, wir alle haben schreckliche Angst! Der Vulkan! Er raucht immer mehr, und außerdem haben wir es alle ganz deutlich gehört: Es brummt und donnert unter der Erde. Und die Fabrik steht direkt im Tal. Wir wollen hier weg!«

»Aber, aber, keine Panik! Schon vor fünfzig Jahren hat der Vulkan geraucht, gegrollt, ja sogar Feuer gespuckt, und nichts ist passiert. Aber bitte, wenn es euch beruhigt, so werde ich selbst zum Krater hinaufsteigen und nachsehen. Ich hoffe, das genügt.«

In der Tat macht sich der Generaldirektor auf den Weg zum Krater. Und bald stellt er fest, dass der Bach, der vom Berg herunter sprudelt, wärmer ist als sonst. Seltsam. Außerdem ist er viel breiter geworden. Auch seltsam. Und was den Krater selbst betrifft – nun, er stößt tatsächlich einen dicken, gelblichen, stinkenden Rauch aus, aber sonst nichts. Also steigt Monsieur Guérin wieder ab und geht sofort zu seinen Arbeitern: »An die Arbeit, ihr Angsthasen.«

Besonders wohl fühlt er sich dabei allerdings nicht, zumal da ihn noch dazu seine Frau beim Abendessen anspricht: »Ich mache mir auch Sorgen. Meinst du nicht, es wäre besser, wenn ich mit dem Jungen für einige Tage verreise?«

An diesem 28. April berichtet der Journalist ausschließlich über die Wahlen. Der Gouverneur, Monsieur Moutet, ist nicht da. Wie es sich gehört, residiert er in der dreißig Kilometer entfernten Hauptstadt der Insel. Joseph Jean-Marie, der wegen Diebstahls im Stadtgefängnis sitzt, ist schlechter Laune. Zum ersten Mal beschimpft er den Wärter. Also steckt man ihn zur Strafverschärfung in ein sehr tiefes, sehr feuchtes, sehr dunkles Verlies. Kein Licht, nur ein kleines Guckloch an der schweren Tür. Da wird er schon lernen, wie man sich zu benehmen hat.

Dienstag, 29. April: Der Vulkan stößt nun richtige Dampfwolken aus. Freunde des Fabrikdirektors wollen die Sache näher betrachten und steigen zum Krater hinauf. Normalerweise ruht darin ganz tief unten ... eine dickflüssige Masse. Doch heute kocht das Magma bis zum Rand. Vielleicht sollte man die Launen des Berges doch ernst nehmen! Monsieur Guérin aber zuckt nur mit den Achseln: »Na gut, dann kocht es eben!«

Mittwoch, 30. April: Der Journalist ist Feuer und Flamme. Er schreibt begeistert: »Wir erleben zur Zeit zwei Vulkanausbrüche, einen im Gebirge, den anderen in den Gemütern der Politiker. Hier ein Ausbruch von Reden, Geldspenden und Wahlversprechen. Da ein Ausbruch von Rauch und Asche. Der ›Wahl-Vulkan‹ wird auf alle Fälle bis zum 11. Mai sein Unwesen treiben. Doch der andere? Wer vermag es vorauszusagen? Hoffen wir das Beste!«

Der Bürgermeister verbringt den ganzen Tag damit, Besucher zu empfangen. Der Gefangene verbringt den ganzen Tag damit, auf den Wärter zu warten. Der Lehrer hält seinen Schülern einen Vortrag über Vulkanausbrüche: »Ihr braucht nur aus dem Fenster zu schauen, Kinder, da seht ihr, wie so etwas vor sich geht.«

Und der Pfarrer verbringt den ganzen Tag im Beichtstuhl. Seitdem der Vulkan nun auch noch Steine herausschleudert, stehen besonders die älteren Frauen Schlange in der Kirche. Man kann ja nie wissen.

Donnerstag, 1. Mai: Der Vulkan raucht und raucht, aber das Meer ist ruhig und das Wetter sehr schön. Für den Journalisten gibt es nichts Besonderes zu berichten. Die Bevölkerung scheint sich auch langsam daran zu gewöhnen, dass ein Vulkan nun mal gelegentlich raucht und spuckt. Viele Menschen auf dieser Insel besitzen ein kleines Boot. Und an diesem Tag fahren sie auf das Meer hinaus, um dieses schöne, ungewöhnliche Naturereignis aus der Ferne zu betrachten. Der Generaldirektor mit Frau und Kind ist auch dabei. Er fotografiert sogar. Ein wunderschöner Anblick! Aber es sieht aus, als ob sich da jetzt auch noch ein zweiter Krater gebildet habe.

Joseph Jean-Marie in seiner dunklen Zelle dagegen ist der Einzige, der diesen herrlichen Tag nicht genießen kann.

Der Gouverneur ist immer noch nicht in der Stadt. Warum sollte er auch kommen? Vulkan hin, Vulkan her – er hat schließlich Wichtigeres zu tun.

Am Freitag, dem 2. Mai, schreibt der Journalist auf Seite 2: »Wir machen unsere Leser darauf aufmerksam, dass am kommenden Sonntag, dem 4. Mai, ein von der Zeitung organisierter Wandertag stattfindet. Ziel ist der Krater des Vulkans. Treffpunkt: 15 Uhr am Markt.«

In der Nacht von Freitag auf Samstag spürt es Joseph Jean-Marie in seinem tiefen Kerker ganz deutlich: Die Erde bebt. Es grollt und donnert. Er ruft, hämmert gegen die Tür. Doch niemand kommt.

Gegen zwei Uhr nachts bricht Panik in der Stadt aus: Der Berg faucht wie ein Drache. Es blitzt von allen Seiten. Die meisten Menschen rennen zur Kirche, wo der Pfarrer sie alle erst einmal das Glaubensbekenntnis sprechen lässt. Der Generaldirektor bleibt in seiner Villa und versucht, seine Frau zu beruhigen: »Sollte es wirklich schlimmer kommen, so haben wir immer noch Zeit, die hundert Meter bis zu unserem Boot zu laufen. Und auf dem Meer sind wir dann ja ganz sicher.«

Monsieur Fouché, der Bürgermeister, entschließt sich jetzt doch, mitten in der Nacht, ein Telegramm an den Gouverneur zu schicken: »Vulkanausbruch besorgniserregend. STOP. Panik in der Bevölkerung. STOP. Erwarte Anweisungen. STOP.« Und er wartet auf die Antwort. Er wartet den ganzen folgenden Tag zusammen mit den Stadträten, die sich zu einer Krisensitzung versammelt haben. Auch der Lehrer ist dabei. Und zum ersten Mal scheint man ihn ernst zu nehmen:

»Was meinen Sie?«, fragt man ihn. »Was sollen wir tun?«

»Wenn wir nicht wie die Einwohner von Pompeji enden wollen, sollten wir sofort die Stadt evakuieren lassen. Verstehen Sie? Sofort!«

»Aber wissen Sie überhaupt, was das heißt? Erstens kann eine solche Entscheidung nur der Gouverneur treffen. Und dann stellen Sie sich mal vor: 32 000 Menschen zu evakuieren! 32 000! Noch dazu mitten im Wahlkampf, eine Woche vor der Stichwahl. Undenkbar!«

Warum antwortet der Gouverneur nicht endlich? Worauf wartet er denn noch? Wahrscheinlich hat er Anweisungen aus Paris angefordert – und da kann man lange warten!

Es stimmt. Der Gouverneur hat den Schwarzen Peter weitergegeben. Er hat seinerseits an das Kolonialministerium in Paris telegrafiert: »Vulkanausbruch besorgniserregend. STOP. Panik in der Stadt. STOP. Erwarte Anweisungen. STOP. Gouverneur Moutet.«

Soll der Minister doch selbst entscheiden. Aber Paris ist weit. Sehr weit. Außerdem ist es Samstag, als das Telegramm eintrifft. Der Minister wird gesucht.

Unterdessen verhandelt der Fabrikdirektor am Fuße des entfesselten Vulkans mit seinen Arbeitern: »Also, ihr wollt heute nicht arbeiten? Gut. Das kann ich verstehen. Mir geht es nicht anders. Ich werde das Wochenende mit meiner Familie auf dem Schiff verbringen und so wie wir alle einfach abwarten. Und am Montag früh sehen wir uns wieder, wenn sich die Lage nicht verschlimmert hat. Einverstanden?«

An diesem Samstag, gegen Mittag, fragt Joseph Jean-Marie seinen Wärter, der ihm Brot und Wasser durch das Guckloch reicht: »Was war denn heute Nacht los? War das ein Erdbeben?«

»Kümmere dich nicht darum!«, antwortet der Wärter und verschwindet wieder.

Um 12 Uhr 22 bekommt der Gouverneur endlich die Antwort aus Paris. Das Telegramm ist eindeutig: »Wahlen wichtiger als Vulkan. STOP. Verlasse mich darauf, dass Sie für einen normalen Ablauf der Stichwahl sorgen. STOP. Danach grünes Licht für erforderliche Maßnahmen. STOP. Der Minister.«

Wirklich eine tolle Antwort. Die haben vielleicht Nerven in Paris! Was soll er nun machen? Auf alle Fälle muss er dem Bürgermeister Bescheid geben.

Um 12 Uhr 30 speist der Pfarrer mit den Nonnen, die fluchtartig das Kloster am Fuß des Vulkans verlassen haben, und er spricht das »Lobet den Herren«.

Keiner spricht es für den Gefangenen, der allein in seinem Verlies tief unten im Keller des Gefängnisses sitzt.

12 Uhr 50. Der Fabrikdirektor setzt auf seinem Schiff die Segel. Seine Frau und sein Kind verlassen gerade das Haus. Die Arbeiter das Fabrikgelände. Urplötzlich ein entsetzlicher Aufschrei: »Der Berg! Der Berg kommt runter!« Monsieur Guérin schaut erschrocken auf und muss sehen, wie ein riesiger Lavastrom auf seine Fabrik zustürzt: »Rennt, rennt so schnell ihr könnt!«

Und alle rennen, wenigstens einige Sekunden lang: die Arbeiter, seine Frau, sein Kind. Doch die Lava verschlingt sie alle, die ganze Fabrik. Vor dem Meer hält der mörderische Strom an. Gleich darauf tost eine riesige Sturzwelle heran, und das Schiff des Direktors zerschellt. Er selbst ist noch am Leben, aber von seiner Frau, seinem Kind, seinen Männern, seinem Haus, seiner Fabrik ist nichts mehr zu sehen. Nur noch eine schwarze, qualmende Landschaft. Und alles ist still.

Der Vulkan hat sich sofort wieder beruhigt, als ob nichts geschehen wäre. Und in der Stadt – nur zwei Kilometer entfernt – weiß noch niemand, dass gerade 32 Menschen verkohlt sind. In diesem Augenblick sind alle sieben Bürger, deren Schicksal wir verfolgen, noch am Leben. Der Journalist, der noch nicht weiß, was sich bei der Fabrik zugetragen hat, kabelt an seine Zeitung: »Sehr starker Erdstoß. Dreißig Meter hohe Flutwelle.« Dann rennt er zum Rathaus und kommt etwa zur gleichen Zeit an wie der Lehrer.

»Herr Bürgermeister! Sie müssen jetzt was tun! Ist die Antwort des Gouverneurs schon eingetroffen?«, ruft er in die Runde.

»Ja«, erwidert dieser mit gewichtiger Würde. »Es heißt: keine Panik. Bevölkerung beruhigen. Keine Evakuierung vor der Stichwahl. Danach dürfen wir jede Entscheidung selber treffen.«

»Aber, aber, das ist doch einfach verrückt!«

»Vielleicht. Aber Paris hat so entschieden!«

»Paris! Paris!«, ereifert sich der Journalist. »Die Leute hier pfeifen auf die Wahlen! Herr Studienrat, sagen Sie doch was, um Gottes willen!«

»Seit Tagen sage ich was!«, schreit dieser nun aufgeregt. »Und zwar, dass die Stadt sofort evakuiert werden muss! Hören Sie? Sofort!«

»Aber der Gouverneur …«

»Der Gouverneur! Wo bleibt er denn? Warum ist er nicht hier?«

»Er kann auch nur das machen, was Paris entscheidet!«, meint der Bürgermeister nun etwas kleinlaut.

»Herr Bürgermeister, Sie müssen jetzt wenigstens eine Erklärung abgeben!«, fordert der Journalist.

»Ich weiß. Ich habe sie schon fertig. Also, schreiben Sie folgendes in Ihrer Zeitung: ›Kein Grund zur Panik. Der Vulkan hat sich beruhigt.‹«

Sonntag, 4. Mai. Trotz der aufschlussreichen Erklärung des Bürgermeisters greift Panik in der Stadt immer mehr um sich. In der überfüllten Kirche predigt der Pfarrer zum Thema: »Vergiss nicht, dass du Staub bist« – tröstende Worte fürwahr!

Montag, 5. Mai. Vom Vulkan her hört man jetzt ein ständiges bedrohliches Donnern. Dampfwolken und Schwefelrauch hängen über der Stadt. Noch einmal beschwört der Lehrer den Bürgermeister: »Monsieur Fouché, Sie *müssen* die Stadt evakuieren lassen!«

»Kommt nicht infrage. Erst, wenn der Gouverneur es anordnet!«

»Der Gouverneur! Der Gouverneur! Er ist wohl der liebe Gott in Person? Lassen Sie ihn wenigstens sofort hierherkommen, damit auch er das Zittern lernt. Übrigens, wissen Sie noch nicht, dass in der ganzen Stadt bereits geplündert wird?«

»Gewiss. Gerade deswegen will ich es nicht noch schlimmer kommen lassen. Was glauben Sie denn, was bei einer Evakuierung los wäre?«

Dienstag, 6. Mai. Vor dem Beichtstuhl des Pfarrers gibt es Gerangel. Frauen und Kinder zuerst.

Der Fabrikdirektor, halb wahnsinnig geworden, seitdem er zusehen musste, wie seine Familie von der Lava verschlungen wurde, schreit den Leuten zu: »Schnell! Haut ab! Lasst alles liegen und stehen! Flieht doch endlich aus dieser verdammten Stadt!« Dann besteigt er ein Boot und verlässt das Inferno.

Mittwoch, 7. Mai. Der Gouverneur in der dreißig Kilometer entfernten Hauptstadt bekommt zwei Nachrichten, die ihn nun doch ein wenig beunruhigen. Die erste ist ein Funkspruch von einem Schiff: »Soeben Sondierungen ausgeführt. STOP. Unterwasserkabel zerstört. STOP. Laut Bodenkarten 2660 Meter Tiefe an der Stelle. STOP. Gerade 3000 Meter gemessen. STOP. Halten es für unsere Pflicht, es Ihnen mitzuteilen. STOP. Thirion, Kommandant.«

Die zweite ist ein Telegramm von Bürgermeister Fouché: »Kann Bevölkerung nicht mehr beruhigen. Panik steigt. STOP. Kommen Sie dringend. STOP. Fouché.«

Kurz darauf die Antwort des Gouverneurs: »Ich komme.«

Und seiner Frau erklärt er: »Ich wünsche, dass du mich begleitest. Das wird einen guten Eindruck machen und diese Hitzköpfe endlich beruhigen.«

Also begibt sich Gouverneur Moutet mit seiner Frau an Bord eines Schiffes, zusammen mit einer sogenannten »wissenschaftlichen Kommission«, bestehend aus einigen Lehrern, die er für Experten hält. Außerdem nimmt er noch einen Oberst und dessen Gattin mit – das kann nie schaden. Eine solche »Delegation« muss ja die Gemüter besänftigen!

Und so ist es auch. Es macht tatsächlich einen »guten Eindruck«, als sie so am Kai anlegen und dann lächelnd und grüßend durch die Straßen der Stadt stolzieren. Endlich also ist der Gouverneur da, mit Frau sogar und einer Gruppe von Wissenschaftlern – die erwartete Rettung. Und Monsieur Landes, der Lehrer am Gymnasium, hat nichts mehr zu sagen. Schließlich sind jetzt Experten an Ort und Stelle. Und am selben Tag veröffentlicht der Journalist folgendes Kommuniqué besagter Kommission:

»Für die Stadt und die Dörfer der Umgebung besteht nicht die geringste Gefahr. Der Vulkan hat die Lava, die Steinbrocken, die Asche, die zum Ausbruch kommen mussten, schon längst ausgestoßen. Es ist nichts mehr zu befürchten. Die Kommission wird den Berg dennoch weiterhin beobachten und die Bevölkerung ständig auf dem laufenden halten.«

»Was soll das heißen: Der Vulkan hat schon alles ausgestoßen!«, erregt sich der arme Lehrer im Rathaus. »Was wissen *die* denn schon davon? Haben sie es vielleicht überprüft? Keiner hat sich getraut, auch nur bis zum Fuß des Vulkans zu gehen. Das einzige, woran sie alle denken, ist diese verfluchte Stichwahl am Sonntag! Ist doch klar! Wenn die Opposition gewinnt, dann können sie ihre Koffer packen! Herr Bürgermeister, ich bitte Sie, es ist doch *Ihre* Stadt! Sie müssen die Bevölkerung retten. 32 000 Menschen, Herr Bürgermeister!«

Der Bürgermeister schweigt. Vor dem Gouverneur wagt er nicht, dem Lehrer recht zu geben. Und außerdem, *er* hat jetzt auch nichts mehr zu sagen.

Am Abend dieses 7. Mai sind der Gouverneur mit Gattin und der Oberst mit Gattin bei dem Bürgermeister und seiner Gattin zu einem festlichen Mahl eingeladen. Die »wissenschaftlichen Experten« sind selbstverständlich auch dabei. Allerdings ohne Gattinnen.

Der Journalist sitzt an seiner Maschine und schreibt, was der Gouverneur ihm diktiert hat, Hochwürden Clement erteilt die Absolution im Schnellverfahren, der Lehrer sitzt zu Hause, angewidert von den politischen Machenschaften, und plant seine Abreise für den nächsten Tag. Joseph Jean-Marie sitzt auch. *Er* braucht nicht beruhigt zu werden. Denn er weiß von nichts ...

Am Donnerstagmorgen, dem 8. Mai, wird er um 7 Uhr 50 von einem brennend heißen Luftstrom geweckt, der durch das Guckloch seiner Zelle eindringt. Beißender Schwefelgeruch. Sekunden später ein unbeschreiblicher Lärm! Es donnert und grollt und brummt, der Boden bebt, die Wände wackeln.

Joseph Jean-Marie schreit, schlägt an die Eisentür, brüllt: »Macht auf! Macht doch endlich auf! Ich verbrenne! Ich ersticke!«

Doch niemand antwortet.

Drei Tage lang brüllt er und schlägt gegen die Tür. Erst am vierten Tag kommt jemand zu ihm hinunter. Soldaten brechen die Tür auf und tragen ihn nach oben. Dort gibt es nichts Lebendiges mehr. Nichts als verkohlte Körper überall. Der Bürgermeister, der Journalist, der Pfarrer, der Lehrer, der Kandidat der Opposition, der Kandidat der Regierungspartei, die 802 Unabhängigen, die Wähler für die so entscheidende Stichwahl, die 32 000 Einwohner – alle sind tot. Der Gouverneur und seine wissenschaftliche Kommission sind im Meer umgekommen. Es fing zu kochen an, als der Vulkan wie eine Atombombe explodierte. Auch die beiden Gattinnen, die einen so guten Eindruck gemacht hatten, verbrannten. Der Lehrer starb in seinem Haus, der Bürgermeister im Rathaus, der Pfarrer in seiner Kirche und der Wärter im Gefängnis. Alle starben, bis auf Joseph Jean-Marie, den Dieb, den einzigen Gefangenen der Stadt, den einzigen Bürger, der nicht über jeden Zweifel erhaben war.

»Vor allem keine Panik vor der Durchführung der Wahl! Danach können Sie schauen, wie sie alle da raus kommen!«, hatte der Minister in Paris befohlen. Auch sein Name muss hier genannt werden: Er hieß Decrais. Kolonialminister Decrais.

So ist die Stadt Saint-Pierre auf der Insel Martinique am Donnerstag, dem 8. Mai 1902, untergegangen. An Himmelfahrt. Zwischen 7 Uhr 50 und 7 Uhr 52. Zwischen zwei Wahlsonntagen. 32 000 Tote für eine Stichwahl. Ironie des Schicksals: Der einzige Überlebende, der Gefangene Joseph Jean-Marie, hätte ohnehin nicht wählen dürfen.

Pegasus – das Pferd auf dem Gipfel

Billy ist so überrascht, dass er fast seinen Kaugummi verschluckt. »Das gibt's doch nicht!«

Billy fliegt gerade mit einem kleinen Postflugzeug über den Rocky Mountains – und er weiß ganz genau, dass der Gipfel, den er soeben überflogen hat, über viertausend Meter hoch ist, also weit über der Vegetationsgrenze. Und im Februar gibt es dort weit und breit nur Schnee und Eis. Kein Lebewesen, weder Mensch noch Tier, besteigt den Gipfel zu dieser Jahreszeit! Billy kennt die Bergspitze sehr gut. Selbst im Sommer ist der Anstieg – dreizehn Kilometer lang – sehr gefährlich. Und auch wenn man die Steilwände umgeht, dürfen sich nur erfahrene Bergsteiger an diesen Gipfel wagen.

Jedenfalls ist eine Besteigung von November bis April fast unmöglich. Billy überdenkt das alles in Sekundenschnelle, ist überzeugt, Opfer einer Halluzination gewesen zu sein, will schon seinen Flug fortsetzen, doch dann wendet er plötzlich. »Ich bin doch nicht verrückt! Ich habe doch kein *Pferd* auf dem Gipfel gesehen!«

In diesem Augenblick ahnt Billy noch nicht, dass er sich in ein Abenteuer stürzt, das neun Wochen und drei Tage dauern wird.

Es herrscht gute Sicht, Windstille. Billy ist außerdem ein ausgezeichneter Pilot. Also wird er jetzt versuchen, so langsam wie möglich dicht über den Gipfel zu fliegen. Er verringert die Geschwindigkeit auf 100 Meilen. Der Gipfel kommt näher, wird immer größer, scheint buchstäblich in das Cockpit einzudringen – und verschwindet wieder hinter der Maschine.

Dieses Mal hat Billy es ganz deutlich gesehen. Es ist unglaublich, unvorstellbar, aber es ist so: Da steht ein

Pferd auf diesem Viertausender, mitten im Winter, und es bewegt sich.

Billy fliegt dreimal darüber hinweg, jedes Mal etwas tiefer, kreist wie ein Adler über dem Gipfel. Ein kleines, kaum ein paar Quadratmeter großes, vereistes Plateau. Und da steht nun das Pferd. Wie lang mag es schon dort gefangen sein? Es sieht alt und ausgemergelt aus, lässt den Kopf hängen. Und immer wenn das Flugzeug kommt, springt es erschrocken zur Seite. Offensichtlich ist es am Ende seiner Kräfte.

Was macht ein *Pferd* hier oben? Das ist so verrückt, dass es ihm kein Mensch glauben wird. Wahrscheinlich ist es vor den letzten großen Schneefällen hinauf geklettert. Aber das wäre dann ja schon mindestens *zwei* Wochen her! Das gibt's einfach nicht.

Als Billy auf seinem 25 Kilometer entfernten Flugplatz landet, rennt er sofort in das Büro des Direktors: »Boss, ich habe ein Pferd auf dem Gipfel des Weißen Berges gesehen!«

Keine Reaktion vom Chef. Er kneift nur etwas die Augen zusammen.

»Boss, ich spinne nicht! Es ist kein Witz!«

»Billy, ich bitte dich! Geht's dir nicht gut? Vielleicht brauchst du ein paar Tage Urlaub? Du hattest auch zu viele Einsätze in der letzten Zeit.«

»Unsinn! Ich bin völlig o. k.! Wenn Sie mir nicht glauben wollen, meinetwegen! Auf alle Fälle fliege ich gleich wieder zurück und werfe dem alten Gaul etwas zu fressen hinunter. Und ich mache auch ein Foto. Dann werden Sie es selbst sehen! Bis die Sonne untergeht habe ich noch genug Zeit!«

»Tue, was du nicht lassen kannst, aber die Piper nimmst du nicht für den Unfug!«

»Ich bezahle den Treibstoff, o. k.?«

Und ohne die Antwort des Chefs abzuwarten, schlägt Billy die Tür hinter sich zu, rennt auf das Feld neben der Piste, schneidet mit seinem Taschenmesser ein Bündel verdorrtes Gras ab und bindet es fest zusammen. Dann holt er noch seinen Fotoapparat, läuft wieder zu seiner Maschine und startet. Bald erreicht er den Gipfel. Das Pferd ist noch da, aber es steht nicht mehr. Bewegungslos liegt es auf der Seite.

»Mein Gott, es ist tot!«

Doch als Billy direkt über das Pferd hinwegfliegt, zuckt es zusammen und richtet sich mühsam auf. Die Hufe rutschen auf dem Eis, das arme Tier kann sich kaum noch aufrecht halten.

»Gott sei Dank, es ist erschrocken, sonst wäre es wohl eingeschlafen und erfroren. Warte, mein Lieber, gleich gibt's was zu fressen. Das wird dir gut tun!«

Billy peilt den Gipfel an, drosselt den Motor und schwebt langsam auf das Plateau zu. Er öffnet die Tür, nimmt das Futterbündel und wirft es hinunter, genau über dem Pferd. Dann schiebt er den Gashebel nach vorn und zieht die Maschine in die Höhe. Doch als er wendet, um noch einmal nachzusehen, bleibt ihm fast das Herz stehen. Verdammt! Das Bündel hat die winzige Plattform verfehlt und hüpft nun den vereisten Berg hinunter.

Aber Billy gehört nicht zu den Menschen, die leicht aufgeben. So schnell es die kleine Piper nur schaffen kann, fliegt er zurück zu seinem Platz. Dort hat die Geschichte von dem Pferd auf dem Berg in der Zwischenzeit in allen Hangars und Büros die Runde gemacht. Billy muss verrückt geworden sein! Da landet er, springt aus der Maschine, rennt auf das Feld, wirft sich auf die Knie und schneidet wieder Gras mit seinem Taschenmesser, als gälte es, vor einem drohenden Gewitter die Ernte zu retten. Nur noch eine halbe Stunde bis zum Einbruch der Dunkelheit! Er flitzt wieder zu seiner Maschine, ruft noch: »Ich zahle den Treibstoff!« und ist schon wieder in der Luft.

Als die Piper den Berg erreicht, ist die Sonne gerade hinter dem schneebedeckten Gipfel verschwunden. In ihren letzten Strahlen erscheint das Pferd als dunkle Silhouette und wirft einen langen Schatten auf die kleine Plattform. Mein Gott, es sieht aus wie ein Skelett, denkt Billy, und beginnt aufs Neue sein Manöver: Geschwindigkeit drosseln, aber nicht zu sehr, Vorsicht, es ist Wind aufgekommen. Steuerknüppel ziehen, jetzt bin ich genau in der Achse. Cockpittür auf! Verdammt, diese Kälte. Mindestens zwanzig Grad unter Null! Ein Wunder, dass das Tier so lange überlebt hat. Das Bündel mehr nach rechts werfen. Jetzt!

Billy zieht die Maschine wieder hoch, schaut zurück und ist außer sich vor Freude: »Es hat geklappt! Ich hab's geschafft!«

Das Bündel liegt tatsächlich nur ein, zwei Meter neben dem Pferd. Wirklich eine fliegerische Meisterleistung! Aber daran denkt Billy jetzt nicht. Er sieht nur, wie das erschöpfte Tier rutschend ein paar Schritte auf dem harten Schnee vorwärts geht. Gleich hat es das Bündel erreicht – und es frisst. Billy fliegt noch einmal daran vorbei und macht ein Foto von *seinem* Pferd.

Am nächsten Morgen und auch an den folgenden Tagen steht die ganze Gegend Kopf. Das Bild des Pferdes auf dem Weißen Berg erscheint auf den Titelseiten der Lokalpresse. Ein Journalist hat sich einen märchenhaften Namen für das Tier ausgedacht: Pegasus, das geflügelte Roß. Denn um den Gipfel zu erreichen, mitten im Winter, muss es ja geflogen sein.

Es wird sofort eine Solidaritätskampagne organisiert. Die »Aktion Pegasus« läuft an. Schulkinder und

Vereine, alle Welt spendet Geld! Und nach einigen Tagen hat Billy schon so viel zusammen, dass er, wenn nötig, bis zum Frühjahr den Treibstoff für die Piper bezahlen und mehr Heu kaufen könnte, als ein Pferd je zu fressen vermag.

Wem aber gehört dieses Pferd? Bis jetzt hat sich niemand gemeldet. Und vor allem: Wie ist es nur da hinaufgekommen? Niemand kann es sich erklären. Eines jedenfalls ist klar: Mitten im Winter ist es unmöglich, das Tier von dem Gipfel herunterzuholen. Also fliegt Billy Tag für Tag, Woche für Woche, und er schafft es tatsächlich, das Pferd am Leben zu erhalten. Mittlerweile hat er auch keine Schwierigkeiten mehr, die Heuballen gezielt abzuwerfen. Bei völliger Windstille fliegt er manchmal sogar bis auf fünf Meter an die Plattform heran. Das Pferd hat auch keine Angst mehr. Im Gegenteil, sobald es das Brummen der Piper hört, hält es freudig nach der Maschine Ausschau. Das weiß Billy. Er weiß aber auch, dass Pegasus sehr alt sein muss – sicher schon 25 Jahre, wenn nicht noch älter. Wie kann das Tier nur den Aufstieg geschafft haben? Das ist einfach unvorstellbar. Und warum ist es überhaupt hinaufgeklettert, mitten im Winter, auf viertausend Meter?

Anfang März kommt Pegasus trotz der schrecklichen Kälte wieder etwas zu Kräften. Das »Flügelpferd« ist ein Star geworden. Einige große Linienmaschinen fliegen sogar einen Umweg, um den Passagieren die Sensation zu zeigen.

Am 11. März hat Billy einen Kameramann vom Fernsehen dabei. Als sie sich dem Gipfel nähern, schreit Billy entsetzt: »Da, schauen Sie! Wölfe! Zwei Wölfe greifen Pegasus an!«

»Fliegen Sie tiefer, machen sie schnell. So etwas muss ich in den Kasten kriegen!«

»Du kannst wohl nur an deinen verdammten Film denken!«

Und wie ein Wilder rast Billy im Stechflug auf den Gipfel zu. Das einzige, was er im Augenblick tun kann, ist zu versuchen, die Wölfe zu erschrecken und sie in die Flucht zu jagen. Pegasus steht wie versteinert auf dem Eis – die Wölfe schleichen um das Pferd herum und warten offenbar darauf, dass es ausrutscht und stürzt, um es besser anfallen zu können.

Der Kameramann filmt. Das heißt, er versucht es wenigstens, aber Billy denkt nicht daran, die Maschine seinetwegen ruhig zu halten. Im Gegenteil kurvt er abrupt nach rechts, nach links, steigt auf, stürzt hinunter, immer hinter den Wölfen her.

»Lass endlich die Kamera«, schreit er seinen Passagier an. »Das Heubündel! Wirf das Heubündel hinunter! Wirf es ab, sobald ich es dir sage!«

Der Fernsehmann gehorcht, klemmt seine Kamera zwischen die Knie, erwischt die Schnur des Bündels, das hinter ihm liegt, öffnet die Tür und wartet auf das Kommando – kreidebleich vor Angst bei dieser turbulenten Rettungsaktion mit der kleinen einmotorigen Maschine.

Kurz bevor das Flugzeug auf den Berg aufzuschlagen scheint, schreit Billy: »Jetzt!« Der Reporter wirft das Bündel ab. Billy zieht die Piper steil hoch, wendet, fliegt zum Gipfel zurück. Geschafft! Das Heulen des Motors, das herabstürzende Flugzeug, der Aufprall des Bündels – die Wölfe fliehen. Billy sieht, wie sie den eisigen Abhang hinunterrennen. Pegasus hat keine Angst gehabt. Seit nun schon sechs Wochen ist er an das Flugzeug gewöhnt. Für ihn bedeutet es Futter, also nur Gutes.

Der Kameramann, jetzt ruhiger geworden, denkt wieder an seinen Film.

»Kommt nicht infrage!«, schneidet ihm Billy das Wort ab. »Wir fliegen sofort zurück. Die Wölfe kommen bestimmt bald wieder.«

»Ja, wahrscheinlich. Aber was wollen Sie denn dagegen tun?«

»Na, was schon? Ein Gewehr holen! Was sonst?«

Eine Viertelstunde später landet Billy und setzt den Reporter ab, der laut protestiert. Aber Billy ist das völlig egal. Er läuft los und holt seinen Freund, der manchmal mit ihm zur Fütterung von Pegasus geflogen ist. Und schon ist die Piper wieder in der Luft. Der Freund fliegt jetzt die Maschine. Billy, mit einer Winchester bewaffnet, sitzt neben ihm. Als sie sich dem Weißen Berg nähern, sehen sie sie sofort: Die Wölfe sind tatsächlich wieder da. Das alte Pferd dreht sich wild im Kreise und lässt sie nicht aus den Augen.

»Wenn ich jetzt schieße«, brüllt Billy durch den Motorenlärm, »treffe ich vielleicht Pegasus. Das ist zu riskant. Kreise ein paar Mal drüber, aber nicht zu tief, sonst verschwinden die Viecher wieder, und wir haben keine Chance mehr, sie zu erwischen!«

Und während der Pilot den Gipfel immer enger umkreist, versucht Billy auf die Wölfe zu zielen. Das ist gar nicht so einfach. Er hat seine Handschuhe ausgezogen, um die Waffe sicherer zu fühlen, aber allmählich werden seine Finger steif vor Kälte. Und bald wird er keine Munition mehr haben. Endlich sackt eine der Bestien getroffen in den Schnee. Der andere Wolf flieht Hals über Kopf. Unmöglich, ihn zu verfolgen. Billy ist beruhigt. Der zweite Wolf wird bestimmt nicht so schnell wieder hinaufklettern.

Als die beiden Freunde wieder landen, wartet eine Überraschung auf sie: Billy soll einen Rancher in Colorado Springs zurückrufen. Der erzählt ihm folgendes: dass Pegasus in Wirklichkeit Bud heißt und den Brüdern Smiler gehört. Diese waren seit Wochen unterwegs und wussten nichts von dem Abenteuer ihres Pferdes. Übrigens sei Bud schon 27 Jahre alt – also uralt für ein Pferd. »Bud ist ein wildes Pferd aus den Bergen, ein Mustang. Als man ihn einfing, war er etwa vier Jahre alt. Die Smilers haben ihn dann 1946 gekauft. Er wurde dressiert und diente fortan als Reitpferd für Touristen und Besucher der Ranch. Es gab eigentlich nie Schwierigkeiten mit ihm. Nur an zwei Dinge hat er sich nie so richtig gewöhnen können: an Frauen in Röcken und an Autos. Aber die Smilers können sich wirklich nicht erklären, warum er ausgerissen ist. Für große Ausritte war er zu alt, und seit längerer Zeit schon ließ man ihn ohnehin nur noch mit Frauen oder Kindern auf dem Rücken in aller Ruhe Kreise drehen. Und man hat sogar auf seine Launen Rücksicht genommen und immer dafür gesorgt, dass die Frauen auch Jeans trugen.«

Bud, der alte Mustang aus den wilden Bergen, hatte also nur noch wie ein dressierter Zirkusgaul Tag ein, Tag aus im Kreise laufen dürfen. Kein Wunder, dass er das Weite gesucht hatte.

Von der Ranch bis zum Weißen Berg ist er zu Beginn des Winters volle 53 Kilometer gelaufen. Das kann man noch verstehen. Aber warum um Gottes willen ist er dann bis zum Gipfel hinaufgeklettert?

Zwei Wochen später, sobald das Tauwetter es erlaubt, machen sich die beiden Brüder Smiler, Billy und ein Bergführer auf den Weg zu Pegasus bzw. zu Bud, der ja jetzt seine Identität wiedergefunden hat.

Es ist ein langer, anstrengender Aufstieg bis zum Gipfel. Als Billy vor *seinem* Pferd steht, ist er sehr bewegt. Zwei Monate lang hat er den alten Gaul immer nur überflogen. Jetzt streichelt er das Tier, das nun gerettet werden soll. Aber es fängt plötzlich an, fürchterlich zu zittern, als all die Menschen vor ihm stehen. Bud ist nur noch Haut und Knochen. Er lässt den Kopf hängen. Wenn er seinen Namen hört, richtet er zwar die Ohren auf, zittert aber noch mehr. Und er weigert sich hartnäckig, mit seinen Besitzern abzusteigen. Doch vier Männer sind stärker als ein altes Pferd. Sie ziehen es hinunter, die Hufe versinken im Schnee, rutschen auf dem Eis. Bud kämpft gegen die Menschen und strebt immer wieder nach oben. Schließlich geben die Männer auf.

Erst eine zweite Expedition schafft es einige Tage später, das Pferd herunterzubringen. Bei Einbruch der Nacht legen sich die Bergsteiger in einem Zelt zur Ruhe. Bud ist an einen Pfosten angebunden. Doch als die Männer am Morgen aus ihren Schlafsäcken kriechen, ist er wieder verschwunden. Zwei Kilometer weiter oben finden sie schließlich das völlig erschöpfte Pferd im Schnee.

Erst jetzt versteht Billy, und es zerreißt ihm das Herz, als er miterleben muss, wie Pegasus gegen seinen Willen schließlich doch heruntergeholt wird. Auf einem Karren hält er Einzug in Denver.

Die ganze Stadt ist aus dem Häuschen. Siebentausend Zuschauer klatschen begeistert Beifall, bunte Bänder werden Bud zugeworfen, Kinder laufen mit einer Musikkapelle vornweg. Das Fernsehen ist selbstverständlich auch da, und der Bürgermeister hält eine Rede. Auch Billy wird gefeiert, wird mit seinem Freund, dem Flügelpferd, tausendmal fotografiert. Er aber kann nicht einmal mehr lächeln. Er hat nur noch Augen für das arme Tier, für das traurige, alte Pferd. »Zum Teufel noch mal«, knurrt er. »Ich glaube, ich werde sentimental! Wäre Bud doch noch oben!«

Vierzehn Tage später bekommt Billy einen Anruf. Bud ist tot. Er ist auf der Ranch plötzlich gestorben.

Als der Lokalreporter Billy interviewt, versucht er zu erklären, was er schon beim Abstieg mit Bud begriffen hatte: »Pegasus, Bud war in der Freiheit der wilden Berge geboren. Und als er spürte, dass er bald sterben würde, musste er dorthin zurück.«

Der kleine Mann aus Wien

1938 – der Zweite Weltkrieg steht drohend vor der Tür, obwohl sehr viele Menschen in Europa es nicht wahrhaben wollen. Sie leben weiterhin ziemlich unbekümmert, als gäbe es keinen Hitler, keinen Stalin, keinen Mussolini, keinen Roosevelt, als taumelte der alte Kontinent nicht von einer Krise in die andere. »Warum denn immer alles so schwarz sehen! Die Regierungen werden schon einen Weg finden.«

Die meisten Europäer allerdings ahnen es zumindest: Dieser Konflikt ist nicht mehr am grünen Tisch zu lösen. Sie alle verstehen sehr wohl den Ernst der Lage und sehen der weiteren politischen Entwicklung mit Besorgnis entgegen.

1938 ist Roman Bielski zwanzig Jahre alt. Wie schon sein Name verrät: Er ist Pole. Im Augenblick allerdings lebt er fern von jeder Gefahr in Frankreich, in der Nähe von Lyon.

Das Leben ist herrlich! Gerade hat er seine Prüfung bestanden, und jetzt ist er Fluglehrer, einer der jüngsten Fluglehrer Frankreichs. Die Veteranen im Aero-Club und sämtliche Piloten der Gegend kennen diesen kleinen Polen seit Jahren. Der wiederum vergötterte sie alle schon als Kind. Sie nahmen ihn auch oft mit hinauf in ihren klapprigen Flugapparaten. Loopings, Tiefflüge, Rückenflug – war das immer ein Spaß gewesen. Auch als er älter wurde, lebte Roman nur für die Fliegerei und machte sich nicht viele Gedanken über die gefährlichen politischen Ereignisse, die sich in den Jahren seit 1933 überstürzten. Nicht etwa dass es ihm gleichgültig gewesen wäre, er schwebte nur ein wenig über den Wolken. Jedenfalls bis März 1938. Da begriff er plötzlich, dass Schreckliches bevorstand. Doch selbst in seinen wildesten Albträumen wird Roman Bielski nie ein Eindruck des Schicksals erschienen sein, das der Krieg für ihn bereithielt.

Hitler marschiert in Österreich ein. Noch sechs Monate, vielleicht ein Jahr, dann wird er Polen bedrohen. Auf einmal hat Roman Bielski das Handlungsschema des deutschen Diktators verstanden, und sein Herz beginnt für Polen zu schlagen, obwohl er sich kaum an seine ursprüngliche Heimat erinnern kann. Es drängt ihn, »nach Hause« zu fliegen!

Und so entschließt er sich, mit seiner kleinen Privatmaschine, die er sich als Fluglehrer im Aero-Club hält, Frankreich zu verlassen. Über die Schweiz, Österreich, die Tschechoslowakei will er nach Polen fliegen. In seinem Land wird er sich dann sofort zur Luftwaffe melden.

Er ist jetzt kurz vor Wien. Und irgendetwas mit der Maschine scheint nicht ganz in Ordnung zu sein. Wahrscheinlich kein ernster Schaden, aber trotzdem muss er die Reise unterbrechen, um die Maschine überprüfen zu lassen. Bald landet er auf dem Flughafen der österreichischen Hauptstadt, wo ein seltsames Abenteuer, das sein Leben bestimmen wird, auf ihn wartet.

Roman überlässt seine Maschine den Mechanikern und fährt in die Stadt, um sich ein Hotelzimmer zu suchen. Er fühlt sich unwohl hier in der Fremde, in diesem Land, wo überall Naziuniformen auftauchen. »Gott sei Dank bleibe ich nur einen, höchstens zwei Tage hier!«, tröstet er sich, als er durch die stillen, tristen Straßen Wiens irrt. Die Atmosphäre ist bedrückend.

Als er endlich ein Hotelzimmer findet, ist es zwar noch früh am Abend, aber »Wien bei Nacht«? Nein, dann schon lieber gleich schlafen gehen und hoffen, dass die Mechaniker bis morgen die Störung behoben haben. Zeitig am nächsten Tag macht sich Roman auf den Weg zum Flughafen. Er denkt nur an eines: Hoffentlich ist seine Maschine schon startbereit, damit er so schnell wie möglich dieses Land verlassen kann, wo das Unbehagen so schwer drückt wie dichter Nebel.

Ganz in Gedanken, achtet er nicht auf die Szenerie, die sich vor ihm auf der Straße abspielt. Er sieht auch nicht den Mann, der rennt, als ginge es um sein Leben. Und dieser Mann, der blind auf ihn zuläuft, aber nur nach hinten schaut, sieht Roman ebenfalls nicht. Beide Männer stoßen so heftig zusammen, dass Roman zu Boden stürzt. Der »Flüchtling« rennt sofort weiter, ohne sich im Geringsten zu entschuldigen, nicht einmal mit einer flüchtigen Geste.

Roman ist sofort wieder auf den Beinen, und wutentbrannt läuft er diesem Flegel nach. Sekunden später hat er ihn auch eingeholt und packt ihn zornig am Kragen.

Der Mann starrt ihn an, mit weit aufgerissenen, verstörten Augen. Er zittert am ganzen Körper, ist unfähig, auch nur ein einziges Wort herauszubringen. Es ist ein recht kleiner Mann, schwächlich, kümmerlich, ja fast ärmlich. Was ist nur mit ihm los? Sein Gesicht ist totenbleich und schweißüberströmt. Roman weiß auf einmal nicht mehr so recht, was er sagen soll. Sein Zorn erlischt angesichts dieser Angst.

Schließlich stammelt der kleine Mann einige Sätze in deutscher Sprache, hastig, nach Luft ringend. Roman versteht kein Wort, aber eins ist ihm klar: Dieser Mann hier, den er immer noch am Kragen festhält, dieser Mann steht Todesängste aus. Roman schüttelt ihn, fragt ihn auf französisch: »Sagen Sie mal, hat man Ihnen denn nie beigebracht, sich zu entschuldigen?«

Als er Roman französisch sprechen hört, beruhigt sich der kleine Mann schlagartig. Seinerseits packt er jetzt Roman am Kragen und flüstert ihm ins Ohr: »Gestapo! Gestapo!«

Roman reagiert sofort. Er lässt den Mann los und gibt ihm ein unmissverständliches Zeichen. »Kommen Sie mit.« Einige Minuten später sitzen die beiden Männer in Romans Hotelzimmer. Still starren sie auf die Tür und horchen. Bestimmt werden die Männer der Gestapo gleich an die Tür trommeln und brüllen: »Aufmachen!«

Sie warten – zwei Minuten, drei, fünf Minuten. Sie müssten doch schon längst da sein. Aber es kommt niemand. Keiner hat sie ins Hotel hineingehen sehen.

Nach einer Weile atmen sie auf. Die unmittelbare Gefahr ist zunächst einmal gebannt. Und sie beginnen miteinander zu reden, das heißt, sie versuchen es, aber es ist sinnlos. Roman versteht kein Wort Deutsch und der kleine Mann kein Wort Französisch. Also nimmt Roman Bielski ein Stück Papier hervor und zeichnet darauf ein Flugzeug. Der kleine Mann begreift sofort. Jetzt entspannt sich sein Gesicht zum ersten Mal. Ja, er lächelt sogar und nickt aufgeregt. »Ja, ein Flugzeug, mit einem Flugzeug fliegen. Aber wie? Und wohin?«

Roman zeigt ihm die Flugkarte mit der aufgezeichneten Route nach Krakau, seinem Ziel. Und wieder lächelt der kleine Mann und nickt mit dem Kopf. »Ja, ja, Krakau, warum nicht? Egal wohin, bloß weg von hier!«

Voller Hoffnung und Dankbarkeit drückt er Romans Hände. Er spricht und spricht wie ein Wasserfall, obwohl er ganz genau weiß, dass Roman ihn nicht verstehen kann. Aber das ist nun nicht mehr wichtig. Hätte er chinesisch gesprochen, Roman hätte ihn auch verstanden. »Danke! Vielen Dank! Sie retten mir das

Leben! Danke, danke!« Das oder Ähnliches wird er wohl gesagt haben.

Einige Stunden später machen sich der Pole und der Wiener auf den Weg zum Flughafen. Die Mechaniker haben die kleine Störung an der Maschine schnell beheben können. Sie ist bereits aufgetankt und startbereit.

Ja, aber was nun? Die Flughafenpolizei weiß ganz genau, dass Roman Bielski gestern in Wien sozusagen notgelandet ist. Und sie weiß auch ganz genau, dass er allein an Bord war. Was also tun? Da gibt es nur eine Chance: möglichst selbstsicher, locker, lässig und fröhlich auftreten. Als Roman mit dem kleinen Mann an den Flughafenpolizisten vorbeigeht, grüßt er lächelnd mit der Hand. Und auf die erstaunten, fragenden Blicke der Beamten erklärt er auf französisch:

»Das ist ein Freund. Er begleitet mich nur bis zu meiner Kiste und verabschiedet sich dann gleich. Übrigens, noch einmal vielen, vielen Dank! Ihre Mechaniker waren wirklich Klasse. Merci! Au revoir.«

Roman hatte die Wiener Flughafenpolizei richtig eingeschätzt: Mit französischem Charme ging bis dahin alles glatt über die Bühne, und die beiden Männer gehen nun ganz gemächlich zur Maschine. Sie lassen sich Zeit, wie zwei Freunde eben, die nichts zu befürchten haben. Sie reden aufgeregt miteinander – jeder in seiner Sprache, aber niemand kann sie hören! Sie klopfen sich sogar noch auf die Schultern, und Roman steigt endlich in seine Maschine, gleich neben der Startpiste. Kontakt, Motorzündung, alles in Ordnung. Jetzt rollt er langsam zum Start. Sein Begleiter fuchtelt neben dem Flugzeug mit den Armen, winkt und gestikuliert:

»Mach's gut! Guten Flug!«

In diesem Augenblick reißt Roman die Einstiegsklappe auf. Der Mann springt in die Maschine, und schon gibt Roman Vollgas und rast auf das Rollfeld, ohne auf die Starterlaubnis zu warten. Geschafft! Das Flugzeug hebt ab, huscht dicht über die Wipfel und stiehlt sich im Tiefflug Richtung Krakau davon.

Auf dem Flughafen herrscht höchste Aufregung, doch zu spät. Wenigstens in Wien kann man nichts mehr machen. Man kann lediglich den Flughafen von Krakau sofort benachrichtigen. Schließlich muss die Maschine ja auch wieder landen.

Nach zwei relativ ruhigen Flugstunden ist Krakau bereits in Sicht. Doch Roman Bielski fliegt den Flughafen nicht direkt an. Er weiß ja, was ihm und seinem neuen Freund blüht, wenn sie *beide* dort aussteigen. Jetzt also muss sich zeigen, ob er wirklich so ein meisterhafter Pilot ist. Denn jetzt muss er landen, irgendwo auf einer geeigneten Wiese, und es muss auch ganz schnell gehen. Da unten, zwischen zwei Gehölzen, sieht er eine Wiese, die ihm lang und eben genug erscheint. Dort müsste es gehen. Und es geht tatsächlich. Kaum steht die Maschine, stellt er den Motor ab. Er gibt dem kleinen Mann noch eine Landkarte der Gegend mit und die Hälfte des Geldes, das er bei sich hat. Schnell raus jetzt, keine Sekunde verlieren! Der Flüchtling schaut ihn kurz an, stammelt irgendetwas in Deutsch, springt hinaus und rennt so schnell er kann auf das schützende Wäldchen zu.

Minuten später landet Roman Bielski auf dem Krakauer Flugplatz, wo seine Maschine sofort von Polizeibeamten umringt wird. Roman steigt aus. Lässig, lächelnd, als habe er nichts zu befürchten.

»Wir wissen genau Bescheid! Wir haben Information aus Wien! Sie haben einem Mann zur Flucht verholfen. Steigen Sie *beide* sofort aus. Ihr Flugzeug ist beschlagnahmt!«

»Aber meine Herren, ich bitte Sie. Ich verstehe Sie nicht! Sie wollen mein Flugzeug durchsuchen? Bitte sehr, ich hab' nichts dagegen! Aber, das muss ich schon sagen! Ich komme freiwillig in meine Heimat zurück, und ich hatte gehofft, dass man mich dort freundlicher empfangen würde.«

Und während die Beamten die Maschine ebenso gründlich wie erfolglos durchsuchen, fragt Roman Bielski so ganz nebenbei: »Wem soll ich überhaupt zur Flucht verholfen haben?«

»Einem Österreicher.«

»Einem Österreicher? Aha. Und was hat er getan?«

Der Polizist zuckt mit den Schultern. »Er ist halt Jude.«

»Ach so.«

Natürlich finden die polnischen Behörden nicht die Spur eines Flüchtlings. Und außerdem ist es ihnen im Grunde genommen zu der damaligen Zeit noch ziemlich egal, ob ein österreichischer Jude nun Zuflucht in Polen sucht oder nicht. Auf alle Fälle wird Roman Bielski wegen dieser obskuren Angelegenheit nicht weiter behelligt. Er bekommt auch sehr schnell seine Aufenthaltserlaubnis. Denn er ist zwar Pole, aber da er so lange im Ausland gelebt hat, braucht er nun mal neue Ausweise.

Einige Monate lang herrscht noch Frieden in Polen – ein trügerischer Frieden. Dann, genau wie es Roman befürchtet hatte – damals, als er noch in Lyon lebte –, marschieren die deutschen Soldaten im Herbst 1939 tatsächlich in Polen ein.

Als Jagdflieger verteidigt Roman Bielski sein Land. Nicht lange freilich. Aber nach der schnellen Niederlage Polens schafft er es, nach Frankreich zurückzufliegen, wo er sich der Luftwaffe zur Verfügung stellt.

Doch auch dort wird es nur ein kurzer Kampf. Bald ist das Land ebenfalls besiegt.

Roman Bielski gibt nicht auf. Auf abenteuerlichen Wegen schlägt er sich nach London durch, wo er wiederum innerhalb kürzester Zeit zu den besten Jagdfliegern der Royal Air Force gehört. Während der ersten Wochen der »Schlacht von England« schießt er fünf feindliche Flugzeuge ab. Über den Kreidefelsen von Dover wird er gleich sein sechstes Opfer finden. Die deutsche Messerschmitt taucht vor seiner herabstürzenden Spitfire nach unten weg. Darauf hat Roman nur gewartet. Schon hat er sie im Visier. Ein Feuerstoß, und die Messerschmitt platzt buchstäblich auseinander. Es dauert nur eine winzige Sekunde: Ein Teil des deutschen Flugzeugs wirbelt direkt auf Roman zu, zertrümmert die Cockpitverglasung, ein gewaltiger Stoß – dann wird alles schwarz und still.

Als Roman Bielski wieder zu sich kommt, liegt er im Krankenhaus und fühlt sich sehr schwach. Er fasst an seinen schmerzenden Kopf und spürt einen dicken Verband. Ein Mann im weißen Kittel steht neben seinem Bett.

»Bin ich schon lange hier?«

Der Mann antwortet auf Englisch – mit starkem deutschen Akzent: »Ja. Seit einer Woche schon. Aber machen Sie sich keine Sorgen, es geht Ihnen gut.«

Komisch – diese Stimme. Roman ist sicher, sie schon einmal gehört zu haben. Nach und nach kommt sein Gedächtnis zurück: Wien, der kleine Mann, die Gestapo, die Flucht nach Polen! Aber nein, das ist unmöglich! Wie sollte der kleine, ärmliche Mann aus Wien ausgerechnet nach London gekommen sein – in dieses Krankenhaus?

»Erkennen Sie mich?«

Der Verwundete nickt.

»Bleiben Sie ganz ruhig liegen. Bewegen Sie sich überhaupt nicht. Ich erkläre Ihnen alles … aber bleiben Sie ganz still, ja?«

Und der kleine Mann aus Wien erzählt seine unglaubliche Geschichte:

»Ich bin wirklich der Mann, den Sie vor der Gestapo gerettet haben. Als Sie mich in der Nähe von Krakau abgesetzt hatten, konnte ich mich zuerst verstecken und habe es dann bald geschafft, nach England zu flüchten, wo ich seitdem auch lebe. Ich habe Sie niemals vergessen. Erinnern Sie sich, als Sie im Hotelzimmer in Wien ein Flugzeug auf das Blatt Papier gezeichnet haben? Da habe ich Ihren Namen gelesen. Ich habe ihn behalten. Roman Bielski!

Anfang letzter Woche hörte ich im Rundfunk, einer der besten Piloten der Royal Air Force – ein Pole – wäre mit seinem Jagdflugzeug bei Dover abgestürzt und schwer verletzt worden. Ich musste sofort an Sie denken, obwohl es mir sehr unwahrscheinlich vorkam! Aber ich wollte es genau wissen. Ich habe also im Kriegsministerium angerufen und erfahren, dass Sie, Roman Bielski, dieser Jagdflieger waren – und mit einer sehr komplizierten Schädelfraktur im Sterben lagen. Die Ärzte hatten Sie schon aufgegeben. Ja, und da habe ich eben alles stehen und liegen lassen und bin sofort hierher gefahren.«

Roman Bielski betrachtet den kleinen Mann, der jetzt neben ihm auf der Bettkante sitzt. Er lächelt müde und murmelt: »Es ist lieb von Ihnen, dass Sie gekommen sind. Danke. Aber ich glaube, Sie hatten sich die Mühe sparen können. Sie sagen doch selber, die Ärzte haben mich schon aufgegeben.«

Jetzt lächelt der kleine Mann mit dem weißen Kittel: »Wenn ich mir die Mühe gespart hätte, ja. Dann wären

Sie jetzt sicher tot. Aber ich bin Chirurg, Spezialist für Schädel- und Gehirnverletzungen. Der bekannteste in England. Ich selbst habe Sie sofort operiert. Und Sie sind bis jetzt mein größter Erfolg. In sechs Monaten werden Sie wieder fliegen können, Ehrenwort!«

Daraufhin steht der kleine Mann auf, streichelt über den dicken Kopfverband und flüstert glücklich: »Es wäre zu schade gewesen, einen solchen Piloten zu verlieren.«

Der dreiundzwanzigste Spieler

April 1954: Venezuela erlebt schwere Zeiten. Seit einem Jahr wütet dort eine unerbittliche Diktatur. Und die Diktatur von Perez Jimenez ist grausamer als alle davor. Die Gefängnisse sind überfüllt – Hinrichtungen gehören zur Tagesordnung, sind zur Routine geworden.

Trotzdem – das Leben geht weiter. Die Menschen haben ihre Alltagssorgen – und ihre Leidenschaften. Und hier steht an erster Stelle der Fußball. In Venezuela, ja in ganz Südamerika, ist Fußball mehr als einfach nur ein Sport: Fußball ist eine Leidenschaft, ein Fest, eine Zeremonie, ja beinahe schon eine Religion.

Dort, und nur dort konnte also im April 1954 jenes denkwürdige Spiel stattfinden – ein gespenstisches Spiel. Denn neben den zweiundzwanzig Spielern beider Mannschaften spielte noch ein dreiundzwanzigster mit: der Tod.

Die düsteren Mauern des Gefängnisses von Caracas ragen etwas außerhalb der Stadt auf. Nach dem Staatsstreich von Perez Jimenez sind noch zusätzlich Wachtürme errichtet worden, und die Mauern wurden mit Stacheldraht aufgestockt. Jetzt sieht es noch grauenvoller aus als zuvor. Mehrmals am Tag wird das schwere Portal geöffnet, um einen Militär-LKW mit einem neuen »Kontingent« von Gefangenen hineinzulassen. Und ein- bis zweimal am Tag verlässt ein Lastkraftwagen mit zugeschnürter Plane möglichst unauffällig das Gebäude. Diskret schafft er die Leichen der Hingerichteten weg.

Miguel Braga, der Direktor des Zentralgefängnisses von Caracas, ist nicht etwa ein so blutrünstiger Mann, wie man sich angesichts seiner Funktion vielleicht vorstellen könnte. Er ist einfach ein Beamter, und nur durch eine Folge von Zufällen hat es sich ergeben, dass er gerade im Strafvollzug Karriere machte – lange vor der Diktatur von Jimenez. Nach dessen Machtergreifung hatte Miguel Braga sogar daran gedacht, um seine Entlassung zu bitten. Aber solch ein »Abdanken« hätte unter den neuen politischen Verhältnissen auch sicher sein »Ableben« bedeutet. Und Miguel Braga ist kein Held. Also erledigt er seine Aufgaben und redet sich dabei ein, dass er ja nur Befehle ausführt. Und er bemüht sich wirklich, seine Gefangenen so menschlich wie möglich zu behandeln.

So war es zum Beispiel *seine* Idee, im Gefängnishof Fußballspiele zu organisieren. Regelmäßig spielen die Häftlinge gegen die Wärter. In dieser abgeschlossenen Welt, wo der Tod zum Alltag gehört, wo der neu eingetroffene Gefangene nicht einmal weiß, ob er vielleicht morgen schon erschossen wird, bedeuten diese Spiele Gnade und Vergessen für einige Stunden. Die Gefangenen, die nicht zur Mannschaft gehören, dürfen durch die vergitterten Fenster zuschauen. Die Wärter sind gleichmäßig um den improvisierten Fußballplatz im Hof verteilt. Und neunzig Minuten lang fiebern sie dann alle zusammen: die Wärter *und* die Gefangenen. Applaus, Buhrufe, rhythmisches Klatschen, Pfeifen – wie in jedem anderen normalen Stadion auch.

In der Gefangenenmannschaft gibt es einen Star – kein Wunder, denn er ist, oder besser *war*, Profi. Warum aber wurde José Campos, Schlussmann des Sporting-Clubs von Caracas, verhaftet und ins Gefängnis gebracht? Niemand weiß es genau, er am allerwenigsten. Wie dem auch sei, seitdem José Campos da ist, gewinnt die Häftlingsmannschaft alle Spiele. Er ist einfach unüberwindlich, und alle bewundern ihn.

11. April 1954. Morgen ist Sonntag, und morgen findet ein ganz besonders wichtiges Spiel statt: Die Gefangenen treten gegen eine verstärkte Mannschaft an. Nur wenige der Wärter spielen zusammen mit dem besten Spieler der Polizei von ganz Caracas. Für Miguel Braga, den Direktor, war es ein schweres Stück Arbeit, dieses Spiel zu organisieren, aber in Südamerika ist selbst unter der schlimmsten Diktatur alles möglich, wenn es um Fußball geht!

Die Häftlinge fiebern dem Tag entgegen. Dieses Spiel hat für sie Symbolcharakter: Sie werden gegen ihre Unterdrücker, ihre Peiniger spielen. Sie werden, sie *müssen* gewinnen! Auch wenn sie noch jahrelang im Gefängnis bleiben sollten, vielleicht sogar sterben müssen – im Fußball werden *sie* die Sieger sein! Und mit José Campos im Tor können sie gar nicht verlieren.

Am 11. April, am Tag vor dem Spiel also, bekommt Miguel Braga ein Telegramm. Vom Polizeichef. Wieder ein Hinrichtungsbefehl. Er öffnet das Telegramm und wird blass. Der Text ist kurz. Nur drei Worte: »José Campos erschießen.«

Miguel Braga dreht das blaue Papier in seinen Händen hin und her. Das kann doch nicht wahr sein? Doch nicht *er*, nicht José Campos! Er ist erst 22 Jahre alt. Der Direktor musste zwar schon jüngere Gefangene erschießen lassen, und die waren wahrscheinlich genauso unschuldig wie José Campos. Aber ein solcher Klasse-Fußballer, ein Volksheld, ein Halbgott für ganz Venezuela – und insgeheim auch für ihn.

»José Campos erschießen.« Heute noch, am Abend vor dem Spiel. Der Direktor geht nervös in seinem Büro auf und ab, überlegt. Und trifft eine Entscheidung. »Ich muss etwas tun. Es ist nicht viel, aber immerhin – ich schulde es José Campos.«

Ein paar Minuten später stehen zwei Männer vor ihm im Zimmer: ein Gefangener und ein Wärter, die Kapitäne der beiden Mannschaften. Sie sind etwas überrascht über dieses unübliche Zusammentreffen beim Direktor. Der sieht sie kurz an und sagt schließlich tonlos: »Ich muss José Campos erschießen lassen. Heute Abend noch!«

Starr, wie vom Blitz getroffen, schauen sich die beiden Männer an. Beide sind gleichermaßen erschüttert. »Ich habe aber folgendes beschlossen: Die Hinrichtung wird erst nach dem Spiel stattfinden, und zwar unmittelbar danach. Helfen Sie mir bitte, dass es ein großes Spiel wird, seiner würdig! Und vor allem möchte ich, dass er auf keinen Fall irgendetwas merkt. Haben Sie mich verstanden?«

Wieder Schweigen. Schließlich erklärt der Gefangene: »Wir werden gewinnen. Für Campos!«

Am nächsten Tag, dem 12. April, soll das Spiel um 14 Uhr beginnen. Aber schon eine Stunde vorher herrscht eine unglaubliche Stimmung im Gefängnis. Überall an den vergitterten Fenstern kleben die Häftlinge. Sie schreien und singen. Lange haben sie auf diesen Tag gewartet. Mittlerweile ist unten im Hof eine ganze Menge von Wärtern und Polizisten eingetroffen, um ihre Mannschaft anzufeuern. Mit jeder Minute steigt die Spannung.

Punkt 14 Uhr laufen die Spieler ein. Aus allen Zellen begeisterter, fanatischer Beifall – ein Ausbruch der Freude, der Erwartung. Und nach einer Weile rhythmisches Klatschen und der Sprechchor: »Cam-pos, Cam-pos!«

Die Spieler unten im Hof lässt die allgemeine Aufregung scheinbar kalt. Sie wirken ernst, beherrscht. Lediglich José Campos scheint richtig vergnügt zu sein. Er tänzelt mit kleinen Schritten durch den Strafraum und macht Lockerungsübungen. Er lacht und grüßt ins Publikum wie ein König bei einer Parade. Seinen Mannschaftskameraden fällt es schwer, ihm zuzusehen. Sie schauen sofort wieder weg. Einige wischen sich mit dem Ärmel über das Gesicht. Und auch die Fußballer der Obrigkeit vermeiden den Blick in seine Richtung.

Beide Mannschaften haben sich aufgestellt. Der Gefängnisdirektor, der die Funktion des Schiedsrichters übernommen hat, pfeift an, und unter dem Gebrüll des seltsamen Publikums beginnt ein heroisches Spiel. Von Anfang an überrennt die Mannschaft der Gefangenen die der Wärter und Polizisten. Jeder Häftling hat nur einen Gedanken: Wir müssen für Campos Tore schießen, wir müssen für Campos gewinnen!

Ihre Gegner wissen ganz genau, woran die anderen denken. Sie fühlen sich nicht gerade wohl in ihrer Haut. Sie sind ebenfalls bedrückt und überhaupt nicht bei der Sache. Noch nie haben sie so schlecht gespielt, alle in der Defensive. Kein Spielaufbau, keine Taktik, bloß blinde Befreiungsschläge. Die Häftlinge aber spielen mit vollem Einsatz. Ein einziger erbitterter Sturmlauf. Die Tore fallen zwangsläufig. Eins zu null ... zwei zu null ... drei zu null ... José Campos applaudiert seinen Kameraden, freut sich über die klare Führung seiner Mannschaft, aber ansonsten hat er, von zwei, drei Abschlägen abgesehen, wirklich nichts zu tun und steht ziemlich verlassen in seinem Tor, seinem Strafraum, seiner Spielhälfte. Als Miguel Braga zur Halbzeit pfeift, führen die Häftlinge schließlich mit fünf zu null.

In der Halbzeit macht José wieder einige Lockerungsübungen – eigentlich unnötig, wenn das Spiel so weiterläuft. Seine Kameraden ruhen sich in einer Ecke aus, aber sie diskutieren intensiv über – ja, worüber? José kann sie nicht hören. Er ist zu weit weg, um hören zu können. Sie sprechen auch sehr leise.

Wir mussten für José gewinnen. O. k. Das schaffen wir leicht. Aber was hat *er* davon? Bist jetzt hat er ja den Ball kaum berührt. Wie soll es da *sein* Spiel werden? Wir müssen das in der zweiten Halbzeit anders machen: Wir müssen schlecht spielen, so schlecht es nur geht. Nur so hat er die Möglichkeit, sich in Szene zu setzen, unsere »Fehler« wieder gutzumachen. Und nur so hat er die Möglichkeit, ein gutes Spiel zu machen.

Die zweite Halbzeit beginnt, und die Gefangenen hinter den vergitterten Fenstern verstehen die Welt nicht mehr. Das Blatt hat sich total gewendet. Jetzt stürmen nur noch die Wärter und Polizisten. Was ist nur los mit unserer Mannschaft? Kaum einer kommt an den Ball, und wenn, dann verliert er ihn sofort wieder an einen Gegner. Was ist nur auf einmal los? Jetzt zum Beispiel: Ein Polizist auf Rechtsaußen überläuft spielend zwei, drei Abwehrspieler, als wären sie nicht vorhanden. Sie reagieren kaum, scheinen von der ersten Halbzeit total erschöpft zu sein.

Zwanzig Spieler drängen sich auf einmal vor Josés Tor. Und jetzt muss das Tor fallen. Von wegen: José Campos fliegt auf der Torlinie von einer Ecke in die andere und hält einfach alles. Und bei jeder Parade braust Beifall auf, mehr als bei den Treffern in der ersten Halbzeit für seine Mannschaft. Die Gefangenen haben ihr Idol wieder. Campos rettet die Lage, und es bleibt beim 5 : 0. Jetzt hört man nur noch rhythmische Sprechchöre: »Cam-pos! Cam-pos!«

Seine Mannschaft aber spielt weiterhin miserabel. Er kommt sich fast vor wie bei einem Elfmeterschießen. Aber er hält einfach alles. Er hechtet, faustet, wirft sich vor die Beine der Gegner. Die Wärter und Polizisten erzielen nicht ein einziges Tor. José ist glücklich. Nicht einmal bei den Profis hat er so ein großes Spiel gemacht. Schlusspfiff. Es bleibt beim fünf zu null und dem riesigen Triumph der Häftlinge über ihre Unterdrücker.

Plötzlich betritt ein Trupp bewaffneter Soldaten das Spielfeld auf dem Hof des Gefängnisses. José Campos ist noch ganz berauscht von seinem Erfolg. Er merkt nicht einmal, wie die Männer auf ihn zukommen. Er hat nicht die leiseste Ahnung, *was* auf ihn zukommt. Erst in der allerletzten Sekunde begreift er, und der Glanz der Begeisterung in seinen Augen weicht einem grenzenlosen Erstaunen.

Alle Gefangenen von Caracas, die dieses Spiel miterlebten, haben es niemals vergessen: Noch auf der Torlinie wurde José Campos erschossen. Das Spiel war zu Ende.

Nichts für ungut, Marschall Bennett

Mister Fly, der Direktor des Modellgefängnisses von Oklahoma-City, hat bis jetzt ganz ruhig in seinem imposanten Sessel hinter seinem ebenso imposanten Schreibtisch gesessen und seinen Besuchern interessiert zugehört. Doch auf einmal springt er auf und schreit fassungslos: »Ist Ihnen eigentlich klar, was Sie da von mir verlangen?«

Vor ihm stehen Senator MacCoy und Marschall Bennett – betreten wie geprügelte Knaben. Sie nicken mit den Köpfen, stumm und ziemlich hilflos. Ja, es ist ihnen klar, ganz klar, wie ungewöhnlich, wie lächerlich ihre »Bitte« dem Direktor vorkommen muss. Aber dennoch, es ist die einzige Lösung. Der Boss der Petrol City Bank hat unmissverständlich und offiziell wissen lassen: »Wenn morgen früh die Löhne und Gehälter in den Unternehmen und Fabriken der Stadt nicht ausbezahlt werden können, garantiere ich für nichts mehr! Es wird ganz bestimmt zu einem Generalstreik kommen. Ich fürchte sogar, zu einer handfesten Revolte der Arbeiterschaft in der ganzen Gegend!«

Mr. Fly geht zum Fenster, denkt angestrengt nach, sucht nach einer anderen, vielleicht doch noch möglichen Lösung. Es dauert eine Weile. Keiner von den drei Männern bewegt sich. Im Büro ist es totenstill. Plötzlich dreht sich der Direktor um und drückt entschlossen auf einen Knopf. Der Senator und der Marschall sehen sich erleichtert an. Ein Wärter klopft an die Tür und kommt herein: »Holen Sie uns bitte den Gefangenen Mick Jennifer. Sofort!«

Kurz darauf erscheint ein etwa vierzigjähriger Mann in dem Zimmer, wo die drei hohen Beamten auf ihn warten.

»Hello, Mick!« Der Marschall versucht, ihn betont freundlich zu begrüßen.

Mick ist augenscheinlich geneigt, auf die überraschende Freundlichkeit ebenfalls freundlich zu reagieren. Er lächelt sogar ein wenig, aber sein Lächeln ist eigentlich mehr ein Grinsen, fast eine Grimasse. Der Direktor stellt die Herren einander vor und bittet dann den Gefangenen, doch Platz zu nehmen. Mit sichtlichem Unbehagen bringt er seine seltsame Erklärung nun vor: »Mein lieber Jennifer, sie sind nunmehr seit drei Jahren unser Gast ...«

Mick fällt ihm ins Wort und stellt auch sofort klar, dass er seit diesen drei Jahren seine Schuld der Gesellschaft gegenüber auch abbüßt! Er wurde verurteilt. Schön, aber jetzt hat sein Fall mit der Justiz nichts mehr zu tun!

Die drei Herren von der Obrigkeit besänftigen ihn: »Ja, ja Mick! Ist ja schon gut. Darum handelt es sich auch gar nicht. Ihr Einbruch in die Petrol City Bank ist längst ad acta gelegt, reden wir nicht mehr davon. Sie wurden damals zu zehn Jahren Haft verurteilt. Nun, ein Drittel haben Sie ja schon hinter sich, und bei Ihrer guten Führung – und vor allem nach dem außergewöhnlichen Dienst, den Sie uns erweisen können – wird man sicherlich ...«

»Einen Dienst? Was für einen Dienst?« Mick schaut die drei Männer verdutzt an, einen nach dem anderen. Er versteht überhaupt nichts. Was wird da wohl wieder gespielt?

Der Senator lächelt und erklärt weiter: »Also, Mick, es ist so: Die Stahltür des Haupttresors der Petrol City Bank ist blockiert. Und der einzige Experte, der sie öffnen könnte, ist verreist, nicht erreichbar in den nächsten drei Tagen. Na ja, also, was soll ich sagen – da haben wir eben an Sie gedacht!«

»Wie bitte? Ich höre wohl nicht recht! Sie meinen … Sie *möchten*, dass ich …« Mick kann nicht mehr weiter sprechen. Er prustet los, platzt fast vor Lachen, schüttelt sich und kann sich kaum mehr beruhigen. Er lacht so laut, dass der Wärter vor der Tür ins Zimmer hereinschaut und schüchtern nachfragt, ob auch alles in Ordnung sei. Immerhin, eine derartige Fröhlichkeit kommt nicht alle Tage vor in einem Gefängnis.

Der Direktor versucht mit Würde, Herr der Lage zu bleiben. »Aber ja doch, es ist alles in bester Ordnung. Sie können wieder gehen!«

Nachdem Mick sich etwas beruhigt hat, ergreift Senator MacCoy wieder das Wort: »Mr. Jennifer, wir werden uns selbstverständlich auch erkenntlich zeigen. Sie wissen doch, eine Hand wäscht die andere …«

Der Gefangene kratzt sich einen Augenblick am Kopf. Seine Augen glänzen bereits voller List, sodass der Direktor sofort interveniert: »Aber nur im Rahmen des Möglichen, versteht sich!«

Mick Jennifer hat wirklich nichts zu verlieren – ganz im Gegenteil, wie es ihm nun plötzlich scheint. Also erklärt er sich mit dem seltsamen Unternehmen einverstanden, allerdings unter zwei Bedingungen …

Der Senator und der Marschall wechseln einige ängstliche Blicke.

»Erstens: Ich will den ganzen Nachmittag lang überall hingehen dürfen, wo es mir passt, und auch treffen, wen ich will.«

Der Direktor geht augenblicklich in die Höhe: »Unmöglich! Wer garantiert uns denn, dass …«

Der Gefangene deutet lässig auf den Polizeichef und erklärt mit einer gewissen Genugtuung: »Aber Marschall Bennett ist doch die beste Garantie. *Er* wird mich den ganzen Nachmittag auf Schritt und Tritt begleiten, okay?«

»Okay Und die zweite Bedingung?«

»Oh, auch mein zweiter Wunsch wird Ihnen keine Schwierigkeiten bereiten. Hier geht es nur um Marschall Bennett. Wissen Sie, als er mich festgenommen hat, damals vor drei Jahren, da hat er mir die Handschellen angelegt. Na ja, das musste er wohl. Und dann warf er mich in den Fond seiner Polizeikutsche. Ich war zwischen zwei Hilfspolizisten eingeklemmt. Nun, klar, das verstehe ich auch noch. Aber dann ist er nicht etwa direkt zum Sheriff-Büro gefahren. O nein! Dreimal ist er mit mir durch die Stadt gefahren – mit heulender Sirene –, nur damit ihn ganz Oklahoma bewundern konnte, dass er wieder einen Kriminellen wie mich gefasst hatte! Meine zweite Bedingung ist also: Dieses Mal will ich neben dem Marschall *vorne* sitzen und selber die Sirene betätigen, wo und wann es mir gerade passt!«

Wie von der Tarantel gestochen springt Marschall Bennett auf: »Das kommt überhaupt nicht infrage!«

»Gut. Wie Sie wollen.« Mick steht langsam auf und geht zur Tür.

Der Senator versucht es noch einmal. Man wird doch einen Kompromiss finden können! Doch der Gefangene bleibt stur: »Entweder ich werde spazierengefahren, vorne, neben dem Marschall, Sirene und Blaulicht, wann immer ich will, oder der Tresor der Petrol City Bank bleibt zu!«

Nach einigen Minuten harter Diskussion gibt der arme Marschall schließlich doch nach: »Wenn's unbedingt sein muss, o. k. meinetwegen! Das ist jetzt alles, oder?«

Nein. Es ist noch nicht alles. Mick Jennifer äußert noch einen weiteren Wunsch: »Also, meine Herren. Das eben Besprochene wird natürlich schriftlich protokolliert – in Anwesenheit meines Anwaltes. Und der Auftrag wird erst ausgeführt, wenn die Papiere von Ihnen allen unterzeichnet worden sind. Ach ja! Und noch was: Ich muss dreimal soviel Werkzeug kaufen dürfen, wie ich für die Arbeit eigentlich brauche. Das müssen Sie schon verstehen, meine Herren, man hat schließlich auch seine technischen Berufsgeheimnisse. Und die werde ich natürlich nicht verraten. Also, ich kaufe, was ich will, o. k.? Da fällt mir noch etwas ein, fast hätte ich es vergessen: Wenn ich den Tresor knacke, bin ich selbstverständlich absolut allein in der Bank.«

Den drei Beamten der Sicherheitsbehörden ist völlig klar, dass Mick Jennifer ihre Zwangslage nach Kräften ausnutzt, um sie alle lächerlich zu machen. Aber sie haben nun mal keine Wahl. Und so erklären sie sich mit allen Sonderwünschen einverstanden.

Zuerst werden also die notwendigen Werkzeuge gekauft. Dafür rechnet man mit einer Stunde. Danach wird der Keller und der erste Stock der Petrol City Bank für mindestens zwei Stunden evakuiert. Der Senator ruft den Anwalt von Mick und bittet ihn, sofort zum Gefängnis zu kommen.

Inzwischen wird das Protokoll getippt, Punkt für Punkt:

»Von 9 Uhr bis 10 Uhr: Shopping.

Von 10 bis 12 Uhr: Ausführung des Auftrages in der evakuierten Bank.

Spätestens um 12 muss der Tresor geöffnet sein. Der Gefangene lässt alle Werkzeuge am Tatort liegen.

Von 12 Uhr bis 19 Uhr: Der Gefangene Mick Jennifer verbringt einen freien Nachmittag in Begleitung von Marschall Bennett, wobei er tun und lassen kann, was ihm beliebt – selbstverständlich im Rahmen des Gesetzes.«

»Einverstanden, Mick?«

Der Safeknacker-König denkt nach und lässt sich Zeit, bis sein Anwalt kommt. Die Herren sitzen jetzt ganz still. Sie sind ziemlich kleinlaut und fürchten insgeheim, Mick könnte sich noch etwas einfallen lassen, und das ganze Unternehmen müsste letztendlich ins Wasser fallen.

Und tatsächlich. Mick ist noch nicht ganz zufrieden: »Noch einen Punkt, meine Herren, wirklich nur eine Kleinigkeit! Wissen Sie, ich war schon immer ziemlich eitel. Ich möchte bei diesem meinem ›freien Tag‹ in der Stadt unbedingt meine Gefängnisbekleidung anbehalten.«

Zu der Zeit, da unsere Geschichte spielt, tragen die amerikanischen Strafgefangenen die aus der Karikatur sattsam bekannte Anstaltskleidung, eine Art breitgestreiften Pyjama mit der unübersehbaren Häftlingsnummer auf Rücken und Brust, dazu die kleine runde Mütze auf dem kahlgeschorenen Schädel.

»Niemals! Niemals!« Der Marschall ist wieder außer sich. »Niemals! Ich lasse mich doch nicht für alle Zeiten als lächerliche Polizeifigur abstempeln! Was zu viel ist, ist zu viel. Und *das* ist zu viel, da mache ich nicht mit!«

Und schon ist er draußen. Die Tür knallt hinter ihm zu. Doch der Senator geht ihm sofort nach, und er schafft es – mit welchen Argumenten auch immer –, den Marschall umzustimmen. Beide Männer kommen ins Zimmer zurück. Auch dieser Punkt wäre also geregelt.

»Einverstanden, Mick. Wenn Ihnen so viel daran liegt, dann dürfen Sie von uns aus auch mit Ihrer Gefängniskluft durch die Stadt stolzieren, vorausgesetzt, das ist aber jetzt wirklich Ihr allerletzter kindischer Wunsch.«

»Aber sicher. Keine Angst! Damit bin ich restlos zufrieden. Das Protokoll kann meinetwegen unterschrieben werden. Vielleicht Mister Fly zuerst? O. k. Herr Senator, darf ich bitten? Vielen Dank! Marschall Bennett, alter Freund? Sehr schön! Sobald mein Anwalt da ist und ebenfalls unterschrieben hat ...«

Und schon platzt der Anwalt völlig aufgeregt ins Büro des Gefängnisdirektors. Er hat keine Ahnung, worum es hier eigentlich geht. Doch die Zeit drängt. Er soll nur eben schnell das von den anderen ehrwürdigen Herren bereits unterschriebene Protokoll durchlesen und endlich auch seinen Namen darunter setzen. Aber das ist wohl ein Witz! So etwas Irrsinniges, total Verrücktes kann er doch nicht so einfach – ohne die geringste Erläuterung des Falles – unterschreiben!

Mick klopft ihm begütigend auf die Schultern: »Machen Sie schon. Das geht durchaus in Ordnung. Und dann, nach Ihnen, darf auch ich meinen berühmten Namen unter dieses historische Dokument setzen.«

Der sichtlich konsternierte Anwalt schaut seinen amüsierten Klienten an, schüttelt den Kopf und kritzelt schließlich seinen Namen auf das Dokument.

»Na endlich! Jetzt haben wir's gleich. Darf ich auch mit meinem vollen Namen unterschreiben? Oder wäre es Ihnen lieber mit dem Daumen ...« Mick amüsiert sich königlich. Er flüstert seinem Anwalt noch einige Worte ins Ohr und gibt sich dann sehr jovial: »Danke, meine Herren, vielen Dank. Sie zeigen heute wahrhaft viel Verständnis. Hätte ich gar nicht von Ihnen erwartet! Es scheint wirklich ernst zu sein mit der Bank. Also dann, an die Arbeit. Es ist schon kurz vor neun Uhr!«

Und so begann für die Bevölkerung von Oklahoma-City ein denkwürdiger Tag: Ein Polizeiwagen mit dem hochangesehenen Marschall Bennett und dem weniger geachteten Ganoven Mick Jennifer rast mit heulender Sirene durch die Straßen. Der Mann mit der unverkennbaren Anstaltskleidung sitzt fröhlich neben dem grimmig dreinblickenden Marschall und spielt mit Blaulicht und Sirene, als wäre er Herr über Blitz und Donner.

Bennett hat Mick vorgewarnt: »Beim ersten kleinsten Fluchtversuch knalle ich dich ab wie ein Kaninchen, klar?«

Mick hat Bennett ebenfalls vorgewarnt: »Beim ersten kleinsten Anzeichen bösen Willens Ihrerseits bin ich nicht mehr in der Stimmung, heute einen Safe zu knacken. Und was den Nachmittag betrifft – sollte Ihnen da irgendetwas Dummes einfallen und Sie halten sich nicht an die Vereinbarungen, dann werde ich meinen Mund aufmachen. Was glauben Sie, was das für eine Volksbelustigung wäre!«

O. k.! O. k.! Die beiden Männer kennen sich schon lange. Diesen einen Tag hier werden sie nun wohl oder übel in aller Freundschaft miteinander verbringen können. Zuerst also Shopping. Mick braucht eine ganze Menge Utensilien, und komischerweise findet er sie nicht alle im riesigen Supermarkt der Stadt, wo man alles, aber auch alles kaufen kann – von der Babyausstattung bis zum Fertighaus. Mick kauft die skurrilsten Instrumente zusammen – in verschiedenen großen und kleinen Läden: einen leuchtenden Kreisel, ein Stück Abflussrohr, einen kleinen Polizeiwagen, ein ganzes Dutzend Scheren aller Größen, einen Schlagbohrer, zwei Fahrradketten, eine Kinder-Krankenschwesterbekleidung usw. Bei jedem Kauf bildet sich sofort eine neugierige Menschenmenge um den Gefangenen im Pyjama, der von drei Polizisten und dem Marschall begleitet wird. Ob vielleicht gerade ein Film gedreht wird?

»Nein, nein«, antwortet Bennett knapp. »Das hier ist ein Experiment!«

»Aha.«

Mick Jennifer, der jetzt nicht mehr so spitzbübisch lächelt, sondern seine Rolle perfekt spielt, wählt mit großem Ernst und mit viel Sorgfalt jedes »Werkzeug« aus. Und an der Kasse zahlt der Marschall widerspruchslos selbst das hüpfende Spielzeugkaninchen, das angeblich ebenfalls für die Arbeit in der Bank dringend notwendig ist. Armer Marschall! Er kocht vor Wut.

Viertel vor Zehn ist der erste Punkt Gott sei Dank erledigt. Das Shopping ist vorbei. Jetzt geht es an die eigentliche Arbeit.

Punkt zehn Uhr erscheint Mick in der Bank, wo er nur seinen Anwalt trifft. Der hat in der Zwischenzeit dafür gesorgt, dass Keller und erster Stock evakuiert wurden. Jetzt muss er ebenfalls draußen warten – zusammen mit dem Marschall. Um 10 Uhr 54 ist der Safe offen. Mick holt alles heraus, was darin aufbewahrt ist: Bündel von Scheinen, Münzen, Goldbarren, allerlei Dokumente und Geheimakten. Er legt alles auf den Boden. Und seine ›Instrumente‹ – also auch das hüpfende Kaninchen und das Kinderkostüm – legt er in den Safe und lacht sich halb tot dabei. Dann macht er die schwere Tür wieder zu. Er behält nur die leere Ledertasche. Ein persönliches Geschenk des Senators. Die braucht er noch. Um 11 Uhr 30 kommt Mick strahlend aus der Bank: »Auftrag erledigt!«

Der Senator fällt ihm zwar nicht um den Hals – so in aller Öffentlichkeit –, aber er zeigt sich jedenfalls dankbar:

»Und nun, Mick, wie möchten Sie Ihren freien Nachmittag verbringen? Der Marschall steht Ihnen ganz zur Verfügung. Möchten Sie vielleicht ins Kino? Oder ins

Restaurant? Oder – nun ja, auch dafür hätten wir Verständnis …« gibt der Senator großzügig zu verstehen.

Mick Jennifer holt aus seiner Tasche ein Blatt Papier heraus, das ihm sein Anwalt in der Bank gegeben hat: »Nein, nein, ich bin bescheiden. Ich möchte nur ein paar Besuche machen. Um ganz genau zu sein, es sind zehn Leute, die ich sehen möchte. Sie brauchen keinerlei Befürchtungen zu haben: Es sind allesamt sehr ehrenwerte Bürger. Sie hatten alle nur einmal mit der Justiz zu tun – damals, bei meinem Prozess: die zehn Geschworenen – erinnern Sie sich?«

Und bis 19 Uhr besucht Mick Jennifer zusammen mit Marschall Bennett einen nach dem anderen all die Menschen, die ihm vor drei Jahren zu zehn Jahren Haft verholfen haben.

Er beschimpft sie nicht. Ganz im Gegenteil! Höflich erkundigt er sich, als wäre er ein guter alter Freund, wie es ihnen geht, ob alle gesund sind, ob die Kinder gut sind in der Schule, wie die Geschäfte gehen. Er bittet, ein wenig in der Wohnung, im Haus herumgehen zu dürfen – einfach so, um sich halt ein besseres Bild machen zu können von den Menschen, die ihn verurteilt haben. Und wenn er sich wieder verabschiedet, dann wünscht er allen noch viel Glück und Erfolg. »Genießen Sie die Freiheit – und alles Gute!«

Kein einziges böses Wort, nicht die Spur eines versteckten Vorwurfs, die Liebenswürdigkeit in Person. Der Marschall ist sprachlos. Und er ist sich noch nie so komisch in seiner Haut vorgekommen. Was soll das alles? Und die Geschworenen – sie verstehen die Welt nicht mehr.

Um 19 Uhr 04 fährt der Marschall in den Gefängnishof ein. Der Direktor wartet schon am Portal: »Nun, wie ist es gelaufen?«

»Perfekt. Mick hat sich perfekt benommen. Und, wie Sie bestimmt schon erfahren haben, alles bestens erledigt. «

»Ja, ich habe schon einiges gehört.«

Jetzt steigt auch Mick Jennifer aus dem Polizeiwagen aus. »Auf Wiedersehen, Marschall. War das nicht ein toller Tag, auch für Sie? Übrigens – fast hätte ich es vergessen! Meine Freunde, die Geschworenen, haben darauf bestanden, mir einige Erinnerungsstücke mitzugeben. Aber ich wüsste wirklich nicht, was ich hier damit anfangen könnte. Vielleicht sind Sie so nett, lieber Marschall, und geben dies alles an die Wohltätigkeitsorganisation der Polizei.«

Und vor den verblüfften Polizisten entleert Mick Jennifer seine große Ledertasche, die er bei jedem Besuch über der Schulter hängen hatte: Brieftaschen, Brillen, Armbanduhren, Wecker, Pfeifen, Fotoapparate, Schlüssel, Stricknadeln, und bevor er in seine Zelle zurückgebracht wird, schüttelt er noch die Tasche, um zu zeigen, dass wirklich nichts mehr drin ist.

»Ja, Marschall. Das war's. Aber sagen Sie, vermissen *Sie* eigentlich nichts seit heute morgen? Das wundert mich aber sehr!« Und aus der einzigen Tasche seiner Gefängnisjacke holt er ein Paar Handschellen heraus und überreicht sie feierlich dem bemitleidenswerten Marschall. »Danke, dass Sie nicht auf die Idee gekommen sind, sie mir anzulegen, lieber Mr. Bennett! Das wär's wohl. Nichts für ungut, Marschall Bennett!«

Sarajewo – zwölf Stunden davor

Das bekannte und immer wieder untersuchte Attentat von Sarajewo wäre nur eine tragische Episode wie viele andere auch, wenn es nicht den Ersten Weltkrieg ausgelöst hätte.

Kurz die Umstände des Attentats: Erzherzog Franz Ferdinand von Habsburg, Thronfolger der »Donau-Monarchie«, begibt sich mit seiner Gemahlin nach Bosnien, um an den Sommermanövern des Heeres teilzunehmen. Als der offene Wagen, in dem die Hoheiten sitzen, am 28. Juni 1914 auf dem Weg zum Rathaus durch Sarajewo fährt, springt ein Mann mit einer Pistole darauf zu und schießt mehrmals. Der Erzherzog bricht zusammen. Die Herzogin will sich über ihren Gemahl werfen, ist aber ebenfalls getroffen. Als der Wagen vor dem Rathaus hält, sind nur noch zwei Leichen zu bergen. Der Mörder wird verhaftet. Es ist ein serbischer Student namens Princip.

Der Konflikt, in den Österreich-Ungarn und Serbien durch das Attentat geraten, verschärft sich derart, dass er sich Schritt für Schritt über die ganze Welt ausweitet. So weit die Geschichte, wie sie in jedem Schulbuch nachzulesen ist.

Und hier beginnt – eine andere *Geschichte*:

Im Jahre 1916, mitten im Krieg, kommen einem ungarischen Polizeibeamten verschiedene Gerüchte zu Ohren ... Danach soll das Attentat von Sarajewo nicht etwa die Tat eines einzelnen Studenten gewesen sein, sondern das Ergebnis eines in Ungarn – sogar im Umkreis der kaiserlichen Familie – angezettelten Komplotts! Und obwohl dem Beamten das ganze Gerede höchst unwahrscheinlich vorkommt, beginnt er diskret zu ermitteln.

Seine Untersuchungen führen ihn sehr bald nach Großwardein, wo das Gerücht aufgekommen zu sein scheint.

»Das stimmt«, erklärt ein Kaufmann der Stadt, »ich habe von dem Attentat schon am Morgen des 28. gehört, obwohl es doch erst am Nachmittag stattgefunden hat.«

»Eine Dame hat mir davon erzählt«, berichtet ein Bibliothekar. »Sie sagte mir: ›Erzherzog Franz Ferdinand soll heute in Sarajewo ermordet werden, haben Sie auch schon davon gehört?‹«

Kurz darauf stattet der ungarische Polizeibeamte jener Dame einen Besuch ab. Und zu seiner großen Überraschung zeigt sie sich sehr amüsiert: »Ich glaube, Sie sind über den Ursprung dieser Gerüchte völlig im Irrtum. Es handelt sich dabei keineswegs um ein Komplott. Die Gerüchte entstanden schlicht und einfach durch einen Traum.«

»Durch einen Traum?«

»Ja, durch einen warnenden Traum, eine prophetischen Traum, wenn Sie so wollen.«

»Wie bitte? Irgendjemand soll geträumt haben, dass Erzherzog Franz Ferdinand in Sarajewo ermordet wird? Wegen eines Traumes kommen solche Gerüchte auf, die auch noch ernst genommen werden?«

Nun, der Polizeibeamte ist zwar ganz sicher ein gläubiger Mensch, aber bestimmt kein leichtgläubiger: »Und wer hätte das geträumt, bitte?«

»Ich habe die Geschichte von meinem Mann erfahren. Es wäre mir lieber, wenn Sie ihn selbst fragen.«

Der Ehemann indes fühlt sich genötigt und lehnt schließlich ab: »Es ist einer meiner Freunde, der diesen Albtraum in der Nacht vom 27. zum 28. Juni gehabt hat. Ich glaube, ich habe nicht das Recht, seinen Namen preiszugeben.«

»Nun ja. Vielleicht können Sie mir wenigstens sagen, *wann* er Ihnen davon erzählt hat.«

»Wann? Am selben Morgen. Gegen zehn Uhr.«

»Also vor dem Attentat?«

»Ja, ja, etwa vier Stunden davor – und mit allen Details. Er hat diesen Traum übrigens auch schwarz auf weiß niedergeschrieben.«

»Wie? Er hat alles aufgeschrieben?«

»Ja. Und außer mir hat er es noch zwei oder drei weiteren Leuten zu lesen gegeben.«

Erst der vierte Zeuge gibt nach etlichem Zögern den Namen preis: »Es ist der Bischof von Großwardein, Joseph von Lanyi, der diesen Traum hatte. Er war vollkommen überwältigt, und ich sollte unbedingt davon erfahren.«

»Bischof Joseph von Lanyi? Aber war er nicht der Erzieher der Kinder des Erzherzogs?«

»Ja, sicher. Und davor auch der von Franz Ferdinand selbst. Er hat ihn im Ungarischen unterrichtet. Sie blieben einander freundschaftlich verbunden und haben sich sehr geschätzt.«

»Gibt es noch mehr Zeugen?«

»Bestimmt gibt es noch ein paar. Jedenfalls kann *ich* bezeugen, dass der Bischof in meiner Gegenwart einen Brief an seinen Bruder, Professor Eduard von Lanyi in Fünfkirchen, abgefasst hat, in dem alles ganz genau geschildert wurde. Ich nehme an, der Professor besitzt den Brief noch, und ich schwöre, er wurde noch an dem Morgen vor dem Attentat zur Post gebracht.«

Im Haus des Bischofs trifft der Polizeibeamte zunächst dessen Mutter an. Sie bestätigt: »Mein Sohn hat mich ganz aufgeregt kurz vor acht Uhr geweckt. Er war blass und erzählte mir, er habe einen so furchtbaren

Albtraum gehabt, so deutlich, so glaubhaft – und auch so schwerwiegend, dass er ihn nicht für sich behalten wolle. Er brannte so sehr darauf, sich mitzuteilen, dass er mich bat, eine alte Freundin unseres Hauses aus Komlo, die gerade bei uns zu Besuch war, aus ihrem Zimmer zu holen.«

Und endlich steht der ungarische Polizeibeamte vor dem Bischof. Hier sein Bericht, die Schilderung seines Traumes, wie den Polizeiakten zu entnehmen ist:

»Es war gegen drei Uhr morgens, als ich diesen Albtraum hatte. Ich sah mich hier im Zimmer. Es war ein schwach sonniger Morgen. Als ich einen Blick auf meine Korrespondenz warf, die mir mein Sekretär gerade vorgelegt hatte, sah ich obenauf einen schwarzumrandeten Brief mit dem Siegel und dem Wappen von Erzherzog Franz Ferdinand von Österreich-Ungarn. Ich erkannte sofort die Schrift seiner Kaiserlichen Hoheit, meines unvergesslichen Freundes. Ich öffnete den Umschlag. Ein Teil des Briefes sah aus wie eine Ansichtskarte – eine Straßenecke, wo eine enge Gasse in eine breitere Straße mündet. Die Hoheiten saßen einem General gegenüber in einem offenen Automobil. Neben dem Chauffeur ein Offizier. Aus der Menge, die von beiden Seiten herandrängte, sprangen zwei junge Leute heraus, stürzten nach vorn und zielten mit einer Pistole auf die Hoheiten. Und unter dieses so lebhafte Bild hatte der Erzherzog mit nervöser Schrift ein paar Worte an mich geschrieben, die sich meinem Gedächtnis eingeprägt haben:

›Euer Gnaden, mein lieber Lanyi!
Ich möchte Sie wissen lassen, dass ich heute in Sarajewo zusammen mit meiner Frau einem politischen Mordanschlag zum Opfer fallen werde. Wir bitten Sie,

sich auch in Zukunft, wie bisher, in Liebe und Treue unserer Kinder anzunehmen.

Wir grüßen Sie von ganzem Herzen.

Der Ihre
Erzherzog Franz
Sarajewo, 28. Juni 1914 – 3.30‹«

Der Polizeibeamte zeigt sich zwar beeindruckt, aber keineswegs verwirrt: »Euer Exzellenz, ich zweifle nicht an Ihrer aufrichtigen Überzeugung, aber Sie erzählen mir da einen Traum ...«

»Einen Albtraum!«

»Ganz recht, einen Albtraum. Aber einen Albtraum, der über zwei Jahre alt ist! Wäre es da nicht nur allzu begreiflich, wenn die Ereignisse, die sich in Sarajewo tatsächlich zugetragen haben, Sie so sehr beeinflusst haben, dass Sie jetzt ganz fest daran *glauben*, Sie hätten alles so geträumt?«

»Aber nein! Sofort nach diesem Albtraum bin ich aufgewacht und fiebernd vor Aufregung hier in diesem Zimmer auf und ab gegangen. Dann habe ich mich bemüht, alle Einzelheiten niederzuschreiben, die mir noch gegenwärtig waren. Die ungewöhnliche Deutlichkeit der Bilder, die völlig logische Verknüpfung der Tatsachen und die Wahrscheinlichkeit eines solchen Attentats brachten mich sofort auf den Gedanken, dass es sich um eine Vorahnung handelte, um einen prophetischen Traum. Unnötig zu sagen, dass ich dieses Geheimnis nicht für mich behalten wollte und konnte! Ungeduldig wartete ich, bis der Morgen so weit fortgeschritten war, bis ich meiner Mutter und einer im Haus schlafenden Freundin zumuten konnte, sie zu wecken. Es war – wie gesagt – erst halb vier! Für sie habe ich sogar eine Skizze des Attentats aufgezeichnet, das dann auch genauso ablief. Am Vormittag habe ich dann den Traum zwei weiteren Zeugen erzählt und sogar einen Bericht darüber an meinen Bruder geschickt. Er besitzt ihn noch immer. Sie können sich vorstellen, mit welcher Angst ich auf die Nachricht gewartet habe und mit welchem Entsetzen, mit welcher Fassungslosigkeit ich am Abend erfuhr, dass der Albtraum in der Tat eine Prophezeiung gewesen war!«

Der Bischof merkt, wie ihn der Polizeibeamte still beobachtet. So, als ob ihm eine Frage auf der Zunge liegt, die er nicht zu stellen wagt. »Ich weiß, was Sie denken: Warum habe ich nichts unternommen. Nicht *mehr* unternommen, als mir Zeugen zu suchen? Warum habe ich nicht wenigstens versucht, Erzherzog Franz Ferdinand unmittelbar nach dem Traum zu warnen? Ich hätte ihm ja am selben Morgen ein Telegramm schicken können nach Sarajewo. Ja, es hätte ihn sicher erreicht, er hätte auch das Telegramm gelesen. Vielleicht – vielleicht wäre er dann nicht in der Öffentlichkeit erschienen? Vielleicht wäre sogar der Weltkrieg zu vermeiden oder wenigstens hinauszuschieben gewesen. Nicht wahr, daran denken Sie?«

»Ja, ich kann es nicht leugnen. Daran denke ich.«

»Nun, ich habe es nicht getan, weil – ich nicht eine Sekunde lang daran gedacht habe! Es klingt unglaubhaft, aber ich bin einfach nicht auf die Idee gekommen. Seither verfolgt mich dieser Gedanke. Bis an mein Lebensende wird er mich quälen. Anstatt nach dem Traum alles zu tun, um die Katastrophe zu verhindern, habe ich in der Kapelle eine Messe gelesen und auf das Telegramm mit der verhängnisvollen Nachricht gewartet.«

»Hat der Hof in Wien von Ihrem Traum erfahren?«

»Ja. Ich selbst habe den Hof darüber in Kenntnis gesetzt!«

»Und hat man Ihnen nicht vorgeworfen, nichts unternommen zu haben?«

»Nein. Zehn Tage später, in Wien bei den Trauerfeierlichkeiten, habe ich den Erzherzoginnen Maria Theresia und Maria Annunciata alles dargelegt. Und keine von beiden hat mir den Vorwurf gemacht, dass ich den Todestraum nur im engsten Kreis erzählt habe.«

»Und warum nicht, Ihrer Meinung nach?«

»Nun, vielleicht weil sie annahmen, dass ich mich als katholischer Bischof nicht so entschieden von einem Traum leiten lassen konnte, lassen durfte. Nachträglich hat er sich freilich als prophetisch erwiesen.«

Darauf erwidert der Polizeibeamte nichts mehr und geht. Er zweifelt nicht daran, dass der Bischof die reine Wahrheit spricht. Schließlich gibt es zu viele Zeugen und auch unwiderlegbare Beweise. Aber an einen prophetischen Traum kann er einfach nicht glauben. Es muss eine andere, viel logischere Erklärung für den Traum des Bischofs geben.

Jeder, der damals von dem Fall erfuhr, war nur allzu schnell bereit, die ganze Geschichte mit Telepathie erklären zu wollen. Telepathie – ein Untersuchungsbeamter kann sich damit nicht zufriedengeben. Noch dazu in seinem schriftlichen Polizeibericht! Angenommen, es wäre wirklich Telepathie im Spiel gewesen, so hätte sich einzig und allein der *Mörder* selbst dem Bischof mitteilen können. Denn nur er konnte zwölf Stunden vor dem Attentat wissen, was geschehen würde.

Doch der skeptische Polizeibeamte findet bald heraus, dass die näheren Begleitumstände des Attentats – Ort, Zeitpunkt etc. – selbst dem Mörder noch nicht bekannt sein konnten. Am 28. Juni gibt es nämlich zwei Attentate! Das erste findet bereits gegen Mittag statt.

Es scheitert jedoch. Der Attentäter wird sofort festgenommen. Doch Franz Ferdinand und seine Gemahlin Fürstin Hohenberg, die dabei übrigens leicht am Hals verletzt wurde, bestehen darauf, dennoch im offenen Wagen ihren Weg durch Sarajewo fortzusetzen.

»Dann nehmen wir zumindest einen anderen Weg«, schlägt ein General vor.

Und gerade dieser Vorschlag ist verhängnisvoll. Denn dadurch entsteht ein ziemliches Durcheinander, und schließlich bleibt die Wagenkolonne im Labyrinth der engen Gassen Sarajewos stecken. Und als der Chauffeur versucht, rückwärts aus einer Sackgasse herauszukommen, nutzt der serbische Student die Gelegenheit, springt auf den Wagen zu und schießt. Ort und Zeitpunkt dieser Tat konnten also niemandem, auch nicht dem Mörder, vorher bekannt sein.

Sicher eine gewagte Beweisführung, aber wenigstens für den Polizeibeamten ist dadurch völlig klar, dass es sich auf keinen Fall um Telepathie handeln konnte.

»Dann hatte Bischof von Lanyi doch recht«, meinte der Hof in Wien. »Er hatte eben einen *prophetischen* Traum. Er hat in die Zukunft sehen können!«

»In seinem Traum hatten aber *zwei* Männer das Attentat ausgeübt! Was wiederum beweist, dass er sich mit seiner ›Prophezeiung‹ irrte!«

»Aber nein, ganz im Gegenteil. Es gab ja auch *zwei* Attentate. Die Tatsache, dass der Bischof zwei Mörder in seinem Traum sah, zeigt doch das Prophetische seines Traumes.«

Und dennoch bleibt der ungarische Polizeibeamte bei *seiner* Erklärung des Falles: Für den Kaiserlichen Besuch in Sarajewo, am 28. Juni 1914, fürchtete man das Schlimmste. Hatte doch Franz Ferdinand selber so gegen zehn Uhr morgens bemerkt: »Heute werden wir einige Kugeln pfeifen hören!« Ein solches Attentat, noch dazu an einem serbischen Nationalfeiertag – und Bosnien war der Herrschaft der Habsburger seit Langem schon überdrüssig –, war nur allzu naheliegend. Bischof Joseph von Lanyi wusste es auch. Und hatte Angst um seinen Freund. Ist es da noch so erstaunlich – unter diesen Bedingungen –, dass er einen Albtraum hatte, in dem er genau sah, was er und alle Welt befürchtete?

»Aber all die Einzelheiten?«, zweifelte der Hof in Wien.

Auch darauf ist die Antwort ganz einfach: Die Einzelheiten, die uns so genau erscheinen, sind in Wirklichkeit ganz logisch. Die Hoheiten saßen in einem offenen Wagen? Sicher, bei solchen Anlässen fuhren sie immer in einem offenen Wagen. Der junge Mörder? Nun, die meisten Attentäter sind jung. Der sonnige blaue Himmel? In Sarajewo Ende Juni ziemlich wahrscheinlich. Die breitere Straße und die enge Gasse? Na ja, typisch wohl für jede Stadt.

Der Traum von Sarajewo – Telepathie oder Prophezeiung? Für den ungarischen Polizeibeamten war alles ganz logisch. Aber wohl nur für diesen.

Die Retourkutsche

London: Graue Nebelschwaden, hochgeschlagene Kragen, triefende Regenschirme. Zwei Männer stürzen gleichzeitig in die große Halle eines Bürohochhauses. Es ist Freitag, 18 Uhr 15. Feierabend. Alle zwei Minuten spucken zwei riesige Fahrstühle portionsweise Massen von Menschen aus. Männer und Frauen, die sich auf das bevorstehende Wochenende freuen. Ein wimmelnder Ameisenhaufen, der sich sofort in alle Richtungen auflöst.

18 Uhr 16: Einer der Fahrstühle, kaum entleert, schließt schon wieder seine automatischen Türen. Keine Zeit zum Verschnaufen! Er muss eilends wieder nach oben, wo auf jedem Stockwerk ungeduldig auf den Knopf gedrückt wird.

Die beiden Männer, die hastend gegen den Menschenstrom ankämpften, schaffen es gerade noch, sich zwischen den schließenden Türen hineinzuschieben. Das Monstrum von Aufzug – dadurch offensichtlich in seinem Programmablauf gestört und über die Verzögerung sichtlich verärgert – klemmt mit seinen mächtigen Stahlkiefern den Aktenkoffer eines der beiden Männer ein und zuckt dabei ganz eigenartig, als hätte es plötzlich einen Schluckauf. Doch dann beruhigt es sich wieder. Und mit einem tiefen elektronischen Seufzer befreit es den armen Aktenkoffer aus seiner stürmischen Umarmung.

Gleich darauf schließt der Aufzug unwiderruflich seine Türen und setzt sich nach oben in Bewegung.

»Welches Stockwerk?«

»Elftes.«

Der Mann, der seinen Mitreisenden gehetzt fragte, drückt also zuerst auf die Acht, dann auf die Elf. Er macht einen ausgesprochen nervösen Eindruck, ist offensichtlich in Eile, schaut dauernd auf seine Uhr und starrt auf die aufleuchtenden Ziffern.

Zweiter Stock. Der Fahrstuhl stoppt und lässt sich jetzt auf einmal unendlich viel Zeit! Er öffnet gemächlich die schweren Türen, wartet auch noch einige Sekunden lang, obwohl weit und breit kein Mensch zu sehen ist, und entschließt sich dann endlich, seine Fahrt fortzusetzen. Bis zum dritten Stock. Da stoppt er wieder, öffnet einladend die Türen, wartet. Doch sein Kollege war anscheinend gerade da und ist mit all den wochenendfrohen Bürokräften schon wieder auf dem Weg nach unten.

»Das darf doch nicht wahr sein!«, empört sich der eine. »So eine Bummelfahrt! Wirklich idiotisch! Können diese klugen Maschinen mit ihren elektronischen Augen denn nicht sehen, dass da niemand steht?«

»Regen Sie sich doch nicht so auf«, entgegnet der andere. »Sie wissen ganz genau, dass viele Leute immer bei jedem Stockwerk auf den Knopf drücken müssen. Sie tun's bestimmt auch, wenn Sie nach unten wollen. Der Fahrstuhl kann sicher nichts dafür.«

»Ja, ich weiß! Aber ich habe einen wichtigen Termin! Ich hätte schon um 18 Uhr da sein sollen.«

Mit höflicher Gleichgültigkeit lächelt der andere Mann, der wahrscheinlich keinen so wichtigen Termin hat. Wenn er vorher gerannt war, dann nur wegen des scheußlichen Wetters. Jetzt hat er Zeit und kann es sich leisten, leicht amüsiert das Nervenbündel neben sich zu betrachten: »Fünfter Stock – durch! Na also …«

Doch plötzlich vibriert das Monstrum und bleibt ohne ersichtlichen Grund stehen, einfach so, zwischen zwei Stockwerken.

Das Nervenbündel drückt wütend auf die Acht. Nichts. Noch einmal und immer wieder: nichts. Es tut sich überhaupt nichts! Vielleicht funktioniert es bei der Elf? Auch nicht. Und er drückt und drückt ... auf E, auf 1, auf 2, auf 5, auf 12, auf 14 – nichts, absolut nichts! Nur das Licht scheint reagieren zu wollen: Es blinkt und wird immer schwächer.

»Hören Sie doch auf«, meint der andere. »Wenn diese hochsensiblen Maschinen mal streiken, dann tut man besser daran, sie nicht weiter zu verärgern. Wenn Sie schon gerne auf Knöpfe drücken, dann drücken Sie wenigstens auf den richtigen! Da steht es doch: ›Alarm-Knopf drücken und Hörer abheben.‹ Also klingeln Sie, und der Hausmeister wird sich vielleicht melden – das heißt, wenn er nicht gerade in der Kneipe nebenan sitzt!«

Der Zappelmann schaut ziemlich verdutzt, sammelt sich wieder, klingelt, nimmt den Hörer ab ... und wartet. Doch als jetzt auch noch die Leitung tot zu sein scheint, fängt er wieder an, wie ein Wilder zu toben, herumzuhüpfen.

»Hallo! Verdammt noch mal! Hört mich denn keiner?«, brüllt er ins Telefon. »Wo bleiben Sie denn? Der Fahrstuhl ist stecken geblieben. Hallo! Melden Sie sich doch endlich! Hallo!«

Wirklich eine ganz dumme Situation. Eine von diesen banalen Geschichten, die einem nie selbst passieren. So etwas erleben immer nur die anderen, und man macht dann gern seine Witze darüber.

Doch an diesem Freitag um 18 Uhr 21 anno 1980, mitten in London, finden Mike Osborn und Alister Colby die Lage allmählich gar nicht mehr so witzig. Der Teufel in Person muss seine Hände im Spiel haben! Oder ist es wirklich reiner Zufall, dass gerade diese beiden Männer, die sich vorher niemals gesehen haben, jetzt in einem winzigen, hermetisch abgeschlossenen Raum eingesperrt und gezwungen sind, so lange miteinander zu reden, bis sie etwas entdecken, das sie auf eigenartige Weise miteinander verbindet?

»Es ist doch völlig idiotisch!«, tobt Osborn. »Wozu werden Telefone in diesen verfluchten Liften installiert, wenn niemand da ist, wenn was passiert?«

»Nur Geduld, lieber Mann, es wird schon jemand rangehen – heute oder morgen ... wer weiß. Den Hausmeister kenne ich ganz gut. Ich wette, er sitzt gerade nebenan im Pub vor seinem ersten Bier! Also nehmen Sie es nicht so tragisch. Schließlich besteht keine Gefahr. Es dauert halt nur ein wenig.«

»Ja, aber warum bekommt überhaupt ein Säufer einen solchen Posten! Wenn alle Welt schon weiß, dass er lieber im Pub sitzt und Bier trinkt, als hier seine Runden zu drehen?«

»Nun, alle mögen ihn, wissen Sie. Er ist ein alter, ganz ulkiger Mann, ein Veteran, der früher bei der Marine war. Und er kann erzählen wie ein Buch! Unglaublich, was ihm schon alles in der Welt passiert ist, selbst wenn nur die Hälfte davon stimmt! Auf alle Fälle, jeder mag ihn, obwohl er selten da ist, wenn die Fahrstühle hängen bleiben!«

»Nun ja«, ereifert sich Osborn, »vielleicht finden Sie das in Ordnung, ich jedenfalls nicht! Und wir müssen jetzt irgendetwas unternehmen, um endlich hier herauszukommen! Übrigens – was sagten Sie da eben? Streiken die Fahrstühle hier etwa öfters?«

»Aber ja! Wir haben uns im Haus schon alle daran gewöhnt. Sie wollen unbedingt etwas unternehmen? Na gut, versuchen Sie's. Am besten blockieren Sie den Alarmknopf mit einem Streichholz. Vielleicht kommt jemand unten vorbei und hört es. Hier, nehmen Sie dieses. Oder besser nicht! Sie zittern ja viel zu sehr! Ich mach' das schon, ich habe ja Übung darin!«

»Wie bitte? Sie haben auch noch Übung in der Sache! Sagen Sie mal, passiert das wirklich so oft?«

»Ja, sicher. Ich sagte es Ihnen doch schon! Bei mir ist es jetzt das dritte Mal. Aber normalerweise dauert es nur eine halbe Stunde oder so«, erzählt Colby beruhigend.

»Arbeiten Sie im Haus?«, fragt Osborn, nun auch etwas ruhiger.

»Ja. Mein Büro ist im 11. Stock.«

»Und Sie müssen ausgerechnet am Freitagabend arbeiten?«

»Meistens ja! Vor dem Wochenende sind oft noch einige Sachen fertigzustellen.«

»Darf ich fragen, was Sie machen?«

»Aber ja. Ich bin Zeichner: Kinoplakate, Posters, Werbung, Trickfilme – ja, und Karikaturen für die Wochenendausgabe. Die mache ich meistens eben schnell noch am Freitagabend, kurz vorm Umbruch.«

Der Zeichner, der gerade dabei ist, mit dem Streichholz den Alarmknopf festzuklemmen, macht einen sehr sympathischen Eindruck: ein vollbärtiger, lässiger Mann, der gemütlich an seiner erloschenen Pfeife zieht. Er gehört ganz bestimmt nicht zu den Menschen, die sich das Leben unnötig schwer machen. Mit seiner ausgebeulten Cordhose, seinem offenen Hemd, seinem hängenden Blouson und dem viel zu langen Schal passt er eigentlich nicht so recht in diese Atmosphäre hektischer Betriebsamkeit, und er ist die Ruhe selbst.

Der andere Mann ist das genaue Gegenteil: Mit seinem maßgeschneiderten dreiteiligen Anzug, der feinen Seidenkrawatte und dem obligatorischen Aktenköfferchen, dem peinlich glatt rasierten, verschlossenen Gesicht und seiner nervösen Wichtigtuerei erscheint er wie das leibhaftige Big Business. Dazu scheint er zu jener Art Menschen zu gehören, die sich nur wohl fühlen, wenn etwas schiefläuft. Da kann man dann ein Drama draus machen – und sich als Held hervortun!

»Ich hatte einen äußerst wichtigen Termin mit einem künftigen Kunden«, erzählt er gewichtig. »Wissen Sie, im Immobiliengeschäft, da kann man es sich nicht erlauben, die Dinge gemächlich auf sich zukommen zu lassen oder schnell zwischendurch zu erledigen. Schon der kleinste Fehler ist hier fatal. Und heute Abend ging es fürchterlich zu auf den Straßen. Kaum regnet es ein bisschen, da fahren alle wie die Idioten. Und dann diese Polizisten! Den Verkehr wollen sie regeln? Dass ich nicht lache! Wenn es irgendwo einen Stau gibt, dann können Sie Gift drauf nehmen, dass ein Polizist in der Nähe ist! Also wirklich, das Leben in London ist unerträglich geworden! Einfach unerträglich!

Wie weit sind Sie überhaupt? Klappt es mit dem Streichholz, oder spielen Sie nur so herum, um die Zeit totzuschlagen?«

»Also Sie sind wirklich ein komischer Vogel«, brummt Colby gemütlich. »Meinen Sie, ich fummle hier nur aus Spaß herum? Ich hoffe, es klappt – vorausgesetzt natürlich, die Alarmanlage funktioniert noch! Wenn nicht, dann allerdings ...«

»Was heißt nun das schon wieder? Geht die etwa auch regelmäßig kaputt, wenn sie gerade gebraucht wird?«

»Ich will es Ihnen gerne erklären, Mister ...«

»Osborn. Mike Osborn.«

»Angenehm. Alister Colby. Also, was ich sagen wollte: Dieser Fahrstuhl hier ist ein Prototyp, ein Vertreter der Null-Generation sozusagen. Und er verspürt öfters den Drang, sein komplettes Sicherungsnetz durcheinanderzubringen. In den letzten Monaten etwa einmal pro Woche. Die Mechaniker sagen: Wenn die Alarmanlage zu lange an das elektronische Netz angeschlossen bleibt, dann fängt das gesamte Memory-System an, verrückt zu spielen. Und die Anlage verliert schlagartig ihr Gedächtnis, verstehen Sie. Sie kann sich dann nur noch an die letzten gespeicherten Daten erinnern.«

»Tut mir leid, Mister Colby, da komme ich nicht mit. Was heißt das im Klartext?«

»Nun ja, dies bedeutet, dass die Türen im achten und im elften Stock wahrscheinlich ganz weit offen stehen! Und wenn da oben jemand nicht genau aufpasst, wo er hintritt, dann stürzt er womöglich in den dunklen, tiefen Fahrstuhlschacht. Aber machen Sie sich keine Sorgen, bis jetzt ist ja noch nichts passiert. Wir hätten es auch bestimmt gemerkt, wenn wir plötzlich Besuch von oben bekommen hätten.«

»Na, Sie haben wirklich Nerven! Ein makabrer Humor, das muss ich schon sagen!«

»Und? Haben Sie vielleicht einen besseren Vorschlag?«

»Nein. Leider nicht. Aber wenn das so ist mit dieser verdammten Alarmanlage – warum blockieren Sie sie dann trotzdem?«

»Das Risiko müssen wir eingehen. Oder ziehen Sie es etwa vor, das Wochenende hier mit mir zu verbringen?«

»Bloß nicht!«

»Na also – übrigens vielen Dank, Sie sind sehr liebenswürdig –, und deswegen blockiere ich den Knopf. Alles hängt jetzt allerdings davon ab, wie gut unserem Hausmeister heute Abend das Bier schmeckt. Nach meiner bisherigen Erfahrung rechne ich mit etwa drei Bieren in einer halben Stunde. Dann werden wir uns also spätestens gegen 19 Uhr voneinander verabschieden können. Sollte sich der gute Mann aber vielleicht noch ein viertes

Bierchen genehmigen, dann können wir beide – ich meine die Elektronik und ich – für nichts mehr garantieren! Dann werden wir, lieber Mister Osborn, uns wirklich ein wenig länger vertragen müssen und uns hier ein gemütliches Lager für die Nacht einrichten.«

»Sie finden sich wohl sehr witzig, was? Aber nicht mit mir! Es muss doch noch eine andere, ganz vernünftige Lösung geben!«

»Leider nicht. Es ist Freitagabend, und der Hausmeister hat seinen Wochenenddurst.«

Gegen 19 Uhr 30 zuckt der Fahrstuhl noch einmal ganz leicht, dann erlischt auch noch das Licht. Es ist jetzt stockdunkel in der Kabine und totenstill. Eine unbequeme, schicksalhafte Nacht wartet auf unsere beiden »Gefangenen«, aber es wird auch eine sehr interessante, aufschlussreiche Nacht für diese beiden Männer, die einander ganz fremd sind und noch nicht wissen, wie viel sie in Wirklichkeit verbindet.

Mike Osborn löst den Knoten seiner Krawatte und wühlt in seinen Taschen. Er fingert einen Kugelschreiber mit Lämpchen heraus – eines von jenen lächerlichen Werbegeschenken. Erst jetzt begreift er, wozu solche Erfindungen gut sind! Alister Colby steckt sich eine Pfeife an. Genug Luft kommt ja durch die Luke in der Decke. Beide Männer sitzen nun am Boden. Schlafen können sie ohnehin nicht, also reden sie miteinander: zuerst übers Geschäft, dann über Politik, über Gott und die Welt halt. Als aber weder Gott noch die Welt mehr Gesprächsthemen bieten, reden sie über Privates.

»Wartet jemand auf Sie? Sind Sie verheiratet?«, will Colby wissen.

»Verheiratet? Nein, noch nicht, aber wahrscheinlich bald.«

»Komisch!«, sinniert Colby.

»Warum komisch!«

»Weil, nun, weil ich bisher immer absolut gegen die Ehe war. Aber dann habe ich doch noch eine Frau kennengelernt, na ja, und jetzt bin auch ich nicht mehr dagegen. Ihre Freundin ist bestimmt hübsch, ja?«

»O ja!«, schwärmt Osborn, »wunderschönes braunes Haar!«

»Meine auch. Aber nicht nur braun. Manchmal glänzen ihre Haare wie Gold! Lauter wilde kleine Locken! Und erst die Augen! Ihre großen Augen, wie auf ägyptischen Wandmalereien.«

»So? Ägyptisch sagen Sie? Daran habe ich noch nicht gedacht, aber Sie haben recht, auch Carole hat solche Nofretete-Augen!«

»Carole? Ihre Freundin heißt Carole? Also, es gibt wirklich Zufälle im Leben! Meine heißt nämlich auch Carole! Und was macht sie so, Ihre Carole?«

»Viel zu viel meiner Meinung nach! Hoffentlich entscheidet sie sich bald mal zwischen der Musik, dem Theater und ihrer Doktorarbeit in Geschichte!«

»Sagen Sie, Mister Osborn«, fragt Colby jetzt misstrauisch, »wie heißt sie mit Familiennamen?«

»Mac Grab«, gibt dieser arglos zur Antwort.

»Das darf doch nicht wahr sein! Das gibt's doch nicht!«, poltert Colby los.

»Wieso? Was haben Sie denn? Was ist denn los?«

»Was los ist? Das ist los: Meine Carole heißt ebenfalls Mac Grab! Meine Freundin!«

»Sie sind wohl nicht ganz bei Trost, wie?«, fährt Osborn auf.

»Nun, immer mit der Ruhe. Und werden Sie nicht gleich unverschämt! Wir werden gleich sehen, ob wir die gleiche meinen. Warten Sie, ich werde ihr Gesicht zeichnen.«

»Lassen Sie das!«, winkt Osborn ab. »Ich habe ein Foto von ihr … Hier.«

Osborn leuchtet das kleine Foto mit seinem lächerlichen Kugelschreiber an und hält es Colby vor die Nase. Der bringt keinen Ton heraus.

»Na? Ist das vielleicht auch *Ihre* Carole?«

»Ja. Aber ja doch«, bestätigt Colby ächzend. »Wir haben uns vor einem Jahr bei Freunden kennengelernt, bei einer Vernissage. Das ist doch nicht möglich! Ich kann es noch gar nicht glauben. Sagen Sie, wie … wie gut kennen Sie Carole eigentlich?«

»Jetzt gehen Sie aber zu weit!«

»Warum? Ich kenne sie seit einem Jahr, und wir verbringen jedes Wochenende miteinander. Es ist doch verständlich, dass ich so etwas frage, finden Sie nicht?«

»Mister Colby«, erklärt Osborn nun förmlich, »ich möchte Sie wirklich bitten, mit diesem geschmacklosen Scherz endlich aufzuhören. Ich bin mit Carole verlobt!«

»Verlobt?«

»Ja, sicher. Wir leben seit Monaten zusammen. Am Wochenende ist sie immer bei ihrer Familie in Ramsgate. Weihnachten wollen wir mit ihren Eltern über die Hochzeit reden, und Sie sind ein Mistkerl!«

»Ach ja …, meinen Sie? Und wenn ich Ihnen Caroles Adresse verrate oder ihre Telefonnummer zum Beispiel – glauben Sie mir dann? 486 50 62 Columbia Street. Genügt es Ihnen, oder brauchen Sie noch persönlichere Details?«

»Dreckskerl!«, zischt Osborn wütend.

»Bleiben Sie ruhig, Mann! Oder meinen Sie etwa, mir macht das Ganze Spaß? Schließlich bin ich seit einem Jahr ihr Geliebter!«

»Ihr Geliebter?«

»Sie etwa nicht?«

»Jetzt reicht's aber! Noch ein Wort, und Sie können was erleben!«, schreit Osborn und springt auf.

»Bitte sehr, von mir aus!«, erwidert sein Rivale. »Das ist nun auch schon egal!«

»Sie sind mir *absichtlich* gefolgt! Und *Sie* haben den Fahrstuhl blockiert! Sie kennen sich hier ja bestens aus. Und das alles nur, um mir diese dreckige Geschichte zu erzählen!«

»Armer Irrer! Machen Sie endlich Ihre Augen auf, und finden Sie sich damit ab: Wir schlafen mit derselben Frau, wir sind beide mit ihr verlobt, und wir sind beide in diesem Fahrstuhl eingesperrt. Das ist alles. Und es ist schlimm genug! Meinen Sie nicht auch?«

»Sie sind ein Schwein!«

Da ist mit Vernunft nichts mehr zu machen. Die beiden Männer stürzen aufeinander los und schlagen wild um sich – wie zwei in einem Sack eingesperrte Hähne. Im Lift ist es völlig dunkel und eng, sehr eng. Ein verrückter Kampf! Der Gegner ist zwar hautnah, aber wo genau er steht, kann man nur ahnen. Und so kämpfen auch die Wände des Fahrstuhls mit – und die sind hart.

Plötzlich tönt eine brummige Stimme: »He! Was ist denn da oben los?«

Alister reagiert als erster. Er erkennt die Stimme sofort: »Georgy? Sind Sie es? Na endlich! Holen Sie uns sofort herunter. Wir sind im 6. Stock hängen geblieben! Hören Sie mich?«

»Na klar! Und wie! Ich höre Sie sogar schon eine ganze Weile durch die Leitung. Ha! Ein Krimi im Radio ist direkt ein Dreck dagegen!«

»Georgy, wir haben keine Zeit für Witze. Holen Sie endlich den Mechaniker, sonst schlägt mich dieser Verrückte hier noch tot!«

»O. k., Mister Colby, bin schon unterwegs! Und Schluss mit der Schlägerei, hören Sie, Mister! Sonst hole ich nicht den Mechaniker, sondern die Polizei!«

Alister Colby hätte gerne mit der unsinnigen Schlägerei aufgehört. Aber Mike Osborn denkt nicht daran und tobt noch wilder, während bereits der Mechaniker an der Steuerung der Liftanlage fummelt. Plötzlich ein Ruck, und der Lift saust hinunter. Es ist gegen 21 Uhr 40. Polizei, Feuerwehr, Krankenwagen rücken an und sammeln zwei Verletzte ein.

Ärzte, Polizisten und Ingenieure gaben sich die größte Mühe, die verschiedenen Verletzungen der beiden Gehörnten nach den Versicherungstabellen aufzulisten. Ist nun die Elektronik schuld an dem gebrochenen Nasenbein von Alister Colby, an der Gehirnerschütterung von Mike Osborn? An der kaputten Brille des einen und an den eingeschlagenen Zähnen des anderen? Wirklich ein schwieriger Fall für die Versicherungsgesellschaften! Colby und Osborn haben nie erfahren, für welchen von beiden sich Carole entschieden hätte, wenn ihre zwei Verlobten nicht die Wahrheit über ihr Spiel erfahren hätten. Dass sie es erfahren haben, war wirklich reiner Zufall. Auch wenn die Betroffenen vielleicht heute noch fest davon überzeugt sind, dass nur der Teufel eine solche Geschichte inszenieren konnte.

Die alte Dame am Telefon

Kopenhagen, 13. November 1953. Es ist 2 Uhr 15, also mitten in der Nacht. Der Feuerwehrmann Christian Rasmussen hat Dienst und langweilt sich seit Stunden. Die Nächte sind lang in Kopenhagen um diese Zeit. Bereits gegen 17 Uhr geht die Sonne unter – und bis jetzt nicht ein einziger Einsatz. Na ja, Gott sei Dank. Rasmussen ist sehr jung, erst 22 Jahre alt, nicht sehr gebildet, jedoch bemerkenswert intelligent und voll Enthusiasmus für seinen Beruf. Im Augenblick spielt er Karten mit seinem Kollegen Oberfeuerwehrmann Carl Skager. Da läutet das Telefon!

Christian Rasmussen meldet sich: »Hauptfeuerwache Kopenhagen. Hallo ... Hallo!«

Keine Antwort. Aber es ist jemand am anderen Ende der Leitung.

»Hallo! Feuerwehr! Melden Sie sich doch! Wer ist am Apparat?«

Der Kollege Skager brummelt nur. Wahrscheinlich wieder einer dieser blöden anonymen Anrufer, die sich einen Spaß daraus machen, die Feuerwehr auf den Arm zu nehmen. Doch Christian unterbricht ihn:

»Sei mal ruhig! Ich höre jemanden atmen. Hallo! Wer ist am Apparat? So melden Sie sich doch endlich! Sie blockieren die Leitung! Wenn's ernst ist, sagen Sie irgendetwas, aber melden Sie sich!«

Da vernimmt er eine schwache Stimme, offenbar die Stimme einer alten Frau: »Ich bin gestürzt, helfen Sie mir.«

»Sie sind gestürzt? Wo denn? Sagen Sie mir erst einmal *wo* Sie sind.«

»Ich ... weiß ... es ... nicht ...«

»Sie wissen nicht, wo Sie sind? Das gibt's doch nicht! Sind Sie zu Hause? Wo wohnen Sie denn?«

»Ich glaube, ja. Ich bin vielleicht, wahrscheinlich ... bin ich ... zu Hause ...«

Der junge Rasmussen hat gerade seine Probezeit absolviert und ist noch nicht sehr erfahren. Aber er hat Instinkt. Er spürt sofort, dass es sich hier nicht um irgendeinen dummen Scherz handelt, und bittet seinen Kollegen, den zweiten Hörer aufzunehmen.

»Sie wissen nicht genau, ob sie zu Hause sind? Wo befinden Sie sich? In einer Wohnung?«

»Ja, es ist ... eine Wohnung. Ich bin gefallen. Auf den Teppich ..., und ... ich kann mich nicht bewegen.«

»Wo ist die Wohnung? Geben Sie uns die Adresse durch. Wo wohnen Sie?«

»Ich ..., ich weiß nicht. Ich kann es nicht sagen. Ich glaube, ich bin zu Hause, aber ich weiß die Adresse nicht mehr.«

»Na gut. Hören Sie genau zu, und bleiben Sie ganz ruhig. Sagen Sie uns nur, wie Sie heißen.«

»Ich weiß es ... nicht. Ich kann mich an nichts erinnern. Ich weiß nur, dass ich nicht mehr aufstehen kann!«

»Das macht nichts! Aber hängen Sie nicht auf! Wir werden die Post bitten, Ihre Wohnung zu lokalisieren. Hallo! Hallo!«

Die alte Dame hat aufgehängt. Der junge Feuerwehrmann ist völlig ratlos. »Sie hat aufgehängt! Was machen wir jetzt?«

»Nichts!«, meint der Kollege. »Da kann man nichts mehr machen. Wir können nur warten. Vielleicht ruft sie noch mal an. Aber glaub mir, es war bestimmt nur ein Scherz. Daran sind wir hier gewöhnt. Das wirst du noch oft genug erleben.«

»Nein, das glaube ich nicht! Das ist kein Scherz. Wir müssen sofort den Chef benachrichtigen.«

»Den Chef? Und was soll *er* dann unternehmen, deiner Meinung nach – ohne Namen, ohne Adresse? Komm, vergiss es, spielen wir weiter. Wenn es so ernst war, ruft sie wieder an, deine alte Dame.«

Und in der Tat, 32 Minuten später geht erneut das Telefon. »Hauptfeuerwache Kopenhagen. Hallo?«

Ein Seufzer, schweres Atmen in der Leitung, dieselbe alte, schwache Stimme wie vorhin: »Hallo, ich bin ohnmächtig geworden, ich wollte nicht aufhängen. Der ganze Teppich ist voll Blut. Ich bin verletzt. Ich habe Angst. Bitte, kommen Sie schnell, bitte!«

Dieses Mal bringt der junge Feuerwehrmann seinen Kollegen auf Trab: »Ruf die Postzentrale an! Schnell! Sie müssen feststellen, woher der Anruf kommt!«

Dann spricht er wieder mit der alten Dame: »Wo sind Sie verletzt?«

»Ich weiß ... es ... nicht. Ich weiß nur, dass ich viel Blut verliere. Ich sterbe bestimmt!«

Christian Rasmussen weiß nicht so recht, wie er reagieren soll. Er versucht, die alte Dame zu beruhigen:

»Aber nein! So schnell stirbt man nicht. Bleiben Sie ganz ruhig. Wir kümmern uns schon um Sie. Die Postzentrale sucht gerade Ihre Adresse. Sie erinnern sich nicht zufällig an ihre Telefonnummer, oder?«

»Nein ... nein ... ich weiß nichts mehr ... mir wird ganz schwindlig!«

»Hören Sie: Bitte *hängen* Sie nicht wieder auf! Legen Sie den Hörer auf den Teppich. Sie brauchen keine Angst zu haben. Wir kommen so schnell wie möglich!«

Unterdessen ruft der Kollege Skager die Postzentrale von Kopenhagen an und erklärt die Dringlichkeit des

Falles: »Wir haben sie noch an der Leitung. Können Sie den Anschluss lokalisieren?«

»Wissen Sie eigentlich, wie spät es ist? Drei Uhr morgens! Hier ist niemand da. Ich bin nur der Nachtwächter. Aber um feststellen zu können, woher ein Anruf kommt, da muss eine ganz komplizierte Apparatur in Bewegung gebracht werden. Das können nur unsere Techniker, und die sind in der Nacht nicht da. Ich kann Ihnen nicht helfen, tut mir leid!«

Es ist also unmöglich festzustellen, woher der Anruf kommt. Was nun?

»Die Post kann uns nicht helfen. Jetzt liegt es an uns: Wir *müssen* alles versuchen! Es bleibt noch eine Möglichkeit: mit der alten Frau so lange wie möglich im Gespräch bleiben, bis ihr vielleicht doch etwas einfällt, das uns weiterbringen kann.«

Jetzt übernimmt Carl Skager, der ältere und erfahrenere der beiden Feuerwehrmänner den Hörer: »Hallo. Sind Sie noch dran? Wenn Sie mich hören, antworten Sie bitte!«

Drei, vier Sekunden vergehen – dann wieder die schwache Stimme: »Ja, ich bin noch dran.«

»Bluten Sie noch? Woher kommt das Blut?«

»Ich …, ich weiß es nicht. Ich fühle nichts …, vor allem …, ich kann meine Beine überhaupt nicht bewegen …«

»Also, Sie sind gestürzt und haben sich verletzt. Und Sie haben keine Schmerzen?«

»Nein, weh tut mir nichts … Ich bin nur gelähmt …, nur die Beine. Aber die Beine bluten nicht. Ich glaube, es ist der Kopf. Alles voll Blut!«

»Hören Sie. Sie müssen unbedingt ganz vorsichtig sein. Vielleicht ist die Wirbelsäule verletzt. Sie dürfen sich auf keinen Fall bewegen, verstehen Sie? *Wie* sind Sie denn gestürzt?«

»Wahrscheinlich ... bin ich aus dem Bett gefallen. Ich weiß nicht mehr, warum ich aufstehen wollte. Ich weiß nicht einmal mehr, wer ich bin. Ich bin bestimmt zu Hause. Denn ich bin ... ganz alleine hier.«

»Vielleicht wohnt aber doch jemand mit Ihnen in der Wohnung und schläft nebenan. Bitte, denken Sie nach! Haben Sie schon versucht zu rufen?«

»Ja, aber ... meine Stimme ist zu schwach. Da hört mich bestimmt niemand.«

»Na gut. Also, Sie sind aus Ihrem Bett gefallen. Wo stand das Telefon?«

»Auf dem Nachttisch ... glaube ich. Jetzt liegt es neben mir auf dem Teppich. Als ich zu mir kam ... habe ich den Freiton gehört und die 18 gewählt, die auf dem Apparat steht.«

»Wenn das Telefon neben dem Bett steht, vermute ich, dass Sie alleine wohnen, und ich vermute auch, dass Sie sich nur schwer bewegen können. Denken Sie gut nach: Waren Sie vielleicht schon vorher gelähmt – bevor sie hingefallen sind?«

»Vielleicht, ja, vielleicht ... jetzt, wo Sie es sagen ..., ich glaube ja ...«

»Dann gibt es bestimmt jemanden, der sich um sie kümmert. Erinnern Sie sich vielleicht an den Namen eines Arztes?«

»Nein ..., nein.«

»Oder gibt es vielleicht jemanden, der Ihnen regelmäßig Spritzen gibt – oder eine Frau, die Ihnen den Haushalt besorgt?«

Carl Skager fällt langsam nichts mehr ein, was er noch alles fragen könnte, um dem Gedächtnis der alten Dame nachzuhelfen.

»Liegt vielleicht ein Rezept auf Ihrem Nachttisch? Oder auf dem Teppich?«

»Nein, ich sehe nichts ... Doch, warten Sie, da ist ein Schächtelchen.«

»Können Sie es erreichen, ohne sich zu sehr zu bewegen?«

»Ja ... ich glaube schon ... wenn ich die Hand ausstrecke ...vielleicht.«

»Gut, dann nehmen Sie es und lesen Sie mir vor, was drauf steht, wenn es geht.«

Es dauert eine Weile. Dann buchstabiert die alte Dame einen komplizierten Namen. Skager notiert ihn, gibt den Zettel seinem jungen Kollegen. Der ruft sofort die Nachtapotheke an: »Können Sie mir sagen, gegen welche Art von Krankheiten dieses Medikament verschrieben wird? Was behandelt man damit?«

»Nun, im Grunde gar nichts. Ein einfaches Einreibemittel zur Lockerung der Muskulatur. Wird oft bei Massagen verwendet.«

»Kann es einer alten Frau mit gelähmten Beinen helfen?«

»Helfen sicher nicht. Das heißt, es kommt darauf an, wenn sie nicht vollkommen gelähmt ist, vielleicht. Dann würde ich vermuten, dass sie von einem Bewegungstherapeuten behandelt wird.«

Skager nimmt sofort das Gespräch mit der alten Dame wieder auf: »Hallo? Hören Sie mir jetzt gut zu: Können Sie sich daran erinnern, ob Sie vielleicht von einem *Bewegungstherapeuten* behandelt werden? Sagt Ihnen das Wort etwas?«

»Ja, schon, sicher sogar. Das Wort ist so kompliziert ..., ich habe ... es mir gemerkt.«

»Sehr gut. Passen Sie auf: Ich nehme jetzt das Telefonbuch und lese Ihnen die Namen aller Bewegungstherapeuten vor. Wenn Sie den Namen erkennen, sagen Sie es mir, ja?«

Zwanzig Minuten später ist Skager beim 39. aller »Heilgymnastiker«, die in Kopenhagen und Umgebung niedergelassen sind. Mehrmals musste er unterbrechen, um die alte Dame zu beruhigen, die immer wieder klagt, dass sie blutet, dass sich alles um sie herum dreht, dass sie bestimmt gleich stirbt.

Der 43. Therapeut in alphabetischer Reihenfolge heißt Henning Thomsen. Die alte Dame stößt einen schwachen Ruf aus: »Das ist er ... ganz bestimmt! Henning ...Thomsen ... ja.«

Es ist jetzt bereits vier Uhr früh, und noch immer liegt schwarze Nacht über Kopenhagen. Sekunden später wählt der junge Feuerwehrmann die Nummer des Arztes. Es dauert lange, bis eine verschlafene Stimme sich endlich meldet: »Es tut mir leid, aber Herr Thomsen ist übers Wochenende verreist. Er ist telefonisch nicht erreichbar.«

Die letzte Hoffnung. Jetzt ist es endgültig aus. Und die alte Dame wird irgendwo in der Stadt verbluten. Sie wird immer schwächer. Nur noch ein Wunder könnte sie retten. Beide Männer, der ältere, diensterfahrene Skager und der junge Rasmussen sind völlig entmutigt. Es muss doch eine Rettung möglich sein! Aber *wie*? Die alte Dame *muss* sich doch noch an andere Sachen erinnern können, wenn sie schon den Namen des Arztes erkannt hat.

Also nimmt Oberfeuerwehrmann Skager das seltsame Gespräch wieder auf: »Hallo? Hören Sie mich? Wie geht es Ihnen? Können Sie noch sprechen?«

Die Stimme der alten Frau ist kaum noch zu hören.

»Hallo! Hören Sie! Sie *müssen* uns helfen! Versuchen Sie es! In Ihrem Zimmer brennt doch Licht, oder?«

»Ja!«

»Beschreiben sie uns, was Sie sehen. Wie sieht Ihre Wohnung aus? Das kleinste Detail kann uns einen wichtigen Hinweis geben, verstehen Sie? Also, was sehen Sie?«

»Den Teppich ... voller Blut ...«

»Moment mal, Sie sagen Teppich. Ist es ein Teppichboden oder ein Bettvorleger, der vielleicht auf einem Parkett liegt?«

»Ja, ein altes Parkett.«

»Sehr gut. Und wie ist die Decke? Ist sie sehr hoch?«

»Ja, sehr hoch, mit Stuck ...«

»Mit Stuckaturen! Es ist also ein altes Haus! In Ihrem Zimmer gibt es doch ein Fenster, wie sieht es aus?«

»Schmal ... hoch ...«

»Mit zwei Flügeln und einem Fensterriegel, nicht wahr? Hat es Vorhänge?«

»Es ist ... so ... wie Sie sagen ... aber keine Vorhänge.«

»Sind die Fensterläden geschlossen?«

»Nein, ich kann die Mauer ... auf der ... anderen Straßenseite ... sehen. Sie ist beleuchtet ... Ich glaube, es ist eine Straßenlaterne da.«

Nach dieser letzten Anstrengung sagt die alte Frau nichts mehr. Fieberhaft wiederholt Skager alle Details.

Der junge Feuerwehrmann Christian Rasmussen schreibt alles genau auf. Also: Zu finden ist ein altes Haus mit schmalen Fenstern in einer engen Straße, denn die Frau kann die Mauer gegenüber sehen. Das Fenster ist hell, wahrscheinlich im Erdgeschoss oder im ersten Stock, sonst könnte sie die Straßenlaterne nicht sehen.

»Schön und gut, aber das bringt uns überhaupt nicht weiter! Ein helles Fenster irgendwo in Kopenhagen. Wie soll man es finden? In welchem Viertel soll man überhaupt suchen? Wenn sie nur noch einige Kleinigkeiten beschreiben könnte!«

»Hallo? Sie wissen wirklich nicht mehr, wie die Straße heißt? Hallo! Hallo!«

Doch die alte Dame antwortet nicht mehr. Sie hat nicht aufgehängt. Wahrscheinlich ist sie wieder ohnmächtig – oder vielleicht schon tot.

»Jetzt ist es, glaube ich, endgültig aus«, meint Skager. »Aber trotzdem: Häng nicht auf, Kleiner. Wer weiß, vielleicht wacht sie wieder auf! Zu dumm! Und dieser Arzt, der auf Reisen ist. Nur *der* könnte noch helfen. Na ja, auf alle Fälle, leg nicht auf. Mehr können wir im Augenblick nicht tun.«

»Aber wir blockieren die Leitung 18 seit über zwei Stunden, Skager! Wenn's nun irgendwo brennt, und man uns nicht erreichen kann?«

»Ich übernehme die Verantwortung. Schließlich können sie dann auch bei der Polizei anrufen. Die Chancen stehen eins zu einer Million, dass die arme Frau wieder aufwacht, aber bleib am Hörer, ja? Man kann nie wissen.«

Eine Stunde lang tut sich nichts. Jetzt kann auch Oberfeuerwehrmann Skager nicht länger warten und die Leitung blockieren. Gerade will er seinem jungen Kollegen sagen, er solle jetzt doch auflegen, als dieser auf einmal ganz aufgeregt hochfährt: »Ich habe eine Idee! Aber du wirst sie bestimmt für total verrückt halten.«

»Nun, sag schon, wer weiß?«

Eine halbe Stunde später, nachdem der Oberbranddirektor geweckt wurde und – wenn auch mit erheblichen Vorbehalten – schließlich doch seine Einwilligung gegeben hat, wird die verrückte Idee des jungen Feuerwehrmannes ausgeführt, obwohl an und für sich keiner so recht an einen möglichen Erfolg des ganzen Unternehmens glauben kann.

Vierzehn Feuerwehrautos mit heulenden Sirenen rücken aus. Es ist mittlerweile 5 Uhr 30 und noch stockdunkel. Jedes Fahrzeug hat Anweisung, in einem bestimmten Stadtviertel alle Straßen zu durchfahren, und alle Einsatzwagen sollen ständig mit der Zentrale in Funkverbindung bleiben. Dort sitzt der zweiundzwanzigjährige Christian Rasmussen, das Telefon an einem Ohr. Den Kopfhörer des Funkgeräts am anderen. Äußerst angespannt und konzentriert lauscht er. Irgendwann muss doch eine Sirene im Telefon der alten Frau zu hören sein! Sie hat nicht aufgelegt, und die Fensterläden sind offen. Also müsste man irgendwann eine der vierzehn Sirenen hören können!

Nach einer Dreiviertelstunde ist ganz Kopenhagen auf den Beinen. Überall brennen die Lichter.

6 Uhr 22. Als der Oberbranddirektor gerade den ganzen Klamauk stoppen will, da Bürgermeister und Journalisten ihm schon das Haus einrennen – ruft Christian Rasmussen: »Jetzt! Jetzt! Ich höre eine Sirene! Ganz leise zwar, aber ein Einsatzwagen *muss* in der Nähe sein!«

Oberfeuerwehrmann Skager übernimmt sofort das Funkgerät: »Wagen 1, Sirene aus!«

Christian hört die Sirene noch.

»Wagen 2 – Sirene aus! Wagen 3 ..., Wagen 4 ...«

Als Wagen 12 seine Sirene abschaltet, schreit Christian aufgeregt: »Das ist sie! Die Sirene 12!«

»Wagen 12, hier die Zentrale. Sie sind in der Nähe. Schalten Sie jetzt die Sirene wieder ein. Ja. Wir hören sie ganz deutlich durch das Telefon! Alle anderen Einsatzwagen sollen zurück zum Depot fahren!«

Minuten später überreicht ihm der junge Feuerwehrmann triumphierend den Hörer. Jetzt ist die Sirene 12 ganz deutlich zu hören, ganz aus der Nähe.

»Wagen 12, hier die Zentrale! Sie befinden sich jetzt garantiert in der richtigen Straße. Jetzt suchen Sie nach einem Fenster, wo Licht brennt.«

»Wagen 12 an Zentrale – verstanden. Aber es ist unmöglich! Das ganze Viertel ist jetzt auf den Beinen, und Licht brennt in fast allen Fenstern.«

»Wagen 12 – haben Sie einen Lautsprecher?«

»Sicher!«

»Gut. Dann veranlassen Sie, dass alle Lichter in der Straße sofort ausgeschaltet werden. Erklären Sie der Bevölkerung durch den Lautsprecher, worum es geht. Nur die alte Dame wird ihr Licht nicht ausschalten können. Dann finden Sie das richtige Fenster!«

Immer noch am Telefon hängend, hört Christian Rasmussen – zuerst nichts. Die Sirene ist abgeschaltet. Dann, schwach, aber deutlich die Stimme, die durch den Lautsprecher auffordert: »Schalten Sie Ihre Zimmerbeleuchtung aus! Ich wiederhole: Schalten Sie alle Beleuchtungskörper aus! Wir suchen eine gelähmte, ohnmächtige Frau, bei der Licht brennt! Ich wiederhole: Wir suchen …«

Zehn Minuten später hört Rasmussen durch das Telefon, wie eine Tür aufgebrochen wird. Dann die Stimme eines Feuerwehrmannes am Telefon: »Hallo Zentrale? Wir sind da! Die Frau liegt im Koma. Ihr Puls ist sehr schwach, aber sie lebt noch. Sie ist am Kopf verletzt. Wir transportieren sie sofort ins Krankenhaus. Ende.« Und der Feuerwehrmann legt endlich den Telefonhörer der alten Dame auf.

Sie hieß Ellen Thorndall, war 72 Jahre alt und seit mehreren Jahren schon an beiden Beinen gelähmt. Im Krankenhaus konnte sie gerade noch gerettet werden, aber es war höchste Zeit gewesen. Dieses »Wunder« hatte nur geschehen können, weil ein junger Feuerwehrmann die verrückte Idee durchgesetzt hatte, um fünf Uhr morgens eine ganze Stadt mit heulenden Sirenen aufzuwecken.

Ihr sehr ergebener

Cornelius Benton ist erbost, wirklich sehr erbost. Ein ehrbarer kleiner Briefträger im Ruhestand und sitzt nun schon zum zweiten Mal im Gefängnis. Er, ausgerechnet er, der es nie wagte, auch nur neben den Zebrastreifen die Straße zu überqueren. Nun, was kann er denn schon verbrochen haben?

Er war kaum im Ruhestand, da erklärte er der BBC den Krieg, der Britisch Broadcasting Corporation. Zu jener Zeit als unsere Geschichte spielt, gibt es in England zwei Fernsehprogramme: das »nationale«, wofür man eine jährliche Gebühr bezahlen muss, und ein privates kommerzielles Programm, das – gratis für die Zuschauer – mit den Einnahmen aus der Werbung finanziert wird. Und Cornelius Benton vertritt die Meinung, dass die jährliche Fernsehgebühr für die vielen kleinen Ruheständler viel zu hoch ist. Also beschließt er, nur noch das Privatfernsehen anzuschauen, auch wenn ihm die häufigen Werbespots auf die Nerven fallen. Und von nun an weigert er sich, die fällige Gebühr zu zahlen. Nicht einfach so, ohne Erklärung. Nein, er schickt der BBC die Rechnung mit beiliegendem Schreiben zurück:

»... ich bitte um Verständnis. Aber da ich Ihre Programme nicht anschaue, halte ich mich auch nicht für verpflichtet, die Gebühr zu bezahlen. Mit vorzüglicher Hochachtung. Cornelius Benton.«

Auch nach mehreren Mahnungen weigert er sich, zu bezahlen. Auch nicht die Säumniszuschläge und die fällige Verwarnung. Daraufhin verbringt er acht Tage im Gefängnis, hofft aber insgeheim, dass die TIMES über seine mutige Entscheidung berichten wird, was vielleicht die Verantwortlichen für dieses Fernsehgebührengesetz dazu bewegen könnte, über die prekäre finanzielle Lage der vielen kleinen Rentner nachzudenken – und womöglich eine Ermäßigung für sie in Betracht zu ziehen. Aber kein Mensch nimmt Notiz von der ganzen Angelegenheit. Zwei kleingedruckte Zeilen in der TIMES, auf der vierten Seite, das ist alles.

Gut. Wenn das so ist, muss ich eben andere Saiten aufziehen, denkt Benton, als er nach einer Woche seine Zelle verlässt. Zuerst macht er sich an seinem Fernsehapparat zu schaffen und blockiert alle Knöpfe, die man braucht, um das öffentlich-rechtliche Programm zu empfangen. Und als er die nächste Zahlungsaufforderung bekommt, schreibt er abermals der BBC einen vollendet höflichen Brief:

»... wiederum bitte ich um Ihr Verständnis. Ich kann jetzt technisch Ihre Programm nicht mehr empfangen. Außerdem bin ich der Meinung, dass alle wenig begüterten Rentner dasselbe tun sollten wie ich. Mit vorzüglicher Hochachtung. Ihr sehr ergebener Cornelius Benton.«

Ergebnis: Zwei Wochen Gefängnis.

Diesmal ist der kleine Briefträger nicht mehr nur verärgert, als er wieder auf freien Fuß gesetzt wird. Er kocht vor Wut und trifft eine für ihn unglaublich mutige Entscheidung. Mit Höflichkeit und Bitten um Verständnis hatte er nicht den geringsten Erfolg, also heißt es jetzt aktiv werden und den britischen Institutionen die Hölle heiß machen. Sein Ziel ist die National Gallery.

Einige Tage später zwängt er sich spät abends durch ein Toilettenfenster in das berühmte Museum, schleicht langsam durch die langen Ahnengalerien, und mit kritischem Auge bleibt er plötzlich vor einem bestimmten Gemälde stehen. Genau! Das ist es! Ein Bild des Duke of Wellington, auf das ganz England stolz ist – nicht nur, weil Goya das Porträt malte, sondern weil Wellington Napoleon bei Waterloo endgültig bezwang. Ja, ohne Zweifel, der Verlust dieses Nationalheiligtums wird das Land am schlimmsten treffen. Es ist kein großes Bild. Cornelius Benton nimmt es einfach von der Wand ab und verschwindet auf demselben Weg, auf dem er in das Gebäude eingedrungen war. Mit dem Porträt unterm Arm geht er eine Zeit lang durch die dunklen Londoner Straßen, bis er an eine menschenleere Baustelle kommt. Dort entfernt er sorgfältig den goldenen Rahmen, rollt das Gemälde zusammen, lässt den Rahmen an Ort und Baustelle und fährt nach Hause.

Am nächsten Morgen geht ein Schrei der Empörung durch ganz England. Sogar die TIMES berichtet so aufgeregt, als ginge es um den Diebstahl der Kronjuwelen – erstens, weil es sich ausgerechnet um den legendären Nationalhelden Wellington handelt, der England mit seinem Sieg über diesen kleinen, größenwahnsinnigen Kaiser der Franzosen von einer der größten Bedrohungen in der Geschichte des Inselreiches befreit hat, zweitens, weil immerhin der weltberühmte Maler Goya – und sei er »nur« ein Spanier – den britischen Helden für die Ewigkeit festgehalten hat. Last not least aber auch, weil der Staat gerade eben dieses Gemälde für die Unsumme von 300 000 Pfund gekauft hat – wohlgemerkt: im Jahr 1960!

Kein Wunder also, dass Land und Leute sehr empfindlich reagieren. Schnellstens bildet die Regierung eine Untersuchungskommission, sperrt alle Grenzen, Häfen und Flugplätze. Die Insel-Polizei wird in alle

Windrichtungen geschickt mit dem Auftrag: »Bringen Sie den Duke nach London zurück! Es darf ihm kein Haar gekrümmt werden!«

Niemand ahnt, dass Seine Lordschaft zusammengerollt im Schuhschränkchen eines sonst immer sehr brav gewesenen Briefträgers außer Dienst ruht. Drei Wochen später ist die Polizei noch keinen Schritt weitergekommen. Die Zeitungen zweifeln langsam, denn sie haben das Thema voll ausgeschöpft: über Kindheit und Karriere Wellingtons, über Goya und sogar über Napoleon haben sie geschrieben. Die reinste Geschichtsstunde täglich in der TIMES. Jetzt aber bietet die Angelegenheit wirklich nichts mehr, was in irgendeiner Form journalistisch noch zu verwerten wäre. Langsam aber sicher rückt der große Held aus den Schlagzeilen auf Seite 2, von Seite 2 immer weiter nach hinten, bis schließlich nur noch an unauffälliger Stelle irgendwo gemeldet wird: »Immer noch keine Spur von Wellington.«

Die Untersuchungskommission stottert, die Kommissare und Polizisten vermeiden das Thema, sobald ein Vorgesetzter in Sicht ist. Selbst in den Pubs zucken die feinen Herren nur noch mit den Schultern. Der kleine Briefträger muss sich also etwas Neues einfallen lassen. Und wieder schreibt er einen Brief, diesmal an die National Gallery:

»Hochgeehrter Herr Direktor!

Ich habe die Ehre, Sie davon in Kenntnis zu setzen, dass ich das Gemälde vom Duke of Wellington aufbewahre und jederzeit bereit bin, es Ihnen wieder zur Verfügung zu stellen. Das Bild kostete Sie 300 000 Pfund und wurde mit den Steuergeldern der Bürger dieses Landes bezahlt. Ich wäre Ihnen persönlich sehr dankbar, wenn Sie damit einverstanden wären, diese Summe an einem Ort zu hinterlegen, den zu nennen ich mir zur gegebenen Zeit erlauben werde.

Dieses Geld möchte ich dazu verwenden, allen kleinen Rentnern wie mir zu helfen, die jährlich viel zu hohe Fernsehgebühr zu bezahlen. Es wäre meines Erachtens eine noble Tat von Ihnen, und Sie könnten mit unser aller Dankbarkeit rechnen. Ich hoffe, dass mein Vorschlag Ihnen zu denken gibt – und Ihnen vielleicht sogar gefällt. In Erwartung Ihrer geschätzten Antwort in der Anzeigen-Spalte des DAILY MIRROR, verbleibe ich, sehr geehrter Herr Direktor, mit vorzüglicher, doch leider anonymer Hochachtung. Ihr sehr ergebener …«

Schade! Trotz der perfekt höflichen Konditionalform dieses Schreibens und trotz jenes ungewöhnlichen – Vorschlags oder vielleicht gerade wegen der Irrsinnigkeit des Ganzen nehmen weder der Direktor des illustren Museums noch die nicht weniger berühmte britische Polizei Notiz von dem sehr ernst gemeinten Schreiben des alten Briefträgers. Stattdessen sucht man weiter. Die Züge werden durchwühlt, die Schiffe fast auseinandergenommen, die Flugzeuge geröntgt. Nichts. Absolut nichts. Vier Jahre lang.

Wellington ruht noch immer zusammengerollt zwischen den Schuhen des in der Zwischenzeit 65 Jahre alt gewordenen Postboten.

Dann und wann holt Cornelius das Porträt heraus – damit er auch mal an die frische Luft kommt. Schließlich will er ja nicht, dass das Kunstwerk im Schrank Schaden leidet. Doch jedes Mal, wenn Cornelius seinen Hausgast auseinanderrollt und auf dem Tisch ausbreitet, kommt es ihm vor, als sähe Wellington immer bleicher und verbissener aus – hier ein Fältchen, dort eine Beule. Ohne Frage, dieser längere Aufenthalt im

Schrank bekommt dem Duke nicht besonders. Cornelius muss wieder etwas unternehmen.

Auch mithilfe des großen Strategen konnte der Briefträger also seinen Krieg gegen die BBC nicht gewinnen. Cornelius ist aber ein guter Verlierer, und da sich der Staat seines Anliegens offenbar durchaus nicht annehmen will, entschließt er sich, Wellington zurückzugeben. Und so schickt er dem DAILY MIRROR einen ganz kurzen, sehr höflichen Brief zusammen mit einem Zettel der Gepäckaufbewahrung des Birmingham-Bahnhofs, wo der Sieger von Waterloo nun geduldig auf die britische Polizei wartet.

Eine Belohnung von 5000 Pfund wurde demjenigen versprochen, der der Polizei einen Hinweis zur Wiederauffindung des Gemäldes geben würde. Cornelius beginnt also zu rechnen: Der BBC muss man pro Jahr fünf Pfund bezahlen. Mit den fünftausend Pfund könnte er also tausend Rentnern ein Jahr lang helfen. Immerhin besser als gar nichts.

Mister Cornelius Benton zieht seinen Sonntagsanzug an, seine blankpolierten Schuhe und macht sich auf den Weg zum Polizeipräsidium. Dort trifft er zuerst auf einen steifen Polizisten, einen von denen, die keinen Sinn für Humor haben. Cornelius zieht seinen Hut:

»Verzeihen Sie, ich möchte mich vorstellen: Cornelius Benton. Ich bin der Mann, der Wellington so lange – aufgehalten hat. Sie wissen doch, das Gemälde der National Gallery. Nun, da bin ich. Die Polizei hat 5000 Pfund geboten für denjenigen, der mich anzeigen oder finden würde. Ich tue es selber. Und jetzt möchte ich die 5000 Pfund. Das Geld ist nicht für mich bestimmt. Damit will ich eine Art Stiftung gründen für alle Fernsehzuschauer, die die Jahresgebühr nicht zahlen können ...«

Der Polizist ist nicht in der Stimmung, auf diese skurrile Rede einzugehen: »Schauen Sie, dass Sie weiterkommen! Los, Mann!«

»Verzeihen Sie bitte, aber ich heiße Cornelius Benton.«

»Ich gratuliere! Nun gehen Sie aber bitte wieder brav nach Hause.«

Und niemand ist bereit zu glauben, dass ein kleiner Briefträger im Ruhestand den gesamten Polizeiapparat von England vier Jahre lang an der Nase herumgeführt hat. Cornelius wird mit der Zeit immer zorniger: Er bringt Beweise, erzählt jedem, der es hören will – auch der Presse – seine Geschichte mit allen Details! Und endlich hat er doch noch Erfolg: Er wird festgenommen und soll wegen Diebstahls verurteilt werden. Aber Hunderte kleiner Rentner sammeln Geld, spenden von ihren Ersparnissen, um einen guten Anwalt für Cornelius Benton bezahlen zu können. Und bei dem Prozess erklärt dieser Anwalt: »Nach den britischen Gesetzen kann nur von Diebstahl die Rede sein, wenn der Dieb das entwendete Objekt behalten oder verkaufen will. In unserem Fall also kommt eine Klage wegen Diebstahls nicht infrage, da Cornelius Benton niemals die Absicht hatte, das Gemälde zu behalten oder zu verkaufen! Er wollte es sogar gleich zurückgeben und hätte es schon vor vier Jahren getan, hätte der Direktor den Brief meines Klienten beantwortet!«

Sichtlich verärgert rückt der Hohe Vertreter der Krone seine weiße Perücke zurecht und erklärt: »In diesem Fall, Euer Ehren, muss der Angeklagte verurteilt werden, weil er als Bedingung für die Rückgabe des Objektes in drohender Weise Geld gefordert hat.«

Doch darauf hat der Anwalt nur gewartet und lächelnd steht er auf: »So, meinen Sie? Lesen wir also den bewussten Brief meines Klienten laut vor. Sie erlauben doch?

›... ich wäre Ihnen persönlich sehr dankbar, wenn Sie damit einverstanden wären ... Mit vorzüglicher Hochachtung ... Ihr sehr ergebener ...‹ Euer Ehren, so lasse ich mich jederzeit gerne bedrohen!«

Immer mehr irritiert, brüllt der Vertreter der Krone, der sich langsam lächerlich vorkommt: »Und ... und was ist denn mit dem Rahmen? Wo ist er geblieben? Die Krone wäre dankbar, dies zu erfahren!«

Um Gottes willen, der Rahmen! Cornelius hat völlig vergessen, wo die Baustelle damals gewesen ist. Und jetzt, vier Jahre danach, nun gibt es sie bestimmt nicht mehr. Der Rahmen ist und bleibt also für alle Zeiten verschwunden. Und er hatte einen Wert von etwa hundert Pfund. Da ist nichts zu machen. Cornelius Benton muss wieder ins Gefängnis, und zwar für drei Monate, ohne Bewährung.

Am selben Abend erfahren Tausende kleine Rentner in England aus der Nachrichtensendung der BBC, wie der Prozess ausgegangen ist. Schon am nächsten Tag stürmen sie die National Gallery und bringen ihre gesparten Shillinge der Direktion, bis die hundert Pfund zurückbezahlt sind. Es kommt sogar so viel Geld zusammen, dass der beschämte Direktor vor einem echten menschlichen und dazu noch vor einem juristischen Problem steht! Aber trotz alledem muss Cornelius Benton seine drei Monate Gefängnis absitzen.

Am Ende freilich ist er der Sieger. Denn in der Zwischenzeit wurde »der Fall Benton« im ganzen Land so populär, dass auf einmal ganz schnell ein neues Gesetz verabschiedet worden ist: Die jährliche Fernsehgebühr wird für alle wirtschaftlich schwachen Bürger ermäßigt und in bestimmten Fällen sogar ganz abgeschafft.

Als Cornelius Benton drei Monate später nach Hause kommt, repariert er sofort die blockierten Knöpfe seines Fernsehapparats – und ist sehr froh, endlich auch die Programme der BBC anschauen zu dürfen. Er hatte es nie zugegeben, aber bei den privaten kommerziellen Programmen – nun, da war er schon immer der Meinung gewesen, dass es viel zu viel Werbung gab für Dinge, die sich kleine Rentner ohnehin nicht leisten können.

Der Major und die Schlange

Der 19. Mai 1912 ist nicht gerade ein Glückstag für Andrew Higgins, auch wenn er zunächst an einen Scherz glaubt. Higgins, Major der britischen Kolonialarmee in Indien, biwakiert mit seinem Regiment in der Gangesebene. Die Gegend ist dürr, trocken. Die Leute sind in Zelten untergebracht, zwanzig Kilometer vom Fluss entfernt. Es ist heiß, unerträglich heiß!

Aber 1912 in Indien ist man als Engländer noch absolut unerschütterlich in seiner Haltung. Demgemäß sind Shorts und des Majors Hemd in tadellosem Zustand, demgemäß trägt und erträgt er mit stoischem Gleichmut die kratzenden Baumwollkniestrümpfe und die schweren, halbhohen Stiefel, wie das Reglement es nun einmal vorschreibt.

Die Effektivität der britischen Armee hing – jedenfalls zu jener Zeit – genauso an derartigen Kleinigkeiten wie an der Qualität ihrer Enfield-Gewehre. Es liegt aber ganz sicher an seinem festen Schuhwerk, dass der Major nicht sofort merkt, *was* da auf ihn zukommt. Und es liegt auch ebenso daran, dass er gerade mit drei Kameraden Whist spielt – eine äußerst beliebte Beschäftigung unter den britischen Offizieren der Indischen Armee, ein Spiel, das höchste, geistige Konzentration fordert. Die vier Männer sitzen also in einem Zelt, dessen hochgerollte Seitenplanen trotzdem kaum die Spur eines Luftzugs hereinlassen. Drei Soldaten stehen um den Tisch und verfolgen gebannt das Spiel.

Mehr zufällig schaut einer von ihnen auf den Fußboden – und erstarrt! Ganz langsam, ganz vorsichtig erhebt er seinen Blick und überlegt, wie, ja wie er es am besten formulieren könnte. Major Higgins *muss* unbedingt vor der drohenden Gefahr gewarnt werden, und zwar sofort! Aber er darf sich auf keinen Fall bewegen. Die geringste Bewegung könnte tödlich für ihn sein.

Nun ist Major Higgins aber ein äußerst ungestümer Mensch, ein Choleriker, der bei jeder Kleinigkeit gleich in die Luft geht. Nichtsdestoweniger ist er sehr beliebt in seinem Regiment. Nur macht es seinen Kameraden halt immer wieder Spaß, ihn zu foppen, um sich dann an seinen Zornesausbrüchen zu weiden. Es wäre also sehr gefährlich, geradezu unmöglich, ihn jetzt direkt zu warnen. Er könnte einen Jux wittern und wie üblich hochfahren. Doch das wäre sein sicherer Tod. Er *darf* sich nicht bewegen.

Der Soldat sucht fieberhaft nach den passenden Worten und erklärt schließlich gekünstelt und mit tonloser Stimme: »Ich bitte Major Higgins, mir zu glauben. Was ich gleich sagen werde, ist kein Scherz. Er darf auf keinen Fall sein linkes Bein bewegen. Major Higgins, ich fürchte, dass eine Hornviper um Ihren linken Schuh kriecht. Sie müssen es mir glauben. Wenn nicht, fragen Sie bitte die anderen Offiziere. An Ihrer Stelle würde ich mich überhaupt nicht mehr bewegen.«

Major Higgins fällt grundsätzlich auf fast jeden Schabernack herein und ärgert sich dann hinterher. Aber er ist so sehr an die Späße seiner Kameraden gewöhnt, dass er diesmal, ohne sein Spiel auch nur im Geringsten zu unterbrechen, lediglich amüsiert bemerkt: »William, da müssen Sie sich schon etwas anderes ausdenken.«

Doch besagter William, ein einfacher Leutnant, wiederholt beharrlich: »Ich bitte Major Higgins *dringlichst*, mir zu glauben. Ganz ohne Zweifel liegt eine Hornviper auf seinem linken Schuh. Es scheint, als wolle sie sich langsam hochschlängeln, und ich bitte höflichst den Herrn Oberst neben Ihnen, dies mit einem vorsichtigen Kopfnicken zu bestätigen.«

Der Oberst neigt ein wenig den Kopf und wird seinerseits bleich: »Andrew, William lügt nicht. Es *ist* eine Hornviper. Sie kriecht langsam um Ihren Knöchel. Bewegen Sie sich nicht! Man muss etwas tun, bevor sie Ihr Knie erreicht.«

Also jetzt, da es der Oberst bestätigt, wird es wohl stimmen. Dem guten, rotbackigen Major Higgins schießt Totenblässe ins Gesicht. Alle sitzen oder stehen jetzt wie erstarrt. Keiner wagt es, auch nur laut zu atmen.

Die Hornvipern dieser Gegend sind äußerst gefährlich. Ihr Biss ist absolut tödlich. Sekunden später spiegeln die weit aufgerissenen Augen des Majors lähmendes Entsetzen. Durch seinen Strumpf hindurch fühlt er es jetzt ganz deutlich, dieses todbringende Scheusal an seinem Schienbein.

Der Oberst, der von allen am günstigsten sitzt, sagt ruhig: »Ich greife jetzt ganz vorsichtig nach meinem Revolver und entsichere ihn. Wenn der Kopf mehr im Profil steht, werde ich versuchen zu schießen. Machen Sie sich keine Sorge wegen Ihres Strumpfes. Ich werde mich bemühen, ihn nicht zu beschädigen!« – Englischer Humor, wie er im Buch steht!

Endlich hat der Oberst seinen Revolver in Anschlag gebracht. Die Viper ringelt sich um Higgins' Wade. Sie ist mindestens sechzig Zentimeter lang. Ihr grässlicher Kopf, charakteristisch platt und dreieckig liegt auf dem Knie des Majors. Im Zelt herrscht Totenstille. Sekunden vergehen – Minuten? Eine Ewigkeit! Auf einmal fragt der Oberst mit ganz ruhiger Stimme, in dem ebenso höflichen wie unterkühlten englischen Ton, der jegliches Gefühl vermissen lässt:

»Higgins, was ist Ihnen lieber? Soll ich Ihnen das Knie zertrümmern oder soll sie in Ihre Hose weiterkriechen?«

Die Shorts der britischen Armee sind sehr lang und sehr weit. Kalter Schweiß perlt auf Higgins' Stirn. Die Karten hat er auf den Tisch gelegt, seine Unterarme liegen flach auf. Er sitzt vollkommen reglos – seit unendlich vielen Minuten. Seine Kameraden können ihre Haltung wenigstens ganz leicht verändern. Er aber darf sich auch nicht die geringste Bewegung erlauben. Gegen den Biss dieser Schlange hilft kein Serum. Nach drei Minuten wäre er tot.

Schließlich trifft der arme Higgins seine Entscheidung: »Oberst, zerschießen Sie mir das Knie!« Der Oberst zögert noch. Einem Menschen das Knie zu zertrümmern, das heißt immerhin, ihn für immer zum Krüppel zu machen. Doch dann richtet er langsam den Lauf seines schweren Ordonnanz-Revolvers auf das Ziel. Aus dieser kurzen Entfernung wird die Kugel den schrecklichen Vipernkopf zerfetzen. Aber auch Higgins' Knie. Und es besteht durchaus die Gefahr, dass das tödliche Gift vielleicht doch mit seinem Blut in Berührung kommt ... Vielleicht wird er ihm auch die Schlagader zerreißen. Die Schlange müsste ein wenig weiterkriechen. Nur zwei, drei Zentimeter! Nicht weiter, sonst verschwindet der Kopf im Hosenbein.

»Higgins, ich werde Ihnen wahrscheinlich den Oberschenkel zerschmettern, das ist nicht so schlimm wie das Kniegelenk. Ich kann nicht mehr warten!«

Higgins ist am Ende seiner Kräfte. Trotzdem klingt seine Stimme stark und unglaublich gleichmütig: »Oberst, vor allen Kameraden, die hier Zeugen sind, bitte ich Sie, *endlich* zu schießen!«

Der Oberst drückt ab, die Schlange ist enthauptet, aber die Kugel zerschlägt auch den Schenkelknochen.

Der Spuk ist vorüber. Sechs Monate später kehrt Higgins ins Zeltlager des Regiments zurück – auf Krücken. Er wurde in Neu-Dehli verarztet, so gut es damals 1912 ging. Jetzt muss er den Dienst quittieren. Doch bevor er nach England zurückkehrt, möchte er sich von seinen Kameraden verabschieden.

Die witzeln und spaßen herum wie früher, heute jedoch, um ihre Rührung zu verbergen: »Na Higgins, du alter Glückspilz! Komm, spiel noch eine Partie Whist mit uns!«

Und sie setzen sich alle ins Zelt, wie damals vor sechs Monaten. Higgins Kameraden werfen sich verstohlen Blicke zu. Der gute alte Andrew! Sie können ihn doch nicht einfach gehen lassen, ohne ihm noch einmal einen ordentlichen Streich zu spielen. Sie *müssen* ihn noch einmal wütend erleben! Mitten im Spiel zeigt plötzlich ein Offizier auf das heil gebliebene, rechte Bein von Higgins und schreit ganz aufgeregt: »Higgins! Eine Schlange! Da! Schon wieder!«

Und es funktioniert. Dieses Mal erstarrt der arme Major nicht auf seinem Stuhl, sondern macht, wie erwartet, einen Satz, dass ihm die Karten aus der Hand fliegen. Zuerst wird er weiß vor Zorn, dann rot. Einen Augenblick lang sieht man, wie sein empörtes Gesicht sich verzerrt, so als wolle er sagen: »Das ist gemein ..., verdammte Kerle ..., arme Idioten!« Aber er sagt nichts mehr. Er fällt um und ist tot. Früher war er lediglich ein Choleriker gewesen. Seit dem Unfall aber war er ein schwer herzkranker Mann geworden. Seine Freunde wussten es nicht. So hat ihn die Schlange letztlich doch getötet.

Zärtlichkeit

Man stelle sich einmal einen kleinen verträumten Platz vor, mit leise rauschenden Bäumen ringsherum und einem alten Brunnen in der Mitte. In Südfrankreich vielleicht oder auch irgendwo in Bayern, das ist ganz egal. Auf diesem Platz eine Bank und auf der Bank einen Alten. Oder besser: einen Senioren, einen »Ur-Senioren« geradezu, denn Monsieur Careux ist bereits 92 Jahre alt. Ein alter Opa also, der Liebling der Kinder. Das heißt, das war einmal, bis vorgestern. Die Gutmütigkeit seines Schwiegersohnes hat sich aber im Laufe der Jahre erschöpft, und vor zwei Tagen sagte er zu seiner Frau:

»*So* geht es nicht weiter, wir *brauchen* einfach sein Zimmer, die Kinder werden immer größer – wir haben keinen Platz mehr für ihn! Das *muss* er doch einsehen! Morgen gehe ich zum Altenheim und frag' mal nach, ob sie ihn aufnehmen können.« – Der Schwiegersohn hatte sehr leise gesprochen, aber der Opa mag zwar alt sein, taub ist er deswegen aber noch lange nicht! Er hat alles gehört. Und heute morgen beim Frühstück hat schließlich der Schwiegersohn – dieses Mal laut, bestimmt und übertrieben freundlich erklärt:

»Ich habe mich beim Altenheim erkundigt, es geht in Ordnung. Du wirst es dort bestimmt gut haben. Du bist doch gesund und rüstig und kommst in die Abteilung der ›fröhlichen Senioren‹. Was meinst du dazu?«

Also auch noch fröhlich! Sonst noch was! Wenn der Opa noch genügend Kraft hätte, so würde er seinem Schwiegersohn die Nase plattdrücken. Nur so, damit auch er fröhlicher aussieht. Und jetzt sitzt er allein auf der Bank auf dem kleinen, verträumten Platz.

Da kommt eine alte Frau angetrippelt und setzt sich neben ihn. In einer Hand einen Stock, in der anderen eine kleine Tasche, offensichtlich auch schon aus den Zwanzigerjahren. Komisch, Menschen, die einer Minderheit angehören, kommen einander meist näher. Sie lächeln sich zu und reden bald ein wenig miteinander: »Guten Tag, Madame.«

»Guten Tag, Monsieur.« Zuerst spricht man übers Wetter und übers Rheuma. Dann schweigt man wieder. Ob mit neunzig oder mit zwanzig Jahren – man erzählt nicht gleich jedem Fremden sein ganzes Leben, einfach so.

»Auf Wiedersehen, Monsieur.«

»Auf Wiedersehen, bis morgen vielleicht?«

»Ja, vielleicht.«

Am nächsten Tag sitzen sie wieder nebeneinander und reden – ein wenig gelöster. Die erste Schüchternheit ist jetzt überstanden, und der Opa erzählt von dem Schwiegersohn und dem Altenheim. Sie spricht über ihre Einsamkeit in ihrem Häuschen, wo sie alleine lebt, seitdem ihre einzige Tochter nach Amerika gegangen ist. Die schreibt nur einmal im Jahr, vor Weihnachten, und ihre Enkelkinder kennt sie nur von Fotos.

»Aber man darf sich nicht beklagen«, meint sie ohne Bitterkeit, »so ist es nun mal, wenn man alt ist. Man muss sich einfach damit abfinden!«

»Warum eigentlich? Ich habe eine Idee. Sehen wir uns morgen wieder?«

»Aber ja, ich ... ich freue mich ja schon jeden Tag darauf.«

Es dauert aber noch eine ganze Woche, bis der Opa mit seiner Idee endlich herausrückt ... Leidenschaftlich, fast wie in seinen besten Jahren, setzt er zu einer gewichtigen Rede an:

»Wissen Sie was, meine Rente und Ihre dazu – und wir verstehen uns doch ganz gut, und ich sehe einfach nicht ein, dass ich auf einmal abgeschoben werden und einsam leben soll, nur weil ich alt bin! Und *Sie* sollten auch nicht so alleine bleiben. Wer hat schon das Recht, uns daran zu hindern, *so* zu leben, wie wir möchten, wie wir *könnten*? Wir zeigen es allen! Wir ziehen einfach zusammen!«

Die alte Dame lächelt. Mit 87 Jahren verliebt man sich vielleicht nicht mehr, aber man spürt die geringste Zärtlichkeit wie ein Geschenk des Himmels. Gewiss, die große Liebe hat man hinter sich, aber für eine Freundschaft ist es niemals zu spät ... Sie errötet leicht. Denkt an ihre zwei Katzen, an die Rosen vor ihrem Häuschen, an den Zaun ringsherum, der mit den Jahren auch immer gebrechlicher wurde. Soll sie es wagen? Ihr ist auf einmal auch eine Idee gekommen ... aber nein, lieber nicht. Der lacht mich bestimmt nur aus. Na, und wenn schon!

»Monsieur Careux ... vielleicht ... ich meine ... bitte schauen Sie mich nicht so an, sonst traue ich mich nicht!«

»Sagen Sie schon! Woran denken Sie?«

»Ich ... ich meine, wir könnten auch ... heiraten!«

Jetzt ist es heraus. Und gleich sprudelt sie weiter: »Es wäre so schön. Dann wüsste ich auch, dass das Häuschen nicht verkauft wird, falls ich vor Ihnen sterbe. Sie würden es weiter pflegen und darin wohnen. Es wären dann Ihr Haus und Ihre Rosen. Und auch die Katzen – die eine ist noch ganz klein –, sie würden bei Ihnen bleiben. Und der Zaun, den können Sie wieder neu streichen. Ich kann noch gut kochen, und ...«

Und die Hochzeit fand am 10. Juli 1964 statt. Um 9 Uhr beim Standesamt, um 11 Uhr in der Kirche an dem kleinen Platz mit den Bäumen und der Bank. Sie – 87 Jahre und weiße Haare – trug ein altrosa Kleid. Er – 92 Jahre mit einem Strohhut wie Maurice Chevalier – trug einen dunkelblauen Anzug. Es war eine ganz private Zeremonie. Die Familien wurden nicht eingeladen.

Das Haus von Brighton

Randolph Stillway, der traurige Rest einer heruntergekommenen Familie, die einmal zu den reichsten ganz Englands gehörte, besitzt nichts mehr. Nicht einmal seinen Namen. Randolph Stillway. Dieser Name ist lediglich ein Pseudonym, ein beruflicher Deckname für diesen Menschen ohne Haus, ohne Kinder, ohne Bindungen, aber nicht ohne Vergangenheit. Irgendwo in England des Jahres 1942 – sitzt dieser Mann mit kurzem Haar und blauen Augen mit einem anderen in einem anonymen Büro. Der andere ist der Chef:

»Es handelt sich um einen Sonderauftrag, Stillway, um einen *ganz* delikaten. Ich habe mich nun doch entschlossen, *Sie* damit zu betrauen – aus Gründen, die Sie wahrscheinlich verurteilen werden, aus niedrigen psychologischen Gründen. Aber *Sie* sind nun einmal der Mann, der am besten geeignet ist, jene Frau zu finden.«

Randolph Stillway ist Agent beim Intelligence Service. Ein Fünfziger, schlank, sportlich, Bridgespieler, Staatsexamen in Mathematik, Musiker, Scharfschütze, guter Reiter. Früher war er Berufspilot, aber auch in seinem neuen Beruf sammelt er ausgezeichnete Noten.

Der Chef reicht ihm ein Foto: »Wir haben sie trotz ständiger Beschattung vor zwei Wochen aus den Augen verloren. Wir müssen sie finden!«

Randolph Stillway kann seine Bestürzung nicht verbergen.

»Das ist sie doch, nicht wahr? Es ist *Ihre* Frau!«

»Meine Ex-Frau, ja.«

»Richtig. Sie sind erstaunt?«

Der Agent hat allerdings Grund, erstaunt zu sein. Nicht einmal im Traum hätte er sich einfallen lassen, Selena in der Welt der Spionage zu treffen! Selena, dieses Strohköpfchen, immer aufgeputzt – eine Frau, die nur Nagellack und Spitzen im Kopf hatte. Ein geschwätziges Vögelchen, leichtsinnig und frivol, das meist nur zwischen Partys und irgendeinem Schönheitsinstitut hin und her flatterte.

»Regen Sie sich nicht auf, Stillway. Es handelt sich wirklich nicht um unbedachte seelische Grausamkeit unsererseits. Aber es muss schnell etwas unternommen werden. Ehrlich gesagt, wir haben nur zwei Tage Zeit!«

»Was hat sie denn getan?«

»Sie hat sich bei einem unserer Agenten eingeschlichen. Wir beobachteten sie auch deswegen. Aber sie hat es trotzdem geschafft, spurlos zu verschwinden, nachdem sie von ihm, nun, gewisse, sehr wichtige Informationen erfahren hat. Diese Frau arbeitet für einen deutschen Mittelsmann. Sie tut es nur wegen des Geldes, nicht aus Überzeugung. Sie ist bestimmt keine professionelle Spionin. Umso delikater ist für uns die ganze Angelegenheit.«

»Aber warum ich?«

»Weil wir hoffen, dass Sie sie am schnellsten finden. Sie kennen sie gut. Bis jetzt kann sie England noch nicht verlassen haben – noch nicht! Sie hält sich irgendwo versteckt. Man muss sie finden, bevor es ihr gelingt, das Land zu verlassen. Die Informationen, die sie besitzt, sind zu wichtig!«

»Zu wichtig?«

»Allerdings!«

»Was meinen Sie damit?«

»Fragen Sie nicht so viel, Stillway. Wir erwarten auch nicht von Ihnen, dass Sie sie – eliminieren. Sie sind kein Killer.«

»Aber wird sie dann ...«

»Keine weiteren Details, Stillway. Was Sie betrifft, handelt es sich nur darum, herauszufinden, *wo* sie sich aufhält. Mehr nicht. Aber schnell. Haben Sie mich verstanden?«

»Ja, ich habe verstanden.«

»Ich sage es Ihnen noch einmal: *nur* herausfinden, wo sie sich aufhält! Keinen Kontakt mit ihr. Keine sonstige Initiative Ihrerseits. Das ist ein Befehl. Halten Sie mich persönlich auf dem laufenden.«

Sinnlos, Ausflüchte zu suchen. Stillway hat begriffen: Er ist damit beauftragt, seine Ex-Frau zu finden, sie zu »lokalisieren«, wie es im Jargon heißt – und jemand anders wird – das Übrige erledigen. Sie wird getötet werden, ganz bestimmt. Aber genaugenommen wird *er* der Mörder sein. Der Chef sagte es ganz richtig: Es geht hier nicht um seelische Grausamkeit. Wenn man ihn mit dieser Mission beauftragt hat, dann wirklich nur, weil sonst niemand auch nur die geringste Chance hätte, sie in so kurzer Zeit ausfindig zu machen.

Stillway wühlt in seinem Gedächtnis. Wenn Selena gemerkt hat, dass sie beschattet wird, kann sie nur an einem Ort Zuflucht gesucht haben, den sie alleine kennt. Aber Randolph kennt sie schließlich ganz gut. Immerhin waren sie zehn Jahre lang verheiratet. Seit sieben Jahren sind sie geschieden, immerhin – aber es gibt viele gemeinsame Erinnerungen. Selena hat sich vielleicht an den Ort einer solchen Erinnerung abgesetzt. Die Erfolgschancen sind gering, aber in Anbetracht der Dringlichkeit hat der Intelligence Service bestimmt mehrere »Jäger« losgeschickt. Randolph ist sicherlich nicht der Einzige.

Er hätte auch ablehnen können. Er hat es nicht getan – aus Gründen, die er nicht einmal klar zu analysieren vermag. Außerdem wurde er auch gar nicht gefragt, ob er mit dem Sonderauftrag einverstanden sei oder nicht. Die Zeiten, der Krieg, die Gefahr, dass wichtige Informationen in die Hand des Feindes geraten können, wodurch das Leben vieler Menschen gefährdet wäre, vielleicht sogar die Zukunft des Landes – all das rechtfertigt ganz sicher eine gewisse Unmenschlichkeit.

Er wurde auch nicht gefragt, wie es um seine augenblicklichen Gefühle für seine Ex-Frau bestellt ist. Die Antwort wäre einfach gewesen: Kann man jahrelang eine Frau lieben und dann mit aller Seelenruhe an ihren Tod denken? Selbst wenn diese Frau ihn verlassen, ihn betrogen hat, selbst wenn sie seine Gutmütigkeit und seine Liebe nur ausgenützt hat! Irgendetwas bleibt immer …

Randolph war das Opfer bei diesem Schiffbruch. Aber diese Details stehen nicht in den Akten des Intelligence Service. Dort steht nur:

Scheidung 1935.

Name der Ehefrau: Selena, geborene Robbins.

Jetzt 36 Jahre alt, ohne Beruf, 1 Meter 63, 55 Kilo, helle Haut, braune Haare, grüne Augen.

Das Foto, das der Chef Randolph zeigte, schien erst vor Kurzem aufgenommen zu sein. Selena sitzt auf der Terrasse eines Restaurants. Sie lächelt jemanden an, der ihr gegenübersitzt. Natürlich einen Mann. Selena würde niemals mit einer Frau in einem Restaurant sitzen. Ob sie sich verändert hat? Ein bisschen, ja. Das Gesicht ist nicht mehr ganz so rund, weniger kindlich vielleicht, der Blick ist herausfordernd, im Ganzen wirkt sie viel unnatürlicher – so, als hätte sie gelernt, ihren Charme gezielt einzusetzen.

»Sie macht es nur wegen des Geldes«, hatte der Chef gesagt. Ja, davon ist auch er überzeugt, aber das ist keine Entschuldigung. Für Selena bedeutet Geld alles, was ihr im Leben wichtig ist: Kleider, Juwelen, Autos, Parfum. Sie konnte immer schon ein Vermögen ausgeben für diese lächerlichen Dinge – auch wenn kein Geld da war. Irgendwie hatte sie doch immer wieder welches. Randolph hatte längst aufgegeben, sie zu fragen, wie sie das eigentlich machte – lange schon vor der Scheidung. Selena hatte nie Skrupel, wenn es darum ging, aus jemandem Geld herauszulocken. Hauptsache, sie konnte damit irgendeine kostspielige Laune befriedigen.

Ganz gleich, wie sie nun zur Spionin wurde, auf alle Fälle ist ihr bestimmt nicht bewusst, dass sie damit ihr Land verrät! Aber jetzt steckt sie ihre hübsche Nase in einen internationalen Konflikt, und durch ihre Schuld geraten Menschen in Lebensgefahr. Und wenn sie auf jenem Foto auch noch so lächelt – sie lächelt bereits den Tod an.

Randolph Stillway muss einen klaren Kopf bewahren und sich beherrschen. Die Erinnerungen dürfen nur ganz sachlich und völlig emotionslos wieder hervorgeholt werden, wenn er sich entschließt, den Befehl auszuführen – wenn er fähig ist, diese Frau auszuliefern, und wenn er es überhaupt schafft, sie zu finden.

Einen ganzen Tag lang hat er nachgedacht. Dann hat er seinem Chef einen Brief geschrieben. Einen langen Brief, der ihm auch geholfen hat, an diesem Tag seine eigenen Gedanken zu ordnen. Darin erzählt er von sich und Selena. Und er erklärt, warum er sich entschlossen hat, den Befehl auszuführen – und warum er dennoch nicht gehorchen wird.

Er hat alle Möglichkeiten überschlagen, wie er Selena finden könnte: Es gibt ein Haus in der Nähe von Brighton, direkt am Strand: das Haus ihrer Kindheit.

Dort haben sie auch ihre Hochzeit gefeiert und später oft glückliche Ferien verbracht. Es ist ein winziges Haus in schlechtem Zustand. Schon zur Zeit der Scheidung lohnte es sich nicht mehr, es zu renovieren. Seit Langem unbewohnt, wäre es sicherlich ein sehr diskreter Zufluchtsort. Eine andere Möglichkeit wäre ein Hotel. Selena hasst Hausarbeit. Wenn sie alleine lebt, zieht sie es bestimmt vor, in einem kleinen Hotel zu wohnen, als jeden Morgen selbst ihr Bett zu machen. Und im Restaurant zu essen ist ihr sicherlich lieber, als einzukaufen, zu kochen und abzuspülen. Sollte sie also Geld haben – und es scheint so zu sein –, so hat sie vielleicht diese Lösung gewählt.

Es gibt viele Hotels in London, doch Randolph erinnert sich an sein letztes Zusammentreffen mit Selena. Das Hotelzimmer, das zerwühlte Bett, die Koffer des anderen. Er hört noch die schrille Stimmer seiner Frau: »Du hast mich ja nie verstanden! Liebe allein genügt nicht, um Menschen glücklich zu machen. Und außerdem, *er* versucht nicht, eine kluge Frau aus mir zu machen! Er nimmt mich so wie ich bin!«

Randolph hat den ganzen Vormittag das Hotel bewacht, dann das Namensregister der Gäste überprüft. Selena ist nicht da. Auch der Anruf bei ihrer Jugendfreundin ist negativ, negativ auch die Auskunft des Schönheitsinstituts, das sie früher besuchte. Und auch im Friseursalon hat man sie schon lange nicht mehr gesehen. Er hatte es beinahe geahnt, aber diese Arbeit gehört nun mal zur Routine. Sie ist auch aus dem Tennisklub ausgetreten, und ihre Juwelen kauft sie jetzt anderswo.

Am späten Nachmittag fährt Randolph Stillway also mit seinem Wagen nach Brighton. Er macht sich keine besondere Hoffnung, aber die 80 km nimmt er noch in

Kauf. Brighton – ein nobler Badeort, seit George IV. als Prince of Wales hier weilte. Am frühen Abend kommt er an. Im Winter ist es sehr ruhig. Die Nächte sind kalt. Die Wellen brechen über die Pier. Das Haus, das er sucht, steht ein wenig abseits am Ende einer kleinen Straße. Es ist kein elegantes Haus, aber es liegt ideal direkt am Meer, im Sand, mitten im Seewind. Vor dem alten Zaun steht ein Wagen. Die Fensterläden sind geschlossen. Und nirgendwo brennt Licht.

Randolph verbrachte die ganze Nacht in seinem Wagen, warm eingehüllt in eine Decke. Ein Agent denkt an solche Dinge. Auch eine Thermosflasche mit Tee hatte er mitgenommen und genug Zigaretten. Doch warum hat er erst am frühen Morgen an die Tür geklopft? Wahrscheinlich hat er die ganze Nacht doch noch versucht, die unmögliche Gleichung zu lösen, die ihn bis vor dieses Häuschen geführt hat.

Aus dem Bericht der Polizei von Brighton haben seine Vorgesetzten zuerst erfahren, was dann geschah:

»Doppelter Selbstmord in einem Haus direkt am Strand. Das Haus – ganz aus Holz gebaut – brannte völlig aus. Ursache des Feuers unbekannt. Die zwei Körper konnten nur anhand der Nummernschilder zweier parkender Wagen identifiziert werden.«

Und kurz darauf erhielten sie jenen Brief, den Randolph an jenem Abend zuvor eingeworfen hatte:

»Ich glaube, dass ich richtig handle. Ich könnte den Gedanken nicht ertragen, sie in den Tod zu schicken. Ich kann mich aber auch nicht entschließen, *Ihr* Vertrauen in mich zu enttäuschen, indem ich versuche, sie zu retten. Außerdem würde sie es gar nicht begreifen. Ich bedeute ihr seit Langem schon nichts mehr. Früher oder später würden Sie sie ohnehin finden – und ich tauge nicht zum Verräter.

Aber ich liebe sie noch. Ich habe also die Lösung gewählt, mit ihr zusammen zu sterben. Möge mir Gott den Mut und die Kraft geben, alles schnell zu machen, damit sie nicht leiden muss. So wird alles geregelt sein, und was mich betrifft: Ich habe meine Pflicht erfüllt.«

Die Erpressung des Opfers

Frank Allen war ein schlimmer Junge, ein übles Subjekt! Wenn er am Ende des Jahres 1953 nicht mehr auf dem Kerbholz hatte, dann nur deshalb, weil er nicht die Gelegenheit oder den Mumm gehabt hatte, weitere Untaten zu begehen. Aber jetzt sollte sich dies ändern! Als er im Dezember 1953 aus dem Gefängnis von Chicago entlassen wurde, dachte er keine Sekunde daran, wie er das Weihnachtsfest verbringen würde.

Im Gefängnis hatte er Kontakt mit versierten Gaunern und berühmten Gangstern aufgenommen und es war ihm bewusst geworden, dass er noch einen langen Weg vor sich hatte, um so gewieft wie sie zu werden. Bisher war er nur ein jämmerlich kleiner Betrüger, der sich auf ungedeckte Schecks spezialisiert hatte. Aber immerhin war er ja auch erst dreißig. Frank Allen war entschlossen, das Versäumte nachzuholen. Und es gab keine Zeit zu verlieren!

Sein Äußeres war eher unauffällig. Er war klein und hatte dunkelbraune Haare. Sein Gesicht war außerordentlich beweglich und konnte jeden möglichen Ausdruck annehmen. Dieses Talent war ihm bereits von großem Nutzen gewesen. Er liebte es, sich zu schminken, sich zu verkleiden. Das hatte ihm mehrere Male ermöglicht, der Polizei zu entkommen, und er hatte sich vorgenommen, ihr lange nicht ins Netz zu gehen …

Frank Allen wurde 1933 in Florida geboren. Seine Eltern waren wohlhabende Leute, sein Vater arbeitete als Anwalt. Doch dieses soziale Milieu beeinflusste ihn wenig. Trotz des Widerstands seiner Familie ging er mit achtzehn von der Schule. Ein paar Jahre schlug er sich mit allen möglichen Arbeiten durch, als Autowäscher,

Auslieferer und Lagerist. Dann stieß er zufällig auf einen Zeitungsartikel. »Die ungedeckten Schecks sind eine wahre Plage«, schrieb der Redakteur, »vor allem in den Großstädten. In neun von zehn Fällen werden die Betrüger nicht gefasst. Worauf warten die Behörden eigentlich noch, bevor sie eingreifen?«

Frank Allen jedenfalls hatte nicht gewartet. Während mehrerer Jahre zog er durch die Großstädte der Vereinigten Staaten. Sobald er in einer Stadt eingetroffen war, kaufte er zwei bis drei Tage lang in den dortigen Kaufhäusern ein. Danach verließ er den Ort wieder und ging in einen anderen Staat. Er verkaufte seine Waren in Bars oder in zweifelhaften Hotels weiter. Dies brachte ihm jedes Mal ein paar hundert Dollar ein, nicht mehr, aber das reichte auch aus, denn er hatte nie vorgehabt, anders zu leben.

Frank Allen bedauerte diese Jahre nicht. Natürlich war er schließlich in Chicago festgenommen worden. Es konnte ja nicht ewig so weitergehen. Es war eine gute Zeit. Doch jetzt musste er etwas Einträglicheres finden, etwas Gewagteres.

Frank Allen irrte durch die Straßen Chicagos. Und ohne sich dessen bewusst zu sein, lenkte er seine Schritte zur Rennbahn. Früher hatte er kleine Wetten abgeschlossen und so kannte er sich im Milieu der Zocker und Buchmacher gut aus. Aber das war nicht der Grund, weshalb er hierher gekommen war. Er hatte sowieso keinen einzigen Dollar in der Tasche. Irgendwie hatte er das unbestimmte Gefühl, dass er hier in diesem Rennbahn-Milieu das werden könnte, wovon er seit jeher geträumt hatte: ein großer Schwindler.

Mehrere Tage lang sah sich Frank Allen auf dem Rennplatz um. Er hatte bereits einen Plan im Kopf. Um ihn umzusetzen, brauchte er jedoch den idealen Partner, einen Gimpel sozusagen. Er wusste genau, wie sein zukünftiges Opfer aussehen musste: ein unerfahrener Spieler, der sich erst seit Kurzem auf der Rennbahn aufhielt, ein verheirateter Mann, der ohne Wissen seiner Frau wettete und der natürlich reich genug war, um es sich leisten zu können, zu wetten und zu verlieren.

Nach einer Woche wurden Frank Allens Bemühungen belohnt. Seit einiger Zeit bereits glaubte er, den geeigneten Mann gefunden zu haben. Jetzt kamen ihm keine Zweifel mehr, dass er den Richtigen hatte.

Dr. Burnett – Frank hatte seinen Namen im Gespräch mit anderen Spielern erfahren – war ungefähr fünfzig. Er hatte überhaupt keine Erfahrung im Wetten. Das erkannte man auf Anhieb an seinem linkischen und auch etwas verstohlenen Verhalten. Außerdem hatte ihn noch nie zuvor jemand auf der Rennbahn gesehen. Und er wagte hohe Einsätze. Er zahlte an den Wettschaltern regelmäßig große Beträge ein, die er anschließend sofort verlor. Dr. Burnett hatte keine glückliche Hand beim Spiel. Also war alles perfekt ...

Gerade an diesem Tag hatte er wieder eine große Summe verloren. Frank Allen sah, wie er voller Wut seine Wettscheine zerriss. Er beschloss, ihn anzusprechen. Wenn Frank Allen wollte, konnte er sehr liebenswürdig sein. Er setzte ein breites Lächeln auf und sagte: »Darf ich mich vorstellen: Frank Murdoch.«

Er ließ ein paar Sekunden verstreichen und fuhr dann in einem vertraulichen Ton fort: »Sie haben heute kräftig verloren, nicht wahr? Es ist mir ein Gräuel, Menschen verlieren zu sehen.«

Der Doktor antwortete nicht, sondern musterte ihn erstaunt und etwas misstrauisch.

Mit warmer Stimme sagte der vermeintliche Murdoch dann: »Sehen Sie, ich glaube, dass ich das Schicksal zu

Ihren Gunsten wenden kann. Aber dafür benötige ich Ihr Vertrauen. Wissen Sie, ich besuche schon seit einer Ewigkeit Rennbahnen. Ich kümmere mich um Leute wie Sie und bisher hatte niemand Grund zur Klage.«

In den Augen des Mannes blitzte Interesse auf. Aber offensichtlich war er noch immer misstrauisch ... Frank Allen hatte genug Zeit, ihn von Kopf bis Fuß zu mustern: gutbürgerlich, eher korpulent, mit leicht schütterem Haar. Es dürfte eigentlich nicht so schwierig sein, ihn zu überzeugen.

Schließlich erwiderte Dr. Burnett vorsichtig: »Das Einzige, was Sie für mich tun können, wäre, mir einen Tipp zu geben.«

»Ich kann Ihnen etwas viel Besseres anbieten. Allerdings müssten wir uns an einem ruhigen Ort darüber unterhalten.«

Der Mann überlegte. Wahrscheinlich überschlug er gerade in Gedanken, wie viele Verluste er bereits angehäuft hatte. Schließlich fasste der Doktor einen Entschluss und reichte ihm seine Visitenkarte.

»Hören Sie, ich bin Doktor Burnett. Kommen Sie morgen in meine Sprechstunde. Dann können wir uns unterhalten.«

Am nächsten Tag begab sich Frank Allen alias Frank Murdoch zu der Adresse, die auf der Visitenkarte angegeben war. Es war ein luxuriöses Gebäude inmitten von Chicago.

Als er das Sprechzimmer des Arztes betrat, sah er, wie in dessen Blick Interesse und Gier aufleuchteten. Seine Intuition hatte ihn nicht getäuscht. Der Arzt war bereit, alles zu glauben. Nach arbeitsreichen Jahren der Rechtschaffenheit verspürte er wohl Lust, sein Geld leichter zu verdienen, vielleicht hatte er sogar eine Geliebte, die ihn einiges an Geld kostete.

Dr. Burnett fragte ihn in einem Ton, der neutral klingen sollte, in dem jedoch eine gewisse Ungeduld unverkennbar war: »Nun, geben Sie mir ein paar Tipps?«

Frank Allen ließ sich mit seiner Antwort Zeit und setzte ein überlegenes Lächeln auf.

»Nein, keinen Tipp. Meine Wetten gehen auf Nummer sicher.«

»Auf Nummer sicher? Wie ist das möglich?«

»Es ist einfach, lieber Doktor, es ist mehr als einfach und es ist einleuchtend. Ich habe in Chicago einen Freund, der Buchmacher ist. Er ist ein Mann, der, genau wie ich, den Zufall hasst. Also hat er sich einen Dreh ausgedacht, um gewisse Wetten zu platzieren ... nach dem Einlauf ins Ziel.«

Der Arzt schwieg. Er war zu aufgewühlt, um etwas zu erwidern. Frank Allen fuhr fort: »Natürlich verlangt mein Freund eine kleine Provision: zwanzig Prozent des Wetteinsatzes, und ich selbst würde den gleichen Prozentsatz bekommen. Aber selbst bei einem Einsatz von zwanzig oder dreißig Prozent bleibt Ihnen immer noch ein hübscher Gewinn.«

Der Arzt hatte inzwischen bereits nach dem Portemonnaie gegriffen.

»Wie viel wollen Sie, Mr. Murdoch? Fünfhundert, tausend Dollar?«

Frank Allen machte eine abwehrende Geste.

»Mein Freund und ich halten uns an eine goldene Regel. Niemals mehr als zweihundertfünfzig Dollar auf einmal. Größere Summen könnten Aufmerksamkeit erregen.«

Dr. Burnett lächelte. Wenn er noch Zweifel an der Aufrichtigkeit seines Gesprächspartners gehabt hatte, so waren sie jetzt verschwunden. Und Frank Allen verließ die Praxis mit zweihundertfünfzig Dollar in der Tasche.

Während der ganzen Woche spielte Dr. Burnett jeweils mit Einsätzen von zweihundertfünfzig Dollar. Jedes Mal drängte er, mehr einzusetzen, doch Frank blieb unnachgiebig. Niemals mehr als zweihundertfünfzig Dollar auf einmal. Das sei die beste Methode, sich nicht erwischen zu lassen.

Nach Ablauf der Woche fragte der Arzt, der sich bis jetzt nicht getraut hatte, etwas zu sagen, schüchtern nach, ob er seine Gewinne bald erhalten würde. Er hatte seiner Rechnung zufolge bereits eintausendfünfhundert Dollar eingesetzt und nach Abzug der Provision von vierzig Prozent müsste er einen Gewinn von etwa achtzehntausend Dollar verbuchen können.

Frank Allen machte ein wissendes Gesicht.

»Mein Freund, der Buchmacher, kann wegen der Buchhaltung das Geld erst Ende des Monats auszahlen. Wir haben heute den Achtundzwanzigsten. Sie bekommen also Ihr Geld in drei Tagen.«

Als Frank Allen sich von Dr. Burnett verabschiedete, war er sich im Klaren darüber, dass sein Betrug bald auffliegen würde. Auch wenn sein Opfer leichtgläubig war, so würde es, wenn er nicht schnell das Geld auszahlte, alles durchschauen.

Er könnte es natürlich auch dabei bewenden lassen. Immerhin hatte er mühelos fünfzehnhundert Dollar gewonnen. Er bräuchte nur bei einem anderen Leichtgläubigen von vorne anzufangen, auf einer anderen Rennbahn. Doch eine innere Stimme sagte ihm, dass er nie wieder einen Menschen wie diesen Arzt finden würde. Der war ein regelrechter Goldesel, den er bis zum Ende ausnehmen konnte.

Bei diesem Gedanken stellte er sich nun ein Szenario von einer ganz anderen Größenordnung vor. Es handelte sich um eine Form des Betrugs, die ziemlich waghalsig und ganz besonders verachtenswert ist und die einige Betrüger schon vor ihm angewandt hatten: die Erpressung des Opfers.

Eine Woche war vergangen. Dr. Burnett war deprimiert. Seit einigen Tagen hatte er nichts mehr von Frank Murdoch gehört. Vergeblich suchte er die Rennbahn nach ihm ab: Er war unauffindbar, seit Ende vergangener Woche war er verschwunden.

Die Tage verstrichen. Und der Arzt erkannte schließlich, dass er einem Betrüger ins Netz gegangen war. Aber letzten Endes war er mit einem blauen Auge davongekommen. Ja, es war wirklich dumm gewesen, in seinem Alter heimlich zu wetten wie ein Schuljunge! Und das alles, weil er sich mit seiner Frau und in seinem Beruf als ehrenwerter Arzt langweilte. Doch im Grunde hatte alles auch seine gute Seite. Er hatte, als er allein gespielt hatte, viel mehr als diese fünfzehnhundert Dollar verloren, die ihm der Betrüger nun aus der Tasche gezogen hatte. Es sollte ihm eine Lehre sein. Nie wieder würde er den Fuß auf eine Rennbahn setzen.

Da bekam er plötzlich zwischen zwei Sprechstunden einen Anruf: »Doktor Burnett? Sie haben meinen Anruf bestimmt nicht erwartet ... Nein, nein, ich verrate Ihnen meinen Namen nicht. Sagen wir, ich bin eines Ihrer Opfer.«

Dem Arzt verschlug es die Sprache.

»Eines meiner Opfer?«

Doch sein Gesprächspartner ließ ihm nicht die Zeit, sich wieder zu fangen.

»Frank Murdoch hat mir alles erzählt. Ich weiß, dass Sie sein Komplize sind. Wegen Ihnen beiden habe ich zweitausendfünfhundert Dollar verloren. Das war wirklich ein Hammer, das mit den gefälschten Wetten.

Ich gestehe, dass ich mich übers Ohr habe hauen lassen. Aber jetzt wird abgerechnet. Da Murdoch es vorgezogen hat zu türmen, werden Sie zahlen. Zweitausendfünfhundert Dollar morgen früh im Hotel Excelsior in einem Umschlag, adressiert an Mister Smith. Sonst verrate ich alles der Polizei. Verstanden?«

Dr. Burnett brüllte ins Telefon: »Hören Sie zu, ich bin selbst ein Opfer von Frank Murdoch!«

Es war jedoch sinnlos, denn sein Gesprächspartner hatte bereits eingehängt. Dr. Burnett wurde aschfahl. Diese unbekannte Stimme scherzte nicht. Was sollte er jetzt tun? Natürlich hatte er sich nichts vorzuwerfen, aber wenn der Mann Anzeige erstattete, würde es eine Untersuchung geben.

Hatte er sich tatsächlich nichts vorzuwerfen? Da er einverstanden gewesen war, an gefälschten Wetten teilzunehmen, hatte er, zumindest moralisch, ein Delikt begangen. Und in jedem Fall würde seine Anwesenheit auf der Rennbahn ans Tageslicht kommen. Alle würden es erfahren: seine Frau, die ihn nie beachtet hatte, und seine Patienten, die zu den Honoratioren der Stadt gehörten. Er sah bereits ein Foto in den Zeitungen abgebildet. »Skandal auf der Rennbahn. Arzt aus Chicago bloßgestellt.« Es würde seinen beruflichen Ruin bedeuten, vielleicht auch das Ende seiner Ehe.

Nein, er durfte nicht zögern. Zweitausendfünfhundert Dollar, das war keine kleine Summe, aber er konnte sie sich noch leisten. Schließlich hätte er vielleicht noch mehr verloren, wenn er weitergespielt hätte. Und danach wäre es erst recht das Ende gewesen. Es handelte sich bei dem Anrufer wohl nicht um einen echten Profi-Erpresser, sondern um einen ehrenwerten, betrogenen Mann, der glaubte, dass er von einem Betrüger sein Geld zurückerstattet bekommen könnte.

Am Morgen des folgenden Tages hinterlegte Dr. Burnett am Empfang des Hotels Excelsior einen dicken, an Mr. Smith adressierten Umschlag.

Einige Stunden später tauchte besagter Mister Smith auch dort auf. Frank Allen hatte sich geschminkt für den Fall, dass sich der Arzt irgendwo versteckte, um ihn zu beobachten. Es erforderte reichlich Fantasie, in diesem jungen, blonden und distinguierten Mann mit dem Schnurrbart den Mann zu erkennen, der einst die Rennbahnen unsicher gemacht hatte.

Als Frank Allen das Geld einsteckte, war er mit sich zufrieden. Er hatte seinen ersten Betrug dazu genutzt, um einen zweiten auf die Beine zu stellen, der noch viel einträglicher war. Das hatte er wirklich gut gemacht! Doch er beschloss, noch weiterzugehen, sehr viel weiter. Der Arzt glaubte, seine Sorgen los zu sein, aber er hatte sich getäuscht. Ab jetzt sollte sich sein Leben in einen regelrechten Albtraum verwandeln!

Eine Woche später erhielt Dr. Burnett erneut einen Anruf in seiner Praxis. Eine solche Stimme war er nicht gewöhnt. Sie war ordinär und hart.

»Hallo, Doktor. Wollten wohl klammheimlich einen kleinen Coup starten? War gar nicht übel, gemeinsame Sache mit Frank Murdoch zu machen. Er liegt im Augenblick im Hudson. Mit zwanzig Pfund Eisen an den Füßen.«

Dr. Burnett hatte das Gefühl zu ersticken.

»Aber ... aber, wer sind Sie?«

»Ich bin vom Syndikat, Doktor, haben Sie darüber noch nichts gehört? Auch Murdoch wollte nichts davon wissen. Das hat ihm allerdings kein Glück gebracht.«

Der Arzt riss sich zusammen und fragte: »Was wollen Sie?«

»Darüber reden wir später.«

Von diesem Moment an erhielt Dr. Burnett jeden Tag einen Brief. Die Verfasser dieser Briefe behaupteten alle, zu dem geheimnisvollen Syndikat zu gehören. Es wurde nichts Spezielles verlangt, weshalb sie sehr beunruhigend waren. Frank Allen verfolgte seinen Plan unerbittlich. Er hatte beschlossen, sein Opfer so weit zur Verzweiflung zu treiben, dass er am Schluss einen großen Coup landen konnte: Er wollte zehntausend Dollar fordern.

Für den unglücklichen Arzt war das Leben unerträglich geworden. Er wartete nur noch auf das eine: dass das Syndikat ihm endlich verriet, was es wollte. Er war bereit, jede Summe zu zahlen, wenn nur diese unerträglich gewordenen täglichen Briefe aufhörten.

Ungefähr einen Monat später erlebte Dr. Burnett per Post einen noch größeren Schock. Denn in diesem Brief las er eine Drohung – und was für eine: »Pass auf deine Frau und deine Kinder auf. Wenn wir wollen, bekommen wir sie.«

Seine Frau und seine Kinder. Dr. Burnett war es, als ob er eine Ohrfeige erhalten hätte. Es war alles seine Schuld. Wegen seiner Dummheit, seines lächerlichen Verhaltens hatte er nun seine ganze Familie in Gefahr gebracht.

Dieses Mal war es wirklich zu viel. Er fasste plötzlich einen Entschluss. Er musste zur Polizei gehen. Es wäre wirklich Pech, wenn dieser Schritt für ihn den Ruin und den Verlust seines Ansehens bedeuten sollte. Doch er hatte nicht mehr das Recht zu schweigen. Er musste seine Frau und seine Kinder schützen.

Kurz darauf erzählte Dr. Burnett alles der Polizei, rot vor Scham und zitternd vor Aufregung. Doch die Polizisten reagierten keineswegs so, wie er gefürchtet hatte.

»Nun, Herr Doktor, Sie hatten halt einen Augenblick der Schwäche, das ist alles. Aber Sie werden uns sicherlich erlauben, einen gefährlichen Betrüger und Erpresser zu fangen. Den Rest vergessen wir und Ihr Name wird nicht erwähnt.«

Die Untersuchung der Briefe ergab, dass sie alle von der gleichen Person stammten. Und die Identifizierung des Verfassers war ein Kinderspiel. Frank Allen, der noch viel lernen musste, hatte seine Fingerabdrücke hinterlassen. Neben denen des Arztes, die noch Schweißspuren aufwiesen, erkannte man mühelos Franks Abdrücke, die dank der Verbrecherkartei leicht zu identifizieren waren.

Frank Allen hatte vor allem einen groben psychologischen Fehler begangen. Als er die Frau und die Kinder des Arztes bedroht hatte, glaubte er, dem Doktor einen solch großen Schlag versetzt zu haben, dass dieser völlig zusammenbrechen würde. Doch genau das Gegenteil war eingetreten. Er hatte ihn in die Enge getrieben und damit gezwungen, sich zu offenbaren.

Nachdem Frank Allen festgenommen und zu weiteren fünf Jahren Gefängnis verurteilt worden war, hatte er alle Zeit der Welt, über das Schicksal jener Betrüger nachzudenken, die nicht wissen, wie weit man gehen darf.

Gezeichnet »Attila«

Im Jahre 1862 ging Michel Chasles auf die siebzig zu. Er war ein angesehener Wissenschaftler, ein Genie sogar, weil er die Geometrie völlig revolutioniert und modernisiert hatte. Seine Zeitgenossen waren darum nicht undankbar und belohnten ihn nach Gebühr. Er war Professor an der angesehenen École polytechnique, Inhaber des eigens für ihn geschaffenen Lehrstuhls für angewandte Geometrie an der naturwissenschaftlichen Fakultät, Mitglied der französischen Akademie der Wissenschaften und der Akademie von Brüssel. Darüber hinaus war er noch Kommandant der Ehrenlegion und trug die Copley-Medaille, die höchste Auszeichnung, die England einem Wissenschaftler verleihen konnte.

Doch an diesem überlegenen Verstand, diesem mit Ehren überhäuften Mann, der darüber hinaus auch noch steinreich war, nagte insgeheim eine Frustration. Er sammelte mit Leidenschaft alte Handschriften, für die er jederzeit bereit war, viel Geld auszugeben, doch hatte er bislang leider nur Dokumente von zweitrangiger Bedeutung entdeckt.

Eines Tages ließ sich bei ihm zu Hause ein Besucher anmelden, um ihm einen handschriftlichen Brief von Molière anzubieten. Hastig ließ er ihn hereinbitten. Der Mann war um die fünfzig, obwohl man sein Alter nur schwer bestimmen konnte. Er war bucklig, fast kahl und trug eine schmale Brille mit Stahlgestell. Er verkörperte beinahe die Karikatur eines Bücherwurms. Bescheiden, fast unterwürfig, stellte er sich vor.

»Mein Name ist Vrain-Lucas, Monsieur. Ich stamme aus Lanneray bei Châteaudun.«

»Und ich komme aus Chartres. Wir sind praktisch Landsleute.«

Dies war der Beginn einer herzlichen Geschäftsfreundschaft. Behutsam zog Vrain-Lucas das Manuskript aus einer Ledermappe. Es war wirklich mit »Molière« unterzeichnet und an einen ansonsten unbekannten Adressaten gerichtet.

»Dafür verlange ich fünfhundert Franc. Das ist es wert.«

Den Preis stellte der Akademiker nicht infrage, nur wollte er wissen, aus welcher Quelle das Dokument stammte. Darauf trat der bucklige Brillenträger näher und sagte vertraulich: »Es handelt sich um eine Sammlung.«

»Eine Sammlung?«

»Die des Grafen von Boisjoudrain, der 1791 nach Amerika ausgewandert ist. Sein Schiff ist gesunken und er ertrank, doch konnte man die Kiste mit seinen Briefen retten. Sie gehören jetzt einem alten Monsieur, der in Armut geraten ist. Er hat mich beauftragt, sie zu verkaufen.«

»Hat er noch viele andere Briefe?«

»Ein paar Tausend.«

Die Augen des großen Geometers funkelten vor Begierde wie die eines Kindes, das an einem Süßwarenladen vorbeigeht.

»Sie müssen mir versprechen, nichts zu verkaufen, ohne mir vorher davon zu erzählen, Monsieur Lucas.«

»Versprochen, so wahr ich aus dem Beauce stamme. Unter Landsleuten muss man sich helfen. Ich bitte Sie nur, niemandem davon zu erzählen. Der Brief von Molière war lediglich eine Kostprobe. Ich habe sehr viel bessere.«

Kurz darauf kehrte Vrain-Lucas wirklich mit etwas sehr viel Besserem zurück. Und das war noch untertrieben, weil es sich um einen Brief Cäsars an Vercingetorix handelte.

»Ich sende dir einen guten Freund, der dir den Zweck meiner Reise nennen wird. Ich will das Land, dem du entsprungen bist, mit Soldaten überrennen. Vergeblich wirst du danach streben, es zu verteidigen. Wie ich weiß, bist du tapfer, doch wenn es den Göttern gefällt, bin ich es auch. Darum strecke die Waffen oder mache dich bereit zum Kampf.«

Das war noch nicht alles, weil dem die Antwort beigefügt war oder zumindest der Passierschein, den der Abgesandte Cäsars, der die Botschaft überbracht hatte, von Vercingetorix erhielt.

»Den vorliegenden Brief hat Vercingetorix, der Anführer der Gallier, dem Trogus Pompeius überreicht, damit dieser frei zu seinem Herrn zurückkehren kann. [...] Ich bewillige die Rückkehr des jungen Trogus Pompeius zum Kaiser Julius Cäsar, seinem Herrn und befehle allen, die diese Briefe sehen, ihn frei passieren zu lassen und ihm bei Bedarf Hilfe zu gewähren.«

Der bebrillte Kahlkopf verneigte sich ehrerbietig.

»Der alte Monsieur verlangt auch dafür nur fünfhundert Franc. Dabei handelt es sich um zwei Dokumente statt einem, die noch dazu sehr viel seltener sind.«

Eilends holte der Akademiker die verlangte Summe aus seinem Schreibtisch hervor.

»Richten Sie ihm meinen Dank aus, Monsieur Lucas. Und kommen Sie rasch wieder!«

So begann die zweifellos verblüffendste Fälschungsgeschichte, die uns bekannt ist. Michel Chasles, einer der größten Köpfe seines Jahrhunderts, führte die Naivität auf einen nie zuvor erreichten Gipfel. Der Brief Molières war zwar eine Fälschung, blieb jedoch noch im Rahmen des Möglichen. Aber dieser Austausch von Höflichkeiten auf Altfranzösisch zwischen dem Römer und dem Gallier ist völlig grotesk. Ganz zu schweigen davon, dass Vercingetorix seinen Korrespondenten als »Kaiser« bezeichnete. Dabei ist Julius Cäsar nie Kaiser gewesen. Gerade weil er es werden wollte, haben ihn Brutus und seine Genossen ermordet. Außerdem hätte man das Papier nur gegen das Licht halten müssen, um darin eine Lilie als Wasserzeichen zu entdecken. Überhaupt gab es damals noch gar kein Papier, man kannte höchstens Pergament. Zu dieser Geschichte fehlen einem einfach die Worte. Niemand würde sich trauen, so etwas zu erfinden. Und trotzdem ist alles wahr.

Sehr viel später, 1869 nämlich, trennte sich der »alte Monsieur« nun schon seit sieben Jahren blutenden Herzens von einzigartigen Dokumenten, die Vrain-Lucas nur aus Freundschaft an seinen Landsmann aus dem Beauce, Michel Chasles, verkaufte.

Dieser fabelhafte Schatz enthüllte das Privatleben großer Persönlichkeiten aus allen Epochen, ebenso wurden alle großen Rätsel der Geschichte, wie zum Beispiel das der Eisernen Maske, gelöst.

Hier nur ein paar Kostproben. Um in Cäsars Gesellschaft zu bleiben, zitieren wir aus einem Brief, den dieser von seiner ägyptischen Geliebten, der schönen Kleopatra, erhielt: »Mein Vielgeliebter, unserem Sohn Cäsarion geht es gut. Bald ist er kräftig genug, um die Reise nach Marseille anzutreten, wohin ich ihn schicken will sowohl der guten Luft wegen, die man dort atmet, als auch wegen der verständigen Dinge, die dort gelehrt werden.«

Michel Chasles war ein echter Patriot, sogar eine Spur chauvinistisch. Darum bestand seine ganze Reaktion auf dieses Schreiben aus einem stolzen Kommentar darüber, dass Kleopatra für die Erziehung ihres Sohnes seine französische Heimat ausgewählt hatte.

Mit ähnlichem Wohlgefallen erfüllte ihn folgender Brief von Alexander dem Großen an Aristoteles: »Was Eure Bitte betrifft, ins Land der Gallier zu reisen, um dort die Bruderschaft der Druiden kennenzulernen, welche Pythagoras so hoch gerühmt hat, so gestatte ich es Euch, denn Ihr wisst, welche Wertschätzung ich für besagtes Volk hege, welches meiner Meinung nach das Licht in die Welt getragen hat.«

Und musste Michel Chasles, um in derselben Sparte zu bleiben, nicht vor Nationalstolz erbeben angesichts der Kampfansage Karl Martells an den Anführer der arabischen Armee, kurz bevor er ihn bei Poitiers schlug? »Maurenherzog, ich habe deine Drohbriefe gelesen, fürchte jedoch nicht ihre Wirkung. Versammle, wenn du kannst, die Streitkräfte ganz Afrikas und stürze dich mit ihnen, um sie zu erproben, auf mein Heimatland. Dann wirst du sehen, dass ich dir entgegeneile. Der Herr nehme sich deiner an. [...] Karl Martell.«

Natürlich war auch Jeanne d'Arc, die Jungfrau von Orleans, dabei. Das Hirtenmädchen, das wundersamerweise das Schreiben erlernt hatte, berichtete ihren Eltern von ihrer ersten Begegnung mit König Karl VII.: »Lieber Vater, liebe Mutter, unser Gespräch kam auf die Maßnahmen, die zu ergreifen sind, um die Engländer aus Frankreich zu vertreiben, und ich erzählte ihm einen rätselhaften Traum, der mir gekommen war. Er hat begriffen, was ich vorhabe, und mir den Befehl über seine Truppen übertragen.«

Man kann hier nicht alle Dokumente zitieren, dazu sind es zu viele. Deshalb also kunterbunt herausgegriffen, ohne auf die chronologische Reihenfolge zu achten, ein Brief von Christoph Kolumbus an Rabelais, in dem Ersterer erzählt, was er in Amerika gesehen hat; ein paar rührende Zeilen von Héloïse an Abélard, in dem diese ihn »meinen süßen Freund« nennt und sich über die ihm zugefügte grausame Verstümmelung beklagt; ein Bittschreiben, in dem Maria von Medici den Papst anfleht, Galileo zu begnadigen; eine mit »Attila« unterzeichnete Erklärung, die zwar hitzig und bedrohlich klingt, jedoch beweist, dass der Hunnenführer gar kein so großer Barbar war, weil er Französisch sprach, übrigens genauso wie Archimedes, König Dagobert, Karl der Große und Shakespeare; ein Hilfegesuch an Vincent de Paul, in dem ein Bedürftiger Vincent mit »Heiliger« anredet, als sei er schon zu Lebzeiten heilig gesprochen worden, usw.

Auffällig ist, dass die Sammlung des »alten Monsieur« besonders reichhaltig war, was die Epoche von Jesus Christus anging. Sie enthielt zwei Briefe eines gewissen Julius Graccinus an Christus persönlich, einen Brief von Judas, in dem dieser um Verzeihung für seinen Verrat bittet, und einen weiteren von Pontius Pilatus. Am verblüffendsten war zweifellos ein Brief von Lazarus an Petrus, der auf den 10. August des Jahres 47 nach Christus datiert war. Er wurde in Marseille aufgegeben, weil Lazarus gleich nach seiner Wiederauferweckung durch Jesus ein Schiff nach Frankreich bestiegen hatte. Leider berichtet er nicht, ob er dort einem Enkel von Cäsarion begegnet ist.

Für diese Meisterwerke gab Michel Chasles insgesamt hundertfünfzigtausend Franc in Gold aus, ein Vermögen! Und nie kam ihm auch nur der geringste

Verdacht. Hin und wieder stritt er sich zwar mit seinem Landsmann Vrain-Lucas, aber ausschließlich, weil Letzterer nicht schnell genug lieferte. Einmal kam es fast zum Bruch. Vrain-Lucas rief wütend: »Wenn Sie nicht zufrieden sind, geben Sie mir meine Papiere zurück, dann erstatte ich Ihnen Ihr Geld!«

Hastig machte der Gelehrte einen Rückzieher.

»Aber ich bitte Sie! Ich sage nichts mehr. Diese Dokumente liegen mir viel zu sehr am Herzen.«

Wahrscheinlich wäre dem Fälscher nichts passiert, wäre sein Opfer nicht Mitglied der Akademie gewesen. Nun war Michel Chasles aber von Natur aus großzügig. Solche Schätze wollte er nicht für sich allein behalten. Er fühlte sich geradezu verpflichtet, alle Kollegen an diesen Entdeckungen teilhaben zu lassen.

Er begann mit den ausländischen Akademien. Zum sechshundertsten Geburtstag Dantes überreichte er den Florentinern einen Text des Dichters. Man dankte ihm wärmstens, ohne sich darüber zu wundern, dass Dante auf Französisch geschrieben hatte. Als ihn kurz darauf die Akademie von Brüssel in ihre Reihen aufnahm, schenkte er ihr zum Dank zwei Briefe von Kaiser Karl V. an Rabelais.

Diese Korrespondenz war, gelinde gesagt, seltsam. Im ersten Brief bat der Kaiser den Schriftsteller, das Problem der Quadratur des Kreises zu lösen. Da sich Rabelais aber nicht einmal die Mühe gab zu antworten, wirkte Karl V. im zweiten Schreiben stark irritiert. Über diese Texte, die ganz nach einem Studentenulk rochen, wunderte sich niemand. Ganz im Gegenteil, man hob sie sorgsam im Archiv der Akademie von Brüssel auf.

Aber Chasles vergaß auch seine Kollegen von der französischen Akademie der Wissenschaften nicht und überreichte ihnen am 15. Juni 1869 zwei Briefe von Pascal an den Chemiker Robert Boyle. Diese riefen allerdings große Aufregung und Verblüffung unter den Akademikern hervor, weil Blaise Pascal in ihnen mathematische Formeln benutzte, die zu seiner Zeit noch nicht bekannt waren. Skeptische Äußerungen wurden laut. Einer erklärte sogar kategorisch: »Die Notizen, die Sie Pascal zuschreiben, wurden offenkundig aus einem modernen Traktat kopiert.«

Michel Chasles war nicht erschüttert, sondern lediglich irritiert, weil er selbst felsenfest von der Echtheit seiner Dokumente überzeugt war. Er brauchte nur noch mehr, um ihnen größeres Gewicht zu verleihen. Darum ließ er Vrain-Lucas kommen, um ihm sein Problem zu erläutern. Letzterer lächelte.

»Machen Sie sich keine Sorgen. Genau zu dem Thema hat der alte Monsieur etwas.«

Dieses »Etwas genau zu dem Thema« brachte Michel Chasles seinen Mitakademikern anlässlich der Sitzung vom 31. Juli mit und es schlug ein wie eine Bombe!

Es handelte sich wieder um einen Brief von Pascal, der diesmal an den jungen Newton adressiert war. Der französische Gelehrte, der nach eigener Aussage das Gesetz der universellen Gravitation entdeckt hatte, war so freundlich, es seinem Korrespondenten in großen Zügen zu beschreiben. Zum Schluss fügte er noch ein paar väterlich gemeinte Ratschläge hinzu: »Mein junger Freund, ich habe vernommen, mit welcher Gewissenhaftigkeit Sie sich bemühen, in die Wissenschaft der Mathematik und Geometrie einzudringen. Darum schicke ich Ihnen verschiedene Probleme bezüglich der Gesetze der Fluxionsrechnungen, die früher einmal Gegenstand meines Interesses waren, damit Sie an ihnen Ihr Genie schulen können. [...] Arbeiten Sie, studieren

Sie, nur tun Sie das mit Maß. Dies ist der beste Weg, aus erworbenem Wissen Nutzen zu ziehen. Dabei spreche ich aus Erfahrung.«

Damit änderte sich alles. Von einem Tag auf den anderen zog die Affäre nun landesweit oder vielmehr international Kreise. Sie wurde fast zu einer Staatsaffäre. Seltsamerweise ging der Chauvinismus der französischen Akademie der Wissenschaften so weit, dass sie mehrheitlich erklärte, sie halte diese verblüffende Neuigkeit für glaubwürdig. Demnach hatte nicht Isaac Newton das Gravitationsgesetz entdeckt, sondern schon Blaise Pascal vierzig Jahre zuvor. Im Grunde rächte das die Franzosen ein wenig für die ganze Schmach, die die Engländer ihnen seit Jeanne d'Arc angetan hatten.

Natürlich herrschte auf der anderen Seite des Ärmelkanals Bestürzung und Empörung. Die Akademie von Edinburgh sprach von einer »elenden Fälschung«. Sir David Brewster, der Verfasser von Newtons Biografie, schrieb der französischen Akademie auf typisch britische Weise: »Nachdem ich alle Papiere und die gesamte Korrespondenz von Sir Isaac Newton, die in Hurtsbourne Park, dem Wohnsitz seiner Familie, aufbewahrt werden, genauestens durchforscht habe, kann ich versichern, dass ein Briefwechsel zwischen Pascal und Newton nie existiert hat. Die beiden berühmten Wissenschaftler haben sich nie kennengelernt. 1654 war Newton erst elf Jahre alt und beschäftigte sich auf eine Art, die seinem Alter besser entsprach, nämlich mit Drachenfliegen, kleinen Windmühlen und Sonnenuhren.«

Das Argument entbehrt natürlich nicht der Logik. Wenn man nämlich einmal entgegen jeder Lehrmeinung annimmt, Pascal habe das Gravitationsgesetz vor seiner Zeit entdeckt, muss man sich fragen, warum er das ausgerechnet einem kleinen Bengel auf der anderen Seite des Ärmelkanals anvertraut haben soll.

Michel Chasles war dies alles furchtbar peinlich. Er hatte weder mit so viel Aufsehen noch mit so großer Feindseligkeit gerechnet. Doch da kam wieder einmal Vrain-Lucas wie gerufen.

»Ich glaube, der alte Monsieur hat darauf eine Antwort.«

Die Antwort war tatsächlich bemerkenswert und erlaubte dem Geometer, einen mächtigen Gegenangriff zu starten. Er legte der Akademie einen Brief von Mrs. Newton an Pascals Mutter vor, in dem diese »für die große Liebenswürdigkeit, dic er ihrem Sohn erwiesen hat«, dankte. Da die Kritiken trotzdem nicht verstummten, kam schließlich auch noch die andere Mama zu Hilfe. Chasles las kurz darauf einen Brief von Mutter Pascal an Saint-Evremond, in dem sie diesem anvertraut, wie stolz sie darauf sei, dass ihr kleiner Blaise das Gravitationsgesetz entdeckt habe.

Die Kontroverse hatte bereits gewaltige Ausmaße angenommen, sollte aber noch zu einem regelrechten europäischen Konflikt auswachsen! Mehrere Gelehrte wiesen nach, dass Pascal beim Stand der astronomischen Kenntnisse seiner Zeit auf gar keinen Fall das Gravitationsgesetz entdeckt haben konnte. Dies war nicht weiter tragisch, der alte Monsieur hatte »die Antwort darauf« und Chasles antwortete. Er legte Briefe von Galileo an Pascal vor, die auf das Jahr 1641 datiert waren und in denen ihm der Italiener das nötige astronomische Wissen preisgab. Das führte zu einem Sturm der Entrüstung unter den Astronomen. In seinen Briefen erwähnte Galileo die Saturnringe, die erst fünfzehn Jahre später von dem Holländer Huygens entdeckt wurden. Außerdem war er damals bereits seit vier Jahren blind und konnte gar nicht mehr schreiben. Chasles erwiderte, Galileo habe nur vorgegeben, blind zu sein, um die Inquisition zu täuschen, und Huygens habe die Entdeckung der Saturnringe einfach abgeschrieben, als er während eines Besuchs bei Pascal ebendiesen Brief entdeckt hatte.

Nun waren wiederum die Niederländer erbost, weil man ihren nationalen Gelehrten um seine Entdeckung gebracht hatte. Auch die Italiener irritierte es, dass man so unbekümmert mit ihrem Galileo Galilei umsprang. In den nächsten drei Monaten folgte eine endlose Polemik, da sich Chasles durch keinen Einwand aus der Fassung bringen ließ, sondern ständig neue Briefe vorlegte. Schließlich setzte der berühmte Astronom Le Verrier, einer der wenigen, die von Anfang an skeptisch gewesen waren, am 26. Oktober 1869 ein Votum seiner Kollegen durch, in dem sich »die Akademie offiziell von allen Anachronismen und Unglaubwürdigkeiten, die in den Briefen von Monsieur Chasles enthalten sind, distanziert«.

Zum ersten Mal wurde Chasles' Selbstvertrauen erschüttert. Mehrere Freunde überredeten ihn, Anzeige zu erstatten. Das tat er auch, allerdings nicht wegen Betrugs. Er wollte Vrain-Lucas verhaften lassen, weil er von ihm dreitausend weitere Dokumente verlangt hatte, die dieser aber einfach nicht lieferte. Er argwöhnte, die ganzen Ereignisse könnten Vrain-Lucas so erschreckt haben, dass er mit seinen Schätzen davonlief.

»Ich befürchte«, erläuterte er dem Kommissar, »dass er Dokumente von unschätzbarem Wert ins Ausland verkauft.«

Vrain-Lucas wurde verhaftet. Dazu muss man sagen, dass er sich keineswegs versteckte, obwohl die Affäre schon gewaltige Ausmaße angenommen hatte. Täglich ging er in die Nationalbibliothek, die damals noch Kaiserliche Bibliothek hieß, um dort Informationen über den Briefwechsel Galileos oder Pascals aufzuspüren oder um Papier für seine Briefe zu stehlen. Dazu riss er aus alten Büchern die Vorsatzblätter heraus. Auf einmal entdeckte die verdutzte Öffentlichkeit das ganze Ausmaß dieses Betrugs. Chasles hatte ihm über siebenundzwanzigtausend Briefe abgekauft, die von sechshundertsechzig historischen Persönlichkeiten stammten. Als sie in der Zeitung veröffentlicht wurden, rief das schallendes Gelächter hervor.

Das Verfahren begann. Nach der Vorgeschichte war der Prozess ein wenig enttäuschend. Im Vergleich zu der ganzen Affäre wirkte die Persönlichkeit des Fälschers banal. Vrain-Lucas war wirklich 1818 in Lanneray bei Châteaudun geboren, ein Umstand, der in der ganzen Geschichte eine große Rolle gespielt hatte. Als Sohn armer Bauern musste er zunächst auf dem Feld arbeiten. Er war jedoch ehrgeizig, bildete sich selbst weiter und brachte es schließlich zum Amtsschreiber in Châteaudun. Doch das genügte ihm nicht. Er zog nach Paris und bewarb sich um einen Posten in der Kaiserlichen Bibliothek, den er allerdings nicht bekam, weil man dafür das Abitur brauchte.

Danach schlug er sich als Kundenwerber für eine genealogische Gesellschaft durch. Da ihm eine Menge Freizeit blieb, besuchte er eifrig alle Bibliotheken und begann zum Spaß, alte Unterschriften nachzuahmen. Dann lernte er seinen »Landsmann« Chasles kennen, es kam zum Brief von Molière und allem Übrigen … Seine Fälschungen schrieb er auf Büttenpapier, das er über einer Kerzenflamme schwärzte.

In seiner Aussage behauptete Vrain-Lucas – und wir haben keinen Grund, ihm nicht zu glauben –, die Idee zu dieser ganzen Betrugsgeschichte stamme zwar von ihm, aber die Schuld dafür, dass sie so ausgeufert sei, sei einzig und allein bei dem Gelehrten zu suchen. Der habe ihn sozusagen zum Weitermachen gezwungen.

»Er ließ nicht locker, bis ich mich verpflichtet habe, ihm weitere Dokumente zu beschaffen. Er gab mir sogar eine lange Liste von Persönlichkeiten, von denen er sich sehnsüchtigst Briefe wünschte. Er sagte, wenn ich sie ihm liefere, wolle er daraus ein Buch zusammenstellen und es veröffentlichen.«

Zu seiner Verteidigung brachte der Fälscher schließlich sein bestes Argument vor: »Selbst wenn so ein Buch in gewissem Sinne apokryph gewesen wäre, hätte es zumindest den Verdienst gehabt, meinen Landsleuten eine Einführung in die Geschichte zu geben, und hätte demzufolge dem Fortschritt des menschlichen Wissens gedient.«

Der Prozess gegen Vrain-Lucas wurde am 24. Februar 1870 eröffnet. Der bebrillte, bucklige und glatzköpfige Angeklagte sah eher wie ein durchtriebener Bauer aus und machte nicht viel her. Aber schließlich war das Publikum, das sich in einem riesigen Knäuel hereindrängte, nicht gekommen, um ihn zu sehen. Die Leute kamen wegen des hoch gewachsenen Mannes im schwarzen Gehrock mit den Orden am Aufschlag, der sich auf der Anklagebank ganz klein zu machen versuchte.

Vrain-Lucas erkannte die Fakten an. Er hatte 27 345 Fälschungen für insgesamt einhundertfünfzigtausend Franc an Michel Chasles verkauft. Man rief das Opfer in den Zeugenstand. Trotz des kaum verhohlenen Gekichers der Zuschauer war der Akademiker um Würde bemüht. Seine Aussage begann mit: »Wir stammten aus derselben Gegend ...«

Anschließend erzählte er, wie er hereingelegt worden war, obwohl er immer nur respektvoll von »Monsieur Lucas« sprach. Daraufhin stellte ihm der Richter die Frage, die allen auf der Zunge brannte: »Aber, Monsieur, wie konnten Sie je glauben, dass Cäsar, Kleopatra, Archimedes, Attila und so viele andere Altfranzösisch gesprochen haben?«

Der Gelehrte gab eine Antwort, die immerhin ein wenig beruhigend klang.

»Natürlich habe ich Monsieur Lucas danach gefragt. Er sagte mir, dass es sich um Kopien handele, die in der Abtei von Tours angefertigt worden wären. Die Mönche hätten Korrespondenten in allen Ländern gehabt, die ihnen die Originale beschafften. Rabelais gehörte angeblich zu denen, die die Übersetzungen angefertigt haben.«

Trotzdem! Lazarus in Marseille, Aristoteles bei den Druiden, Cäsar und Vercingetorix, die Höflichkeitsfloskeln austauschen. Und um Attila übersetzen zu können, hätte der Hunnenkönig erst einmal des Schreibens kundig sein müssen, was kaum mit dem übereinstimmte, was man über diesen Menschen wusste. Als sich der arme Chasles zurückzog, kugelte sich das Publikum vor Lachen. Rufe erschallten: »Eine Eselsmütze für den Akademiker!«

Vergeblich schrie sich der Gerichtsvorsitzende die Kehle aus dem Leib: »Das ist schließlich keine Spelunke! Ich lasse die Wache rufen!«

Von der allgemeinen Stimmung ermutigt, hielt Helbronner, der junge Anwalt von Vrain-Lucas, ein donnerndes Plädoyer. Als schlagendes Argument berief er sich auf den Patriotismus des Angeklagten. So kurz vor dem Französisch-Preußischen Krieg machte das durchaus Eindruck.

»Mein Klient hat Frankreich immer verteidigt, und zwar nicht nur mit der Korrespondenz Pascal-Newton. Thales erteilt Ambigat, dem König der Gallier, Ratschläge zur rechten Regierungsweise, Alexander stimmt gegenüber Aristoteles eine Lobeshymne auf Gallien und die Gallier an, Kleopatra schickt Cäsarion nach Marseille und Lazarus beschließt, dort seinen Lebensabend zu verbringen. Ist das nicht bewundernswert?«

Der Saal erzitterte unter dem Beifallsgeschrei. Nur mit größter Mühe konnte zur Verlesung des Urteils Ruhe hergestellt werden. Vrain-Lucas wurde zu zwei Jahren Gefängnis und fünfhundert Franc Geldstrafe verurteilt, was ihm immerhin einen Gewinn von 149 500 Franc ließ. Niemand weiß, wozu er sie verwendet hat, nachdem er die Strafe abgesessen hatte. Danach verliert sich nämlich seine Spur.

Am erstaunlichsten ist jedoch, dass Chasles nie an seine Schuld geglaubt hat. Noch Jahre später erklärte er: »Es ist unmöglich, dass die vielen Briefe aus der Hand eines einzigen Menschen stammen, der weder Latein noch Italienisch beherrscht und keine Ahnung von den Wissenschaften hat, von denen in diesen Dokumenten die Rede ist. Das Geheimnis ist also noch längst nicht gelüftet und man sollte keine voreiligen Schlüsse ziehen.«

Er ließ nie auch nur den geringsten Groll auf den Betrüger erkennen und vermachte bei seinem Tod im Jahre 1880 das gewaltige Konvolut an Fälschungen der Nationalbibliothek. Dort befinden sich die Briefe noch immer und wenn Sie die nötige Genehmigung besitzen, können Sie sie dort auch einsehen.

Falls Sie Lust dazu verspüren.

Ein überzeugter Fußgänger

Kenneth Phimley hatte sich auf Diebstahl schwereren Kalibers spezialisiert. Er machte eine gute Figur und beherrschte die Sprache, die Techniken und Mechanismen der internationalen Finanzkreise auswendig. Doch war alles noch nicht ganz so ausgereift, dass er mit Geschäften ein Vermögen oder Gewinne an der Börse hätte verbuchen können. Zudem besaß er kein Geld, das er hätte investieren können. Kenneth liebte jedoch den Luxus und gab alles, was er »verdiente«, in Nobelhotels und Gourmetrestaurants sofort wieder aus. Deshalb begann er eines Tages, ein geniales System anzuwenden, das auf der damaligen Schwäche der Wirtschaft und vor allem auf der Besorgnis aufbaute, die damals viele britische Unternehmer quälte.

Kenneth erfuhr aus der englischen Fachpresse die Namen jener Unternehmer, die nach Angaben dieser Zeitungen in vorübergehenden Schwierigkeiten steckten. Er rief sie an und bewies bei dem Gespräch große Überzeugungskraft. Kenneth enthüllte jedem Gesprächspartner in passenden Worten, wobei er seine Stimme entsprechend modulierte, dass ein Großteil der Probleme des jeweiligen Unternehmens auf einen böswilligen Konkurrenten zurückzuführen sei, der in der entsprechenden Firma Wirtschaftsspionage betreibe. Er, versicherte Kenneth voller Überzeugung, besitze eine ganze Akte von Beweisen und sei bereit, sie gegen Geld auszuhändigen, was die Lage des Unternehmens verbessern sollte, da dadurch dieser unlautere Konkurrent des unglücklichen Firmenchefs ausgeschaltet oder zumindest unschädlich gemacht würde.

Da die meisten Führungskräfte, an die sich Kenneth wandte, gestresst und auch relativ genervt waren, lieferte er ihnen diese Informationen aus erster Hand, verständlicherweise mit einer beruhigenden Erklärung und nebenbei noch mit einer »offensichtlichen« Lösung für die Flaute ihres Unternehmens.

Da ein solcher Informant diesen Firmenchefs wie vom Himmel gesandt erschien und nur eine relativ bescheidene Summe verlangte, waren einige Unternehmer bereit, sich während eines kurzen Aufenthalts zwischen zwei Flügen mit Kenneth (der sich, je nach Anlass, Edward, William oder anders nannte) auf einem Flughafen von Belgien, Deutschland oder Luxemburg zu treffen, um ihm im Gegenzug für eine enthüllende Akte, die alle Details über die Geschäftsmisserfolge enthielt, einen Umschlag voller englischer Pfundnoten zu übergeben.

Der Austausch vollzog sich immer in wenigen Minuten in einer Flughafenhalle. Niemals hielt sich Kenneth, nachdem er das Geld in Empfang genommen hatte, noch länger dort auf, um weitere Erklärungen darüber zu geben, wie er seine so kostbaren »vertraulichen Informationen« erhalten hatte. Es erübrigt sich wohl zu erwähnen, dass diese Akte nichts enthielt, was nicht schon in der Fachpresse erwähnt worden war. Der jeweilige Unternehmer stellte nur fest, dass er gerade für Informationen, die ihm sowieso bereits bekannt waren, kräftig gezahlt hatte.

Kenneth begnügte sich jedoch nicht mit solchen Betrügereien im kleinen Stil, die ein Minimum an Organisation und zudem Kosten verursachten. Er war auch ein hervorragender Erpresser. Dank eines gut organisierten Netzes gelang es ihm, sich kompromittierende Fotos zu beschaffen, auf denen man Mitglieder der englischen Oberschicht in leichter Bekleidung oder unbekleidet sah, die gerade im Begriff waren, mit irgendwelchen Damen (oder Herren), die nicht ihre angetrauten Ehepartner waren, herumzutändeln.

Auch diese neuen Opfer wurden in die Halle irgendeines Flughafens innerhalb der EU bestellt. Auch sie erhielten im Austausch für einen mit Pfundnoten prall gefüllten Umschlag die Beweise ihrer Ausschweifungen, die im züchtigen Albion fatale Folgen hätten haben können. Nach dem Austausch entfernte sich Kenneth alias Edward, Williams, Gregory oder Teddy in aller Eile, aber immer zu Fuß oder mit öffentlichen Verkehrsmitteln, um einer Beschattung zu entgehen.

Bei einer der Fluchten aus seinem ausgeklügelten Netz hatte man den unternehmungslustigen Kenneth schließlich in der Nähe von Cap-d'Ail festgenommen. Er hatte sich dort in einem Luxushotel niedergelassen. In dem Augenblick, als er einem Mitglied des englischen Adels, das natürlich mit der königlichen Familie verwandt war, kompromittierende Fotos vorlegte, hatte er bemerkt, dass ihm englische und französische Polizisten »heimlich« auf den Fersen waren. Er hatte sofort die Flucht ergriffen und versucht, schleunigst die französisch-monegassische Grenze zu überschreiten, doch wurde er kurz vor dem Ziel festgenommen.

Kenneth behauptete, dass er mit Sicherheit von denen, die er seit Jahren erpresste, »liquidiert« werden würde, wenn man ihn in England ins Gefängnis werfen würde. Es könnte auch sein, dass die große amerikanische Tageszeitung, der er vor ein paar Monaten für sechsundfünfzigtausend Dollar ein Paar gebrauchte Schuhe verkauft hatte, einen Mörder dingte, der ihn beseitigen sollte.

Unser Betrüger hatte nämlich sehr überzeugend behauptet, dass dies die Schuhe von Jimmy Hoffagwesen seien, dem Boss der amerikanischen Syndikate, einem ebenfalls überzeugten Fußgänger, der vor Jahren aus dem Haus gegangen und nie wieder aufgetaucht war. Kenneth hatte diese Schuhe ein paar Wochen zuvor für ein paar Shilling auf dem Flohmarkt in der Portobello Road erworben.

Aus eins mach zwei

Die größte Schwierigkeit beim Nachahmen eines Geldscheins bietet das Papier, das kann Ihnen jeder Fälscher sagen oder, falls Sie nicht mit solchen Leuten verkehren, wird Ihnen jeder Geldspezialist gern bestätigen. Abgesehen vom Wasserzeichen achten die Verantwortlichen der Staatsbanken darauf, dass es auch aufgrund einer äußerst komplizierten chemischen Zusammensetzung fälschungssicher ist.

Es sei denn, man benutzt das Papier der Banknoten selbst. Das setzt zunächst einmal voraus, dass alle Scheine dasselbe Format besitzen, was bei uns nicht der Fall ist, im Gegensatz zu den Vereinigten Staaten. Theoretisch ist es also denkbar, einen Eindollarschein zu bleichen und darauf das Bild eines Hundertdollarscheins zu drucken. Allerdings nur theoretisch, weil man daran gedacht hat und deshalb Farben benutzt, die sich nicht entfernen lassen.

Trotzdem haben es zwei Männer geschafft, zweifellos die größten Falschmünzer aller Zeiten: Baldwin Bredell und Arthur Taylor. Dazu haben sie ein ebenso geniales wie unfehlbares Verfahren benutzt, sie haben die Geldscheine nämlich der Dicke nach durchgeschnitten. Sie haben ganz richtig gelesen: der Dicke nach!

1897 waren Baldwin Bredell und Arthur Taylor dreiundzwanzig beziehungsweise sechsundzwanzig Jahre alt und arbeiteten in Philadelphia in einer Druckerei für Wertpapiere und Aktien. Beide stammten aus einfachen Verhältnissen. Sie hatten zwar nicht studiert, besaßen aber außerordentliche Talente. Baldwin Bredell war ein begnadeter Mechaniker und Arthur Taylor ein hervorragender Zeichner. Allgemein galten sie als die besten Stecher für Wertpapiere des Landes.

Nun dürfen Wertpapiere und Aktien aber genauso wenig kopiert werden wie Banknoten. Zusammen mit Briefmarken kommen sie Geldscheinen am nächsten. Doch kam der Ruf von Baldwin Bredell und Arthur Taylor schließlich auch zwielichtigen Leuten zu Ohren.

William Jacobs war Zigarrenfabrikant. Zumindest war das sein vorläufig letzter Beruf. Vorher hatte er nämlich schon viele andere ausgeübt, die alle genauso fragwürdig wie einträglich gewesen waren. Er lud die beiden jungen Männer zu sich ein und sagte nach einem guten Abendessen wie nebenbei: »Mit Falschgeld könnte man ein Vermögen verdienen.«

Obwohl Baldwin Bredell und Arthur Taylor in beruflicher Hinsicht gleichermaßen begabt waren, waren sie vom Charakter her völlig unterschiedlich. Baldwin war dreist und unerschrocken, während Arthur ein schüchterner Prinzipienreiter war. Darum sprang Letzterer sofort auf.

»Wir sind keine Gangster!«

Baldwin hielt ihn am Arm zurück.

»Lass den Mann ausreden. Zuhören schadet doch nichts.«

So fuhr der Zigarrenfabrikant lächelnd fort: »Also, ihr bekommt alles, was ihr braucht, Jungs. Ich schieße die Kosten vor. Ist das für Künstler wie euch nicht aufregend? Ihr sollt nämlich ein echtes Kunstwerk vollbringen. Wenn wir drei erst reich sind, könnt ihr euch zur Ruhe setzen und tun und lassen, was ihr wollt.«

Baldwin Bredell ignorierte die empörte Miene seines Kameraden.

»Wann fangen wir an?«

»Sofort. Ich kaufe euch eine Stecherwerkstatt. Ihr macht euch selbstständig.«

Baldwin gelang es schließlich, Arthur alle Prinzipien auszureden, sodass die beiden ihren eigenen Betrieb gründeten. Trotz ihrer Jugend waren sie schon so bekannt, dass sie sofort Kunden bekamen und niemand Verdacht schöpfte, als sie sich alles Nötige zur Herstellung von Falschgeld anschafften, da man diese Dinge auch in ihrem Beruf brauchte.

Sie entschieden sich für die größte Banknote, den Hundertdollarschein mit dem Porträt von Präsident Monroe. Um ihr Know-how zu vervollständigen, hatten sie eine ebenso einfache wie effektive Idee. Sie fuhren nach Washington und besuchten als gewöhnliche Touristen die Druckerei der Münzstätte. Als Spezialisten merkten sie sich alle Einzelheiten und kehrten bestens informiert nach Philadelphia zurück.

Sofort machten sie sich an die Arbeit. Als erstklassiger Zeichner schaffte es Arthur Taylor, den Geldschein perfekt zu imitieren. Baldwin Bredell, der geniale Mechaniker, entwarf dagegen eine ähnliche Druckpresse wie die, die sie in Washington gesehen hatten, und ließ sie vom Geld des Zigarrenhändlers bauen. Bald war alles bereit mit Ausnahme eines Problems, das bekanntermaßen das heikelste von allen war, nämlich des Papiers.

Obwohl sie unzählige Kombinationen aus Lumpen und Seidenfasern ausprobierten und in alle möglichen Chemikalien tauchten, gelang es ihnen nicht, das Papier der Dollars exakt nachzuahmen. Entweder glänzte es zu sehr oder nicht genug, dann war es wieder zu weich oder zu steif. Natürlich handelte es sich dabei nur um winzige Unterschiede. Mit den von Taylor hergestellten Druckplatten und der von Bredell entworfenen Presse hätten sie ausgezeichnetes Falschgeld produzieren können, das jeden lange genug getäuscht hätte, um reich zu werden. Das sagte ihnen übrigens auch William Jacobs, der allmählich ungeduldig wurde.

»Worauf wartet ihr noch, Jungs? Eure Scheine sind doch prima. Ich hab jetzt schon ein Vermögen ausgegeben.«

Doch davon wollten Baldwin und Arthur nichts wissen. Übrigens war Jacobs daran selbst schuld. Er hatte sich schließlich Künstler ausgesucht und keine gewöhnlichen Fälscher.

»Die sind prima, aber nicht perfekt. Sie haben uns um ein Kunstwerk gebeten und Sie bekommen auch ein Kunstwerk.«

»Was ist, wenn ihr es nicht schafft?«

»Wir schaffen es schon.«

So verstrichen Tage und Monate. Enttäuscht aufseufzend warf Arthur Taylor gerade eine Probe fort, die sich wieder einmal als unzulänglich erwiesen hatte, als Baldwin Bredell plötzlich sagte: »So klappt das nie. Beim Papier gibt es nur eine Lösung: Wir müssen echte Banknoten benutzen.«

Arthur zuckte mit den Schultern: »Unmöglich. Das haben wir doch schon probiert.«

Tatsächlich hatten sie mehrmals versucht, durch ein kompliziertes chemisches Verfahren Eindollarscheine zu bleichen, doch es war ihnen nie gelungen. Die Zeichnung blieb immer blass zurück.

»Das Papier ist so porös, dass die Farbe tief in die Banknoten eindringt. Wenn man jedoch einen Schein der Dicke nach halb durchschneiden würde, könnte man ihn perfekt bleichen.«

»Der Dicke nach! Bist du verrückt?«

»Nein. Ich glaube, ich hab da einen Weg gefunden. Das ist ganz einfach! Schau mal …«

Baldwin Bredell nahm einen Eindollarschein und machte sich ans Werk. Zunächst schaute Arthur Taylor skeptisch zu, doch dann war auf einmal Verblüffung in seinen Augen zu lesen.

»He … Das klappt ja!«

Ja, es klappte. Aber das ist auch schon alles, was man über Baldwin Bredells Verfahren, einen Geldschein der Dicke nach durchzuschneiden, weiß: Es funktionierte. Alles andere ist auch heute noch ein Geheimnis. Später haben die beiden Komplizen zwar alles der Polizei gestanden, doch die hat sich wohlweislich gehütet, auch nur das Geringste darüber verlauten zu lassen. Andere Falschmünzer, die von dieser Geschichte Wind bekamen, haben später jahrzehntelang versucht, diese Leistung zu wiederholen. Es ist ihnen jedoch nie gelungen.

Nach dieser Verrichtung standen Baldwin und Arthur jedoch erst ganz am Anfang der Arbeit. Wie Baldwin vorhergesehen hatte, wurden die beiden Geldscheinhälften, die dünn waren wie Zigarettenpapier, nach einem Bleichbad jungfräulich. Aber würden sie auch das Gewicht der Presse aushalten, das notwendig war, um darauf das Bild des Hundertdollarscheins mit Monroes Porträt zu drucken? – Und ob! Obwohl sie nur hauchdünn waren, hielten sie die Behandlung aus.

Das war noch nicht alles. Jetzt mussten die beiden Hälften zusammengeklebt werden. Die Erfindungsgabe der beiden Burschen war grenzenlos. Sie entwickelten einen Klebstoff auf der Basis von Wasser und Reispulver, der farblos war, ausgezeichnet klebte und das Papier nicht versteifte. Dann war die Prozedur abgeschlossen. Sie mussten das Ganze nur noch über Nacht trocknen lassen.

Als sie am nächsten Morgen zurückkehrten, war ein Wunder geschehen! Sie hatten einen waschechten Hundertdollarschein vor Augen. Sofort beschlossen sie, die Probe aufs Exempel zu machen, und gingen in eine Bank, um Kleingeld zu wechseln. Der Kassierer untersuchte den Schein aufmerksam, weil Hundertdollarnoten, damals eine beachtliche Summe, ziemlich selten waren. Aber nach eingehender Prüfung händigte er ihnen, ohne mit der Wimper zu zucken, zehn Zehndollarscheine aus. Gewonnen!

In den folgenden Tagen wiederholten Arthur Taylor und Baldwin Bredell die Prozedur mit hundert Eindollarnoten. Als sie dann zehntausend Dollar in den Händen hielten, waren sie so mit sich zufrieden, dass sie beschlossen, erst einmal Urlaub zu machen, jedoch ohne William Jacobs Bescheid zu sagen. Mit ihren Hundertdollarscheinen in der Tasche erfüllten sie sich einen lang gehegten Wunschtraum: eine Spritztour in den Süden des Landes.

Als der Zigarrenhändler kurz darauf bei ihnen vorbeischauen wollte, war die Tür der Druckerei abgeschlossen. Doch traute er sich nicht, nach ihnen zu suchen, weil er befürchtete, sie seien verhaftet worden. So wartete er ab und die Tage verstrichen.

Sechs Monate später erhielt die amerikanische Staatsbank einen Hundertdollarschein, den eine Bank in Philadelphia zur Überprüfung eingeschickt hatte. Das rote Siegel war eine Spur zu blass. Offenbar handelte es sich aber nur um einen Druckfehler, weil ansonsten alles perfekt war, selbst das Papier.

Der Meinung waren jedenfalls die Experten, bis ein besonders gewissenhafter Spezialist den Schein versuchsweise in warmes Wasser tauchte, um zu sehen, ob die Farben hielten. Er erlebte die Überraschung seines

Lebens. Der Schein teilte sich der Länge nach in zwei Hälften.

Sofort rannte er zu seinem Vorgesetzten, Geheimdienstchef William P. Hazen. Zusammen mit dem FBI, der anderen Bundespolizei, war dieser für den Schutz des Präsidenten und für die Verfolgung von Falschmünzern verantwortlich. Hazen wurde blass, als er die beiden Hälften des Monroe sah, und eilte gleich zum Sekretär des Schatzamtes, Judson Gage: »Wir haben es mit einem bislang einmaligen Fälscher zu tun!«

»Wie viel Falschgeld ist im Umlauf?«

»Das weiß keiner.«

»Sie müssen ihn sofort verhaften, sonst gibt es eine Katastrophe!«

Doch das war leichter gesagt als getan. William P. Hazen kam jedenfalls nicht weiter. Da traf Gage als Sekretär des Schatzamtes eine unerhörte Entscheidung. Er ließ alle Hundertdollarnoten aus dem Verkehr ziehen. Scheine im Wert von sechsundzwanzig Millionen Dollar. Natürlich schlug diese Maßnahme im ganzen Land ein wie eine Bombe. Sie war ein Eingeständnis der Ohnmacht der Regierung.

Nur einer begriff sofort, was das Ganze zu bedeuten hatte, nämlich der Zigarrenhändler Jacobs. Er eilte sofort zur Druckerei. Dort traf er Baldwin Bredell und Arthur Taylor an, die gerade von ihrer Reise zurückgekehrt waren.

»Ihr habt mich reingelegt! Ihr habt mich verraten!«

»Beruhigen Sie sich. Das sollte nur ein Test sein. War doch gelungen, oder? Jetzt haben Sie Ihr Kunstwerk.«

William Jacobs riss sich zusammen. Wenn man solche Genies zur Verfügung hat, sollte man sie lieber mit Samthandschuhen anfassen.

»Na schön. Aber ihr nehmt euch sofort den neuen Hundertdollarschein mit Lincolns Porträt vor. Kümmert euch um nichts anderes.«

»Was ist mit unseren Kunden?«

»Verlangt von ihnen so hohe Preise, dass alle verzichten. Auf diese Weise verliert ihr alle Auftraggeber. Macht schnell! Setzt euch Tag und Nacht an die Arbeit.«

»Okay. Sie sind der Boss.«

Wieder verstrichen einige Monate. Gage, der Sekretär des Schatzamtes, entließ Geheimdienstchef Hazen. Der neue Amtsinhaber John Wilkie führte die Ermittlungen verbissen, aber auch planmäßig weiter. Er dachte sich gleich, dass nur professionelle Stecher und Drucker eine solche Qualität erzielen konnten. Darum ließ er dieses Milieu überwachen und erfuhr rasch, dass Baldwin Bredell und Arthur Taylor in Philadelphia Tarife verlangten, die alle Kunden abschrecken mussten. Und aus Philadelphia stammte auch der erste falsche Geldschein.

Eine genauere Untersuchung ergab, dass sie mit Jacobs in Verbindung standen, einem Zigarrenfabrikanten, der bereits mit dem Gesetz in Konflikt geraten war. Das reichte, um sie verhaften zu können. Baldwin Bredell leugnete hartnäckig und selbstsicher, zumal sie Zeit gehabt hatten, die Druckplatten zu verstecken. Arthur Taylor aber, der empfindlicher war und den von Anfang an Gewissensbisse geplagt hatten, legte rasch ein Geständnis ab.

Danach gestand auch Baldwin. Die beiden Komplizen erzählten der Polizei alles, einschließlich der gleich zum Staatsgeheimnis erklärten Methode, wie man Geldscheine in zwei Hälften teilen kann. Gegen das Versprechen einer leichten Strafe verrieten sie sogar das Versteck ihrer Druckplatten.

Ihr Anwalt E. Semple, der sie in ihrer gemeinsamen Zelle besuchte, wurde deshalb wütend auf sie. Dieser alte Fuchs kannte nämlich alle Tricks und schimpfte über ihre Naivität.

»Ihr hättet denen die Druckplatten nie geben dürfen!«

»Aber die haben gesagt, dass sie dafür Milde walten lassen.«

»Die haben euch reingelegt. Es ist genau umgekehrt. Wenn die Regierung auf erstklassige Fälscher wie euch stößt, kennt sie nur eine Sorge: alle Utensilien einkassieren. Dazu ist sie zu jedem Vergleich bereit. Ihr hättet auf Bewährung freikommen können. Jetzt müsst ihr mit der Höchststrafe rechnen.«

Auf diese Enthüllung folgte betretenes Schweigen. Doch plötzlich lächelte Baldwin Bredell.

»Wie lange können Sie den Prozess hinauszögern?«

»Wenn ich alle Mittel ausschöpfe, etwa ein Jahr. Warum?«

Baldwin antwortete nicht.

»Können Sie uns etwas Taschengeld geben, damit wir uns mal etwas Besseres gönnen können als diesen Schlangenfraß? Einen großen Schein, wenn Sie einen haben.«

Anwalt Semple fragte nicht weiter nach.

»Zwanzig Dollar, reicht das?«

»Ja, das reicht. Vielen Dank.«

Sobald der Strafverteidiger gegangen war, erklärte Baldwin seinem Komplizen seinen Plan: »Wir stellen in unserer Zelle Falschgeld her.«

»Hier? Bist du verrückt? Womit denn?«

»Wir kriegen schon, was wir dafür brauchen. Meine Mutter ist sehr geschickt. Die schmuggelt in ihrem Korsett alles Nötige herein.«

So begann ein in der Geschichte der Falschmünzerei absolut einmaliges Abenteuer. Bei ihren täglichen Besuchen brachte Mutter Bredell alle nötigen Werkzeuge und das erforderliche Kleingeld für Baldwin und Arthur mit. Die beiden arbeiteten abwechselnd, während einer immer ein Ohr an die Tür legte, um beim geringsten Geräusch Alarm zu schlagen.

Baldwin schnitt Eindollarscheine der Dicke nach durch, ein Unterfangen, das für ihn längst kein Problem mehr darstellte, und bleichte sie. Arthur stieß hingegen auf die größten Schwierigkeiten. Um den Zwanzigdollarschein zu kopieren, brauchte er zunächst einen Lichtdruck, den man nur mithilfe eines ziemlich sperrigen Fotoapparates herstellen konnte.

Dennoch gaben sich die beiden jungen Männer nicht geschlagen. Mit diesem Problem konfrontiert, stellten sie wieder einmal ihre außergewöhnliche Erfindungsgabe unter Beweis. Sie legten jeweils eine Seite des Geldscheins auf eine mit Gelatine bestrichene Platte und überließen es der Sonne, das Foto zu belichten. Um ein gleichmäßiges Bild zu erhalten, verschoben sie die lichtempfindliche Platte den ganzen Tag über so, dass die Gitterstäbe des Fensters keine Schatten darauf werfen konnten und das Licht immer gleichmäßig blieb.

Anschließend stach Arthur Taylor die Platte mit den Werkzeugen, die Baldwins Mutter hereingeschmuggelt hatte. Als Druckpresse diente ein gut drei Pfund schwerer Gusseisenklotz, der ebenfalls im Korsett von Mrs. Bredell, deren ungewöhnlicher Leibesumfang niemandem auffiel, geliefert wurde. Damit hatten sie es geschafft! Einige Tage später besaßen Arthur und Baldwin hundert Zwanzigdollarnoten, die die treu ergebene Mama in Umlauf bringen sollte.

Anschließend baten sie um ein Gespräch mit dem Staatsanwalt.

»Wir haben nicht alles gesagt. Wir hatten nämlich noch eine andere Presse, mit der wir Zwanzigdollarscheine gedruckt haben.«

»Davon glaube ich kein Wort.«

»Überprüfen Sie's, dann werden Sie schon sehen.«

Der Sicherheit halber forschte der Staatsanwalt nach. Tatsächlich entdeckte man in den Banken von Philadelphia falsche Zwanzigdollarscheine, die zwar nicht so perfekt wie die Hunderter, aber trotzdem von außerordentlicher Qualität waren.

Leider hatten Baldwin und Arthur Pech. Der Anwalt hatte ihnen einen funkelnagelneuen Schein gegeben und seine Nummer bewies, dass er erst nach ihrer Verhaftung gedruckt worden war. Die Polizisten konnten sich das nur so erklären, dass die beiden Gauner die falschen Dollarnoten in der Zelle angefertigt hatten. Mit unverhohlener Bewunderung fragten sie die beiden: »Wie habt ihr das angestellt?«

Baldwin Bredell und Arthur Taylor hatten nichts mehr zu verlieren und schilderten ihr Kunststück, das sie fraglos zu den größten Falschmünzern aller Zeiten machte.

Niemand weiß, ob die Geschworenen aus Bewunderung Milde walten ließen. Jedenfalls wurden Baldwin und Arthur zur leichtesten Strafe verurteilt, mit der sie bei einem solchen Delikt rechnen konnten: sieben Jahre Gefängnis.

Nach ihrer Entlassung trennten sich die Wege der beiden. Der schüchterne, von Gewissensbissen geplagte Arthur Taylor hat sich von diesem Abenteuer nie erholt. Er starb vorzeitig in den Zwanzigerjahren des 20. Jahrhunderts. Baldwin Bredell jedoch, der immer gern an ihr Abenteuer zurückdachte, machte noch Karriere als Stecher und verschied 1952 im Alter von achtundsiebzig Jahren. Er war damals zwar längst in Vergessenheit geraten, doch gab es immer noch gewisse Leute, die seinen Tod zur Kenntnis nahmen. Obwohl er nach seinem Bubenstück immer ein rechtschaffenes Leben geführt hatte, behielt ihn die Polizei diskret im Auge. Als er seinen letzten Atemzug tat, stießen die Verantwortlichen des amerikanischen Schatzamtes sicher einen großen Seufzer der Erleichterung aus. Er hatte sein Geheimnis mit ins Grab genommen. Bis dahin hatten nämlich alle vor dem Gedanken gezittert, er könne sich irgendeinem ebenso begabten wie ehrgeizigen jungen Fälscher anvertrauen und ihm sagen: »Einen Geldschein der Dicke nach durchzuschneiden ist ganz einfach. Schau mal!«